PIEMME Junior BESTSELLER

www.battelloavapore.it

Per *Le Foreste del Silenzio*
Titolo originale: The Forests of Silence

First published 2000 by Scholastic Australia

Per *Il Lago delle Nebbie*
Titolo originale: The Lake of Tears

First published 2000 by Scholastic Australia

Per *La Città dei Topi*
Titolo originale: City of the Rats

First published 2000 by Scholastic Australia

Per *Il Deserto delle Sabbie Mobili*
Titolo originale: The Shifting Sands

First published 2000 by Scholastic Australia

Illustrazione di copertina: Silvia Fusetti
Editing: Maria Bastanzetti
Grafica dell'edizione italiana: Gioia Giunchi, Laura Zuccotti e Paola Cantoni

I Edizione 2006
Nuova Edizione Piemme Junior Bestseller 2010

Stampa: Mondadori Printing S.p.A. - Stabilimento NSM - Cles (TN)

Emily Rodda

Viaggio a Deltora

Traduzione di Giancarlo Carlotti
Illustrazioni di Michelangelo Miani

PIEMME Junior BESTSELLER

Le Sette Pietre

Nella Cintura di Deltora sono incastonate sette pietre preziose.
Solo se è completa delle Sette Pietre, la Cintura
può sconfiggere il Nemico. Ma quali sono queste pietre?

Topazio: giallo oro, simbolo della fedeltà, porta in contatto con il mondo degli spiriti e rende più lucida la mente.

Rubino: rosso sangue, simbolo della felicità, impallidisce in presenza del male ed è un antidoto contro il veleno.

Opale: iridescente, simbolo della speranza, fa intravedere squarci di futuro.

Lapislazzuli: blu come un cielo punteggiato di stelle, protegge dai pericoli della notte.

Smeraldo: verde, simbolo dell'onore, si offusca in presenza del male.

Ametista: viola, simbolo della verità, calma e lenisce ogni dolore.

Diamante: trasparente come l'acqua, simbolo della purezza e della forza. Se guadagnato nobilmente protegge dai mali, se ottenuto con la violenza o con l'inganno porta sfortuna.

I Cinque Viaggiatori

Solo chi è dotato di grande coraggio può intraprendere il lungo viaggio alla ricerca delle Sette Pietre, nascoste dal malvagio Signore dell'Ombra in luoghi pericolosi e custodite da creature malefiche.

Lief: è il figlio sedicenne del fabbro di Del. Per adempiere alla promessa fatta dal padre prima che lui nascesse decide di partire alla ricerca delle Sette Pietre.

Jasmine: rimasta orfana dei genitori, è cresciuta nelle Foreste del Silenzio e conosce il linguaggio degli alberi. Decide di abbandonare il nido sugli alberi dove ha abitato per anni per seguire Lief e Barda nella loro avventura.

Barda: ex guardia di palazzo, intraprendente e coraggioso, parte insieme al giovane Lief per ritrovare le pietre e salvare il Regno di Deltora.

Kree: è lo splendido corvo nero amico di Jasmine. Vive con lei da quando è rimasta sola e la segue ovunque per proteggerla, anche a rischio della vita.

Filli: è un piccolo animale coperto di pelliccia, dai grandi occhi dolci. Vive con Jasmine e Kree, sempre nascosto fra i capelli della sua giovane amica.

Primo Libro

Le Foreste del Silenzio

1
Endon, il nuovo re

Era mezzanotte.

Jarred aspettava, appoggiato a una colonna di marmo, fra la folla che gremiva il salone. Quando le urla e le campane l'avevano svegliato, si era vestito in fretta per unirsi ai nobili che affluivano verso la sala principale della reggia.

– Il re è morto – mormorava la gente. – E ora incoroneranno il principino.

Alton, il sovrano di Deltora, era morto per la febbre misteriosa che già da qualche settimana lo costringeva a letto. Era morto, come sua moglie prima di lui. E adesso...

«Adesso sarà Endon il nuovo re» pensò Jarred, scrollando incredulo il capo.

Era amico del principe fin da bambino, nonostante Endon fosse il principe ereditario di Deltora, e lui solo il figlio di un servo, morto quando Jarred aveva appena quattro anni.

Era stato assegnato a Endon come compagno di giochi perché il piccolo principe non soffrisse di solitudine e così erano cresciuti insieme, come fratelli.

Studiavano insieme e insieme giocavano tutti i giorni nell'immenso parco.

Gli altri bambini della reggia avevano alloggi e porzioni di giardino separate. Era usanza di palazzo che Endon e Jarred non li incontrassero mai, tranne che nel salone durante le feste.

Cionondimeno, i due ragazzi ce la mettevano tutta per divertirsi.

Avevano un rifugio segreto, un enorme albero cavo accanto al cancello. Vi si nascondevano per sfuggire al controllo di Min, la governante, esigente e pignola, e per evitare Prandius, il primo consigliere del re, un tipo alto, magro e acido che entrambi i ragazzi detestavano.

Si esercitavano al tiro con l'arco e giocavano a "mira alto", in cui vinceva chi riusciva a infilare una freccia nella biforcazione più alta dell'albero cavo.

Inoltre avevano inventato un codice segreto per passarsi messaggi senza che nessuno se ne accorgesse.

Per esempio, quando Jarred si nascondeva nell'albero cavo perché Min voleva fargli bere una buona dose di olio di fegato di merluzzo, Endon passava di là e lasciava cadere un biglietto in un punto che l'amico potesse facilmente raggiungere.

Sembravano parole insensate, del tutto incomprensibili agli estranei a cui capitasse in mano il foglietto. Eppure era un codice banale.

Per decifrare il messaggio bastava scrivere le lettere tutte in fila, tralasciando gli "el":

NONANDAREINCUCINACEMIN

Infine raggruppare le lettere in parole che avessero un senso:

NON ANDARE IN CUCINA. C'È MIN.

Crescendo, però, Endon e Jarred ebbero sempre meno occasioni per giocare.

Le loro giornate erano occupate da compiti più seri. Passavano quasi tutto il tempo a imparare la Regola, cioè le migliaia di leggi e usanze che la famiglia reale doveva rispettare.

La Regola governava le loro vite.

Endon, paziente e accomodante, e Jarred, più recalcitrante, accettavano che i loro lunghi capelli fossero intrecciati con fili d'oro e passavano ore a imparare come si forgia il metallo in spade e scudi. Il primo re di Deltora era stato fabbro, e la Regola imponeva il rispetto della tradizione.

Nel pomeriggio potevano godere di un'ora di ricreazione, durante la quale gli unici divieti erano scalare il muraglione che circondava il parco e uscire dal cancello che dava sulla città. Il principe di Deltora non poteva mischiarsi alla gente comune, come non potevano farlo il re e la regina.

Era uno degli articoli più importanti della Regola, un obbligo che ogni tanto Jarred era tentato di infrangere. E ogni volta Endon lo implorava di non scavalcare il muro. – È proibito – ripeteva. – Jarred, lo sai... già Prandius sospetta che tu abbia un'influenza negativa su di me. L'ha detto anche a mio padre. Se infrangi la Regola ti manderanno via. E io non voglio.

Jarred non voleva andarsene. Endon gli sarebbe mancato tantissimo. E poi, dove avrebbe potuto andare, fuori dal palazzo?

Lo squillo delle trombe di cristallo interruppe il filo dei suoi pensieri. Si girò, come tutti, verso il fondo del salone. Endon stava entrando tra due file di guardie, che indossavano le classiche uniformi azzurre bordate d'oro.

«Povero Endon,» pensò Jarred «quanto deve soffrire per la morte del padre».

Avrebbe voluto stare al fianco dell'amico per consolarlo, ma non l'avevano nemmeno convocato. Al suo posto, alla destra di Endon, c'era il primo consigliere Prandius.

Jarred lo guardò disgustato. Sembrava ancora più alto e magro del solito. Portava una lunga tunica viola e reggeva una scatola coperta da un drappo dorato, la testa protesa in avanti, come un rapace a caccia di prede.

Lo sguardo di Endon era velato di tristezza. Era così piccolo e pallido, con quella giacca d'argento e quello scomodo colletto tempestato di pietre preziose...

Era tutta la vita che si preparava a quel momento. «Quando io morirò, tu diventerai re, figlio mio» gli aveva ripetuto tante volte suo padre. «Dovrai dimostrarti all'altezza.»

«Lo farò, padre» gli aveva sempre risposto Endon,

ubbidiente e rispettoso. «Farò quel che devo, quando verrà il momento.»

Nessuno immaginava che quel momento sarebbe giunto tanto presto. Il re era così forte e sano che sembrava poter vivere in eterno.

Endon stava salendo i gradini del palco. Una volta arrivato, si girò verso il mare di occhi che lo scrutavano.

– Com'è giovane – sussurrò alla vicina una donna in piedi accanto a Jarred.

Le trombe di cristallo squillarono di nuovo e un brusio eccitato si diffuse fra la folla.

Prandius posò la scatola accanto al trono, tolse il drappo dorato che copriva la teca di vetro e ne estrasse un oggetto splendente.

Era la magica Cintura di Deltora. Dalla folla si levò un *oooh* di stupore e Jarred rimase senza fiato. Sapeva da sempre dell'esistenza della Cintura, ma non l'aveva mai vista.

Eccolo lì, in tutta la sua misteriosa bellezza, l'antico talismano che da migliaia di anni proteggeva Deltora dall'invasione del malvagio Signore dell'Ombra, che regnava al di là delle Montagne.

Appesa alle dita scheletriche di Prandius, la Cintura appariva delicata come un merletto e le Sette Pietre scintillavano sotto la luce.

Jarred sapeva che era fatta con l'acciaio più robusto e che ogni pietra aveva un ruolo speciale nel proteggere Deltora. C'erano il topazio, simbolo della fedeltà, dorato come il sole al tramonto, e l'ametista, simbolo della verità, color delle viole che crescevano sulle sponde del fiume Del. Per la purezza e la forza c'era il diamante, limpido e lucente come il ghiaccio, per l'onore lo smeraldo, verde come l'erba alta, poi il lapislazzuli, pietra celestiale, blu come il cielo notturno con punti luminosi come le stelle, il rubino, rosso come il sangue, per la felicità, e l'opale, simbolo della speranza, luminescente di tutti i colori dell'arcobaleno.

La folla parve trattenere il respiro mentre Prandius si chinava per cingere la vita di Endon con la Cintura. Sembrava impaurito. Jarred si chiese il motivo di quel timore.

La fibbia si chiuse di scatto e la sua domanda trovò risposta. Prandius spiccò un balzo all'indietro. Si udì un rumore secco, poi la Cintura parve esplodere di luce. Le gemme brillavano come tanti fuochi, illuminando il salone. Dalla folla si levò un grido e tutti distolsero lo sguardo, schermandosi gli occhi.

Endon rimase con le braccia in alto, seminascosto dal lampo accecante che scaturiva dal magico gioiello. Non era più il ragazzetto dagli occhi tristi. La Cintura l'aveva riconosciuto come il vero erede del trono di Deltora.

I fuochi delle gemme si estinsero lentamente. Il giovane re restituì la Cintura a Prandius, che la ripose nella teca di vetro, con un sorriso sottile.

Jarred sapeva cosa sarebbe successo di lì a poco. La Regola stabiliva che la Cintura fosse riportata nella stanza più alta della torre, la cui porta sarebbe stata chiusa con tre lucchetti d'oro e presidiata da tre guardie in uniforme.

E poi... poi la vita sarebbe ricominciata come prima. Prandius e gli altri funzionari avrebbero preso ogni decisione. Il re avrebbe presenziato alle cerimonie e ai banchetti e si sarebbe esercitato nel tiro con l'arco. Sarebbe rimasto seduto immobile per ore mentre gli intrecciavano i capelli, e un giorno anche la barba. Avrebbe firmato infiniti documenti, imprimendo il sigillo reale con il suo anello. Avrebbe seguito la Regola, in tutto e per tutto. Nel giro di qualche anno avrebbe sposato una fanciulla scelta per lui da Prandius. Avrebbero avuto un bambino destinato a prendere il posto di Endon alla sua morte. E quel bambino avrebbe indossato la Cintura una volta soltanto, prima che venisse di nuovo riposta sotto chiave.

Per la prima volta in vita sua Jarred si chiese se tutto ciò fosse giusto, per la prima volta si domandò perché fosse stata realizzata la Cintura e dubitò che fosse sensato tenerla rinchiusa in una torre, mentre il regno che doveva proteggere restava fuori, irraggiungibile.

Inosservato, scivolò fuori dal salone e salì di corsa le scale che portavano alla biblioteca. Era la prima volta che ci andava. Studiare non gli era mai piaciuto. Ma aveva bisogno di informazioni e quello era l'unico posto dove poteva trovarle.

2
Il potere della Cintura

Dopo ore di ricerche, finalmente trovò un libro rilegato in tela azzurra. Le lettere d'oro della copertina erano un po' sbiadite, ma il titolo era chiarissimo:

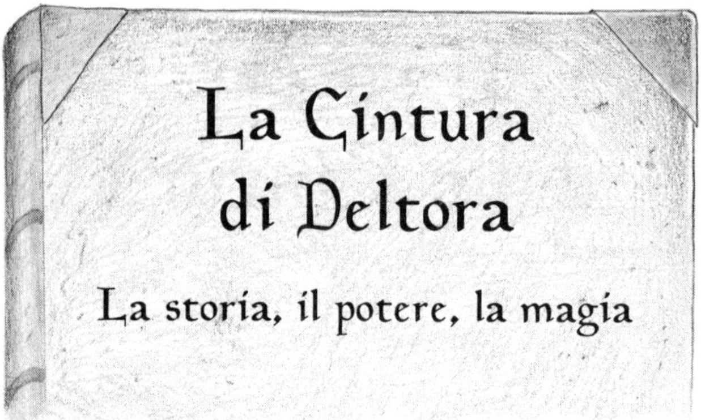

Jarred lo posò su un tavolo, intenzionato a leggerlo da cima a fondo. Gli ci sarebbe voluta tutta la notte, ma non prevedeva di essere disturbato. Chi poteva cercarlo? Endon sarebbe andato dritto filato alla cappella dove giaceva la salma del padre e lì, alla luce tremula delle candele, avrebbe vegliato fino all'alba, come prescriveva la Regola.

«Povero Endon» pensò cupo Jarred. «Pochi giorni fa ha dovuto fare la stessa cosa per sua madre. Adesso è rimasto solo... come me. Ma ci sono io accanto a lui. Saremo amici fino alla morte e cercherò di proteggerlo.»

Proteggerlo da cosa?

Quella domanda si insinuò nei suoi pensieri come una lama affilata. Come mai all'improvviso era in ansia per Endon? Chi o che cosa poteva minacciare l'onnipotente sovrano di Deltora?

«Sono troppo stanco» pensò. «M'immagino le cose.»

Scrollò il capo e accese una candela per far luce nell'oscurità. Ma il ricordo del sorriso sottile di Prandius mentre riponeva la Cintura continuava a tormentarlo.

Jarred cercò di concentrarsi, abbassò gli occhi sul libro e cominciò a leggere.

Anticamente Deltora era suddivisa in sette tribù. Ciascuna possedeva una gemma estratta dalle viscere della Terra, un talismano dai poteri speciali.

Poi un giorno il Nemico proveniente dall'Ombra posò i suoi occhi famelici su Deltora. Le tribù non riuscirono ad allearsi e l'invasore iniziò a trionfare.

Dalle file del popolo uscì un eroe di nome Adin, un fabbro che produceva spade, armature e ferri da cavallo, ed era stato benedetto da forza, coraggio e astuzia senza pari.

Una notte Adin sognò una splendida cintura, sette medaglioni legati con una fine catena. Sui medaglioni erano incastonate le Sette Pietre delle tribù. Il fabbro lavorò in segreto per mesi e mesi per creare una cintura come quella, poi viaggiò in tutto il regno per convincere ogni tribù a donare il proprio talismano.

Inizialmente le tribù furono sospettose e ostili, poi una per una, pur di salvare la propria terra, accettarono.

Quando la Cintura di Deltora fu completa, Adin se la allacciò in vita, splendente come il sole... e tutte le tribù si unirono, dando vita a un grande esercito che sconfisse il Nemico.
Così Adin fu il primo re di Deltora e governò a lungo da saggio sovrano. Ma non dimenticò mai di essere un uomo del popolo, né che il suo potere nasceva dalla fiducia che la gente riponeva in lui. E neppure dimenticò che il Nemico, per quanto sconfitto, non era stato distrutto. Sapeva che era astuto e paziente, e che per lui mille anni erano un battito di ciglia. Perciò indossava sempre la Cintura e non la perdeva mai di vista...

Jarred lesse a lungo, e più leggeva più era preoccupato. Le parole si imprimevano a fuoco nel suo cervello. Stava scoprendo più cose del previsto.

Il primo a separarsi dalla Cintura fu il nipote di Adin, re Elstred, che in età avanzata, ingrassato per la vita agiata che conduceva, trovò che l'acciaio gli stringeva troppo la pancia. Il primo consigliere placò le sue ansie affermando che bastava indossare la Cintura nelle occasioni speciali.
La figlia di Elstred, la regina Adina, seguì l'usanza paterna, e la portò solo cinque volte durante tutto il regno. Il figlio di Adina, re Brandon, l'indossò soltanto tre volte. E alla fine divenne usanza comune cingere la Cintura solo al momento dell'incoronazione...
Dietro suggerimento del primo consigliere, re Brandon fece costruire dai Ralad un grande palazzo in cima alla col-

lina che sorgeva al centro della città di Del. La famiglia reale si trasferì dalla fucina del fabbro alla reggia e col tempo divenne usanza che vivesse all'interno delle mura, dove nessun pericolo poteva minacciarla...

Quando Jarred chiuse il libro aveva il cuore pesante. La candela si era consumata e dalla finestra entravano le prime luci dell'alba. Rimase immobile per un istante a riflettere, poi s'infilò il libriccino sotto la camicia e corse a cercare Endon.

La cappella si trovava nei sotterranei: una cripta gelida e silenziosa relegata in un angolo della reggia. Il corpo del vecchio re giaceva al centro della sala, circondato da candele. Endon era inginocchiato accanto alla salma del padre, a capo chino.

Quando Jarred fece irruzione, sollevò gli occhi rossi di pianto.

– Non dovresti entrare qui, è contro la Regola – sussurrò.

– È già l'alba... – ansimò l'amico, – e poi dovevo assolutamente vederti.

Endon si rialzò a fatica per andargli incontro. – Che cosa c'è?

La testa di Jarred era ancora piena di ciò che aveva letto e le parole gli uscirono tutte d'un fiato: – Endon, dovresti indossare sempre la Cintura di Deltora, come i re e le regine di un tempo.

Endon guardò perplesso l'amico.

– Vieni, andiamo a prenderla! – lo incalzò Jarred, afferrandolo per un braccio.

– Sai che non posso. La Regola...

– Lascia stare la Regola. Lasciare la Cintura nella torre è un'abitudine pericolosa! In questo modo ogni nuovo sovrano di Deltora è più debole del suo predecessore.

Endon si rabbuiò. Stava diventando diffidente. – Amico mio, cosa stai dicendo? Forse hai le traveggole – bisbigliò.

– No! – insistette Jarred. – Sei tu che vivi in un sogno. Devi vedere il mondo fuori dalla reggia... la città e anche oltre.

– Jarred, io la vedo la città. La guardo dalla finestra ogni mattina. È stupenda – protestò Endon.

– Ma non parli con la gente, non conosci i tuoi sudditi...

– Certo che no. La Regola lo proibisce. Ma so che va tutto bene.

– Tu sai solo quello che ti racconta Prandius! – gridò Jarred.

– E non basta?

All'improvviso una voce gelida squarciò l'aria come una lama affilata.

3
Fuga dalla reggia

I due amici si voltarono di scatto. Prandius era fermo sulla soglia. I suoi occhi erano fissi su Jarred.

– Come osi indurre il re a trascurare i suoi doveri, servo? – sibilò, facendo un passo avanti. – Sei sempre stato geloso di lui. Traditore!

– No! – esclamò Jarred. Poi si rivolse a Endon: – Credimi, mi sta a cuore solo il tuo bene –. Ma il re arretrò inorridito.

Jarred infilò la mano sotto la camicia per prendere il libriccino e mostrarlo all'amico.

– State attento, maestà, ha un coltello – gridò Prandius, spiccando un balzo in avanti per coprire Endon con il mantello. Poi alzò la voce: – Assassino! Traditore! Guardie! Guardie!

Per un attimo Jarred rimase immobile, poi sentì le grida d'allarme e i passi che rimbombavano in direzione della cappella. Vide il sorriso beffardo di Prandius e capì che il consigliere aveva finalmente l'opportunità di liberarsi di lui per sempre.

Doveva fuggire, se voleva vivere. Veloce come il vento si precipitò fuori dalla cappella, salì le scale e s'infilò nelle enormi cucine, dove i cuochi stavano iniziando ad accendere i fuochi delle stufe. Alle sue spalle sentiva le urla delle guardie. – Traditore! Fermatelo! Fermatelo!

Ma i cuochi non tentarono nemmeno di bloccarlo. Era il giovane amico del re, lo conoscevano da una vita. Perciò rimasero a guardare mentre Jarred spalancava la porta e correva all'esterno.

Il parco era deserto, a parte un vecchio straccione con un carretto trainato da un cavallo.

Tenendosi basso e strisciando tra gli arbusti, Jarred raggiunse la facciata del palazzo, poi si mise a correre a zigzag fino all'albero accanto al cancello, dove un tempo si nascondeva insieme a Endon.

S'infilò nell'incavo del tronco e rimase lì, rannicchiato, col fiatone. Sapeva che prima o poi le guardie l'avrebbero trovato. Si maledisse per la propria fretta. Aveva spaventato Endon, mentre l'amico era ancora confuso, stanco e addolorato, e così aveva fatto il gioco di Prandius.

Sentì un cigolio metallico. Sporse la testa fuori dal buco e vide il carretto che si dirigeva verso il cancello.

Forse aveva trovato una via di fuga. Ma poteva fuggire lasciando Endon solo e privo di protezione?

«Se rimani sei destinato a morire e non potrai più aiutare Endon. Mai più.»

Questo pensiero lo fece rinsavire. Prese carta e matita e scrisse un messaggio.

Infilò il biglietto in una fessura del tronco, chiedendosi se l'amico l'avrebbe mai trovato. Il carretto stava per passare sotto l'albero.

Era il momento giusto.

Jarred strisciò fino al ramo più basso. Vide guardie dappertutto, ma era abituato a nascondersi. Si appiattì contro il ramo, stando ben attento a non farlo oscillare.

Il carro era esattamente sotto di lui e il ragazzo si lasciò cadere agilmente sulla schiena, nascondendosi subito sotto il carico.

Il carretto trasportava rifiuti.

Schiacciò il viso contro croste di pane, bucce di mela, formaggio ammuffito, ossa rosicchiate e dolci mangiucchiati, rischiando di soffocare per il fetore.

Chiuse gli occhi e trattenne il fiato. Sentì lo scalpitare del cavallo e le grida lontane dei suoi inseguitori, poi finalmente il rumore del primo portone che si apriva cigolando.

Il cuore gli batteva forte mentre il carretto avanzava lentamente. Sentì il primo portone che si chiudeva alle sue spalle e il secondo che si apriva. Presto, presto…

Il secondo portone si richiuse con un rumore secco.

Per la prima volta in vita sua, Jarred era uscito dalle mura del palazzo.

Doveva dare un'occhiata, la curiosità era troppo forte. Scivolò tra i rifiuti in modo da far spuntare gli occhi e il naso dal mucchio di immondizie.

Era girato all'indietro, verso la reggia. Riconobbe il muraglione e il cancello e la cima dell'albero cavo.

Nient'altro. Sopra il muro si vedeva soltanto una foschia luminosa.

Interdetto, si voltò verso la città. Fu sul punto di lanciare un grido per la sorpresa, l'orrore e lo sgomento.

Vedeva soltanto rovine. I magnifici palazzi erano ridotti in macerie, le strade disseminate di buche, i campi di grano soffocati dalla gramigna, gli alberi malati e curvi. Ai piedi della collina si aggirava una folla di esseri scheletrici e coperti di stracci.

Jarred saltò giù dal retro, lasciandosi rotolare in un fosso. Il carretto proseguì fino in fondo alla discesa, dove si fermò. Il vecchio rimase con lo sguardo perso nel vuoto mentre gli straccioni frugavano nel mucchio di rifiuti, lottando per conquistare le briciole della reggia, per arraffare ossa spolpate, croste e bucce.

Erano affamati.

Jarred si girò verso il palazzo con la morte nel cuore. Forse in quel momento Endon era affacciato alla finestra ad ammirare la città, e vedeva solo pace, bellezza e ricchezza. Ma stava guardando una menzogna, un'immagine creata per magia su uno schermo di nebbia.

Da quanti anni quell'illusione diabolica accecava i re e le regine di Deltora? E chi l'aveva creata? Ripensò alle parole del libro, e iniziò a tremare.

...il Nemico è astuto e paziente, e per lui mille anni sono un battito di ciglia.

Il Signore dell'Ombra stava arrivando.

4
La fucina del fabbro

Jarred non seppe mai cosa l'avesse guidato fino alla bottega di Crian, dove crollò a terra stremato.

Forse aveva visto il bagliore del fuoco. Forse aveva sentito il martello picchiare sul metallo incandescente, un rumore che gli ricordava le lezioni prese insieme a Endon. O forse era protetto dallo spirito di Adin, visto che Crian il fabbro era l'unica persona di Del in grado di dargli ospitalità.

L'uomo lo sollevò da terra e lo portò nella casetta che si trovava dietro la fucina, dove chiamò una ragazza dal viso dolce.

La fanciulla non disse nulla mentre offriva pane e acqua a Jarred e gli puliva tagli e abrasioni. I due gli tolsero i vestiti sporchi e strappati e lo fecero sdraiare.

Jarred si addormentò.

Quando si svegliò il sole stava tramontando. Aveva dormito per tutto il giorno.

Ai piedi del letto trovò alcuni indumenti. Si vestì, riordinò il giaciglio e uscì. Crian era al lavoro nella fucina. Il vecchio fabbro si girò a guardarlo senza aprire bocca.

– Ti ringrazio per ciò che hai fatto – disse il ragazzo, impacciato. – Me ne vado, non voglio causarti problemi, ma ti prego di non dire che mi hai visto, se le guardie venissero a cercarmi. Ti racconteranno che ho cercato di uccidere il nuovo re, ma non è vero.

– Peccato, tanti abitanti di Del ti ringrazierebbero se l'avessi fatto – replicò il fabbro. – Comunque le guardie non verranno – proseguì. – Ho gettato i tuoi abiti in mare e ho visto che li hanno trovati. Sono convinti che tu sia affogato.

Jarred non sapeva cosa dire. Nel frattempo Crian aveva finito di forgiare il ferro di cavallo. Istintivamente, il giovane afferrò le pesanti pinze accanto al fuoco e gli andò accanto. Crian lo guardò sbalordito, ma non gli impedì di raccogliere il ferro ricurvo e di immergerlo nell'acqua, che sibilò e gorgogliò mentre il metallo si raffreddava.

– Vedo che sei pratico del lavoro – commentò il vecchio fabbro.

Jarred annuì.

– Sono vecchio – disse Crian, guardandolo negli occhi. – I vestiti che porti sono di mio figlio, che è stato ucciso tre anni fa. Sua moglie era già morta nel dare alla luce la loro bambina. Adesso mi rimane soltanto lei, Anna. Viviamo semplicemente, ma non abbiamo mai sofferto la fame. E non accadrà mai, finché io avrò la forza per lavorare –. Osservò le mani di Jarred, bianche e lisce, con le unghie curate. – Ragazzo, se vuoi puoi restare, ma dovrai sgobbare. Pensi di farcela?

– Sì – rispose Jarred con convinzione.

Il fabbro gli piaceva, almeno quanto il dolce viso di Anna. E in quel modo sarebbe rimasto vicino alla reggia. Non poteva fare altro per Endon che vegliare su di lui. L'aveva giurato.

Prandius era convinto che fosse morto, ma difficilmente l'avrebbe detto a Endon. Per lui era molto più utile far credere al re che Jarred era ancora vivo… e pericoloso.

«Ma un giorno Endon potrebbe capire, un giorno potrebbe chiamarmi, e quando succederà io sarò pronto» pensò Jarred.

Aveva deciso. Afferrò le forbici e si tagliò le trecce che indicavano la sua appartenenza alla reggia.

Sapeva già come battere il ferro e l'acciaio per realizzare spade e scudi. Ma da quel momento dovette imparare a produrre oggetti più semplici: ferri da cavallo, asce e lame per aratro. C'era sempre molto lavoro, eppure Crian e Anna non guadagnavano. Jarred non tardò a scoprire che la causa di ciò era la tragica povertà degli abitanti di Del, che spesso non potevano dare al fabbro neppure un soldo in cambio del suo lavoro.

Fin dal secondo giorno Jarred aveva capito che tutto quanto aveva imparato insieme a Endon sulla vita all'esterno del palazzo era una menzogna. Gli abitanti della città erano affamati, malati e inquieti. Oltre le mura si aggiravano belve terribili e bande di predoni. Da anni non arrivavano notizie dai villaggi sparsi nella campagna. Gran parte della popolazione era deperita per la fame, eppure si diceva in giro che nel cuore della notte carri sotto scorta, stracarichi di ogni ben di Dio, attraversavano la città diretti verso i cancelli del palazzo. Nessuno sapeva da dove venissero.

– Comunque da un posto molto lontano – brontolò Crian mentre, quella seconda sera, erano seduti davanti al fuoco. – Qui non si trovano di sicuro lussi del genere.

– Si racconta che un tempo Deltora fosse un paese ricco e pacifico – intervenne Anna.

– Il nuovo re è all'oscuro di tutto! E anche quello precedente non sapeva nulla. Dovevate dirglielo... – gridò Jarred.

– *Dirglielo*? Non sai quante volte l'abbiamo fatto! –. Il fabbro si girò per prendere da uno scaffale una vecchia scatola di latta che lanciò a Jarred. – Aprila! – ordinò.

Jarred sollevò il coperchio. All'interno trovò molti rotoli di pergamena bordata d'oro. Sconcertato, ne prese uno e lo svolse.

Jarred ripose il primo rotolo e ne prese un secondo. Era identico. Come pure il seguente e quello dopo ancora. L'unico dettaglio diverso nel quarto era che parlava della «regina» invece che del «re», ed era firmato «Lilia». Era la madre di Alton. Rovistò tra le pergamene. Erano centinaia, tutte con il sigillo reale.

– Sono tutte identiche – spiegò Crian. – L'unica differenza è il nome in fondo. Da secoli la città manda petizioni al palazzo implorando aiuto, e queste maledette pergamene sono tutto quanto il popolo ha ricevuto in cambio. Non hanno mai mosso un dito. Mai!

Jarred era addolorato e furioso nello stesso tempo.

– Re Alton non ha mai ricevuto i vostri messaggi, Crian – disse, sforzandosi di non piangere. – Credo che sia stato il suo consigliere Prandius a tenerglieli nascosti.

– Però il sovrano ha firmato le risposte e ha impresso il sigillo reale – sottolineò Crian, gelido. – Come sua madre e suo nonno prima di lui.

– È sempre il primo consigliere che prepara le risposte per la firma del re. Il vecchio sovrano firmava e sigillava tutto ciò che Prandius gli metteva sotto il naso.

– Allora era un re sciocco e debole – ribatté il vecchio. – E suo figlio sarà come lui. Endon sarà inutile per noi come lo è stato suo padre –. Scosse il capo. – Ho molta paura per il futuro di Deltora. Non potremmo reagire a un'invasione dalle Terre dell'Ombra.

– Il Signore dell'Ombra non può invaderci, nonno – cercò di tranquillizzarlo Anna. – Almeno fino a quando la Cintura ci proteggerà. E il nostro re la sorveglia attentamente.

Jarred fu scosso da un brivido, ma non riuscì a dire ad Anna che si sbagliava. Se avesse saputo che il re non indossava la Cintura, ma preferiva tenerla sotto chiave e farla custodire da altri, la nipote del fabbro avrebbe perso anche quell'ultimo briciolo di speranza.

«Oh, Endon, non posso raggiungerti se tu non vuoi»

pensò quella sera. «Sei troppo sorvegliato. Però puoi venire tu da me. Vai all'albero cavo, leggi il biglietto, manda il segnale.»

Da quel giorno, ogni mattina, Jarred controllò l'albero cercando il riflesso della freccia dorata sui suoi rami più alti.

Il segnale che Endon aveva bisogno di lui.

Ma passò molto tempo prima che quel segnale arrivasse. E quando arrivò era tardi.

5
Il Nemico colpisce

Passarono molti anni. Jarred e Anna si sposarono, il vecchio Crian morì e Jarred prese il suo posto nella bottega del fabbro.

Ogni giorno all'alba controllava l'albero sulla collina e spesso rileggeva il libriccino che aveva trovato nella biblioteca del palazzo. Aveva paura di ciò che gli riservava il futuro, aveva paura per Anna e per il bimbo che aspettavano. Aveva paura per sé, per Endon e per Deltora.

Una notte, esattamente sette anni dopo l'incoronazione di Endon, Jarred si rigirava inquieto nel letto.

– Jarred, è quasi l'alba e non hai chiuso occhio. Cos'hai? – gli chiese Anna, premurosa.

– Non so, tesoro, non riesco a trovar pace.

– Forse fa troppo caldo – disse lei, scendendo dal letto. – Apro un po' la finestra.

Scostò le tende e lanciò un urlo ritraendosi dal davanzale. Jarred saltò giù dal letto per correrle accanto.

– Laggiù – esclamò Anna, indicando in cielo mentre il marito la cingeva con un braccio. – Oh, Jarred, cosa sono?

Alcune figure mostruose svolazzavano sopra la reggia. Era ancora troppo buio per vederci con chiarezza, ma si trattava di sicuro di enormi uccelli. Erano sette, col collo lungo e grandi becchi ricurvi dall'aria minacciosa. Le ali battevano l'aria goffe, ma possenti. Jarred li vide atterrare, decollare dopo pochi secondi e infine volare in direzioni diverse. Gli venne in mente un nome sentito da bambino.

– Ak-Baba – sibilò, stringendo con forza le spalle della moglie. Anna si girò a guardarlo con gli occhi sbarrati. – Ak-Baba – ripeté lui, gli occhi fissi alla reggia. – I grandi uccelli che mangiano la carne dei morti e vivono mille anni. Sette di loro sono al servizio del Signore dell'Ombra.

– Perché sono venuti?

– Non saprei, ma temo che... –. Jarred s'interruppe di colpo e si chinò in avanti. Aveva notato un riflesso sul tronco dell'albero in cima alla collina. Rimase immobile per un attimo, poi si volse verso Anna, pallido in volto. – Endon ha scagliato la freccia dorata. La chiamata è giunta – disse.

Si vestì e uscì di corsa dalla casetta dietro la fucina, risalendo la collina con la mente in subbuglio.

Come poteva raggiungere Endon? Se avesse scalato il muraglione, le guardie l'avrebbero notato e sarebbe finito trafitto da una decina di frecce prima ancora di toccare terra.

«Soltanto Endon può aiutarmi a entrare» pensò Jarred. «Forse mi sta aspettando.»

Rallentò quando arrivò in vista dei cancelli. Erano sbarrati, e la strada all'esterno sembrava deserta. Si avvicinò. L'erba alta che circondava le mura frusciava nella brezza dell'alba. Forse Jarred stava per cadere in una trappola e da un momento all'altro le guardie sarebbero scattate dai loro nascondigli nell'erba per catturarlo... o forse Endon aveva deciso di venderlo a Prandius.

Sfiorò con il piede un oggetto sepolto nella polvere della strada. Era una freccia di legno, un giocattolo da bambini. Qualcuno aveva legato un foglietto intorno all'asta.

Col cuore in gola, Jarred lo prese e lo svolse. Ma l'eccitazione si spense appena vide che era solo un disegno infantile, forse il passatempo di un bambino della reggia che si esercitava a scagliare frecce oltre il muro.

In preda allo sconforto, Jarred appallottolò il foglio e lo gettò a terra. Lanciò un'altra occhiata ai cancelli e alla strada vuota. Nessun movimento, nessun segnale, soltanto la freccia di legno e la pallina di carta che rotolava, spinta dal vento. Mentre la guardava ripensò a quella sciocca filastrocca e gli si affacciò alla mente un ricordo indistinto. Raccolse di nuovo il foglietto e lo guardò meglio. La carta era ingiallita dagli anni e la grafia gli riusciva familiare.

Era la scrittura di Endon da bambino. E anche il disegno era suo, ne era certo.

D'un tratto capì cosa doveva essere successo. Endon non aveva molto tempo a disposizione, ma voleva inviare a tutti i costi un messaggio a Jarred, perciò aveva recuperato un vecchio disegno infantile e lo aveva gettato oltre le mura servendosi di una freccia di legno. Se l'avessero vista in mezzo alla strada, le guardie non avrebbero capito che si trattava di un segnale.

Rilesse l'inizio della filastrocca:

Se l'orso devi svegliare
niente paura, non temere…

Jarred non indugiò oltre e s'inoltrò nei campi per seguire il muraglione sulla sinistra.

Trovò ciò che cercava in un prato poco lontano dalla strada. Il grande masso non poteva passare inosservato, nonostante l'erba alta e i cespugli rigogliosi. Sembrava proprio un orso addormentato. Nel punto in cui il naso dell'orso era posato sulle zampe, l'erba sembrava più bassa. Perché?

Forse…

– È ora di alzarsi, vecchio orso – disse a mezza voce. S'inginocchiò e iniziò a strappare l'erba, che stranamente si staccò senza opporre resistenza. Jarred aveva indovinato. In quel punto, un sottile strato di terriccio nascondeva un tombino metallico.

Le sue mani forti impiegarono pochi secondi a rimuoverlo, rivelando una cavità buia. Aveva trovato l'ingresso di una galleria.

Il topolino cerca rifugio
nella casa, nel pertugio...

Strisciò nel buco, sui gomiti, fino a quando il tunnel si allargò.

«Adesso il topolino è entrato nella tana. Speriamo che dall'altra parte non ci sia un gatto» pensò scivolando nel buio.

Il tunnel s'interrompeva ai piedi di una scala: col cuore che batteva forte, Jarred iniziò a salire, a tentoni, su, su, un gradino per volta. Poi, senza preavviso, toccò una pietra con la testa. La strada era bloccata.

Panico. Che fosse una trappola? Poi, improvvisamente, ricordò.

Per la gioia farai un salto
se spingerai la lastra in alto.

Il panico si dileguò. Sollevò le braccia e spinse con decisione.

La pietra si mosse e Jarred rischiò di cadere mentre il lastrone scivolava di lato.

Salì gli ultimi scalini e passò dal buio alla luce tremolante delle candele.

– Chi sei? – abbaiò una voce poco amichevole. Sopra di lui incombeva una figura imponente.

Jarred batté le palpebre. I suoi occhi abbagliati lacrimavano. – Mi chiamo Jarred.

Si mise in piedi a fatica, cercando la spada con la mano. Ma lo sconosciuto si lasciò cadere in ginocchio davanti a lui.

– Oh, Jarred, come ho fatto a non riconoscerti? In nome della nostra vecchia amicizia, ti prego di perdonarmi. Posso fidarmi solo di te. Per favore, aiutami!

Soltanto allora Jarred capì che l'uomo inginocchiato ai suoi piedi era Endon, l'amico di un tempo.

6

Amici fino alla morte

Jarred esclamò: – Nemmeno io ti avevo riconosciuto, Endon! Alzati in piedi, per l'amor del cielo!

Non era affatto strano che non avesse riconosciuto il suo vecchio amico.

Il ragazzo smilzo e serio che aveva lasciato sette anni prima era diventato un uomo. Endon si era fatto alto e robusto. I suoi abiti erano tempestati di pietre preziose, gli occhi truccati con la matita nera e le palpebre colorate d'azzurro, nello stile del palazzo. Aveva i capelli lunghi e la barba raccolti in tante treccioline impreziosite con fili d'oro, e sapeva di profumi ed essenze aromatiche.

Era uno spettacolo impressionante per Jarred, che era rimasto tanto tempo lontano dalla vita della reggia.

Il giovane fabbro si accorse che anche Endon stava fissando lui e i suoi abiti dimessi, gli stivali malconci, la barba incolta e i capelli scarmigliati. Imbarazzato, si voltò per nascondere il proprio aspetto miserevole.

Solo allora capì di essere sbucato nella cappella del palazzo.

– Soltanto la famiglia reale conosce la galleria sotto la collina, che viene usata nelle occasioni di estremo pericolo – spiegò Endon a bassa voce. – La fece scavare re Brandon durante la costruzione della reggia. Mio padre me ne parlò quando ero bambino, proprio come suo padre l'aveva rivelato a lui durante la sua infanzia, usando parole che anche un bambino potesse ricordare. C'è una filastrocca per entrare e una per uscire dalla reggia. Perfino il primo consigliere non ne ha mai sentito parlare.

Jarred non rispose. Aveva appena visto il catafalco al centro della sala, con il cadavere di una vecchia, le mani raggrinzite giunte sul petto. Il volto rugoso brillava alla luce delle candele.

– Min! – sussurrò. Sentì gli occhi bruciare per le lacrime improvvise mentre guardava la governante che l'aveva accudito da bambino. Non la vedeva da tanti anni, ma aveva pensato spesso a lei.

– Sai, aveva un figlio grande – aggiunse Endon. – Abitava alla reggia, ma non l'ho mai incontrato. Quando ho saputo che era morta ho chiesto di lui, ma mi hanno detto che era scappato. Jarred, quell'uomo aveva paura. Min doveva avergli rivelato ciò che aveva sentito. Sai, è stata uccisa…

– Uccisa? Ma…

Il volto di Endon era stravolto dal dolore. – È venuta a trovarmi in camera mia. Stavo andando alla cerimonia per festeggiare i miei sette anni di regno. Sembrava preoccupata. Mi ha detto che stava lavorando nel suo stanzino da cucito quando aveva sentito dei bisbigli che l'avevano insospettita. Secondo lei, c'erano dei nemici dentro il palazzo, e stanotte si sarebbe abbattuta su di noi una disgrazia tremenda –. Endon chinò il capo. – Non ho voluto ascoltarla, ero convinto che il suo fosse soltanto un sogno. L'ho mandata via, ho riso dei suoi timori. E poche ore dopo è morta. Dicono che è caduta dalle scale, che è stato un incidente, ma…

– Ma non ne sei convinto – concluse Jarred, guardando rattristato il volto immobile di Min. – Sospetti che sia stata uccisa per ciò che sapeva.

– Sì, e lo pensa anche mia moglie.

– Allora ti sei sposato. Anch'io.

Endon sorrise. – Bravo. Spero che il tuo matrimonio sia felice quanto il mio. La regina si chiama Sharn. Non ci eravamo mai parlati prima delle nozze, come impone la Regola, ma mi è più cara ogni giorno che passa. A fine estate nascerà il nostro primo figlio.

– Il nostro invece nascerà all'inizio dell'autunno – disse Jarred.

Ci fu un attimo di silenzio, poi Endon guardò l'altro dritto negli occhi. – È bello rivederti, amico mio – dichiarò con voce commossa. – Sono stato punito per averti creduto un traditore. Mi sei mancato moltissimo.

E d'un tratto non furono più due estranei. Jarred allungò una mano per stringere quella di Endon.

– Da ragazzi eravamo amici per la pelle e lo saremo sempre. In cuor tuo lo sapevi, visto che quando sono arrivati i guai mi hai chiamato. Peccato che tu non l'abbia fatto prima. Temo che ci resti poco tempo.

– Allora Min aveva ragione. Dentro la reggia si annida il male.

– Da molto tempo. E adesso...

La porta si aprì e si girarono entrambi, la mano sull'elsa della spada.

– Endon, l'alba è passata da un pezzo – disse una voce dolce.

– Sharn! – esclamò Endon, correndo incontro alla giovane che stava entrando nella cappella. Aveva gli occhi cerchiati, come se fosse stata sveglia tutta la notte.

Quando vide Jarred si bloccò, lasciandosi sfuggire un'esclamazione spaventata.

– Non temere, Sharn, è solo Jarred – la tranquillizzò Endon.

– Jarred! Sei venuto! – si rallegrò lei mentre un sorriso affiorava sul suo volto stanco.

– Sì, e farò il possibile per aiutarvi a combattere il male che affligge la nostra terra – disse Jarred. – Però dobbiamo agire in fretta. Andremo subito alla torre perché Endon possa recuperare la Cintura di Deltora.

Il re impallidì. – Jarred, io... io non posso. La Regola... – farfugliò.

– Lascia perdere la Regola – sibilò Jarred, avviandosi verso la porta. – Quando te lo dissi la prima volta non mi desti ascolto. Non commettere di nuovo lo stesso errore. La Cintura è l'unica protezione di Deltora. E credo che sia in pericolo, in grave pericolo.

Endon, ancora esitante, non si muoveva. – Endon, sei il re – intervenne Sharn in tono pacato. – I tuoi doveri verso Deltora sono molto più importanti dell'obbligo di ubbidire alla Regola. Andiamo insieme alla torre.

Finalmente il giovane re annuì.

– Andiamo... insieme – disse.

Salirono lo scalone di corsa, su su fino alla stanza in cima alla torre. Quando arrivarono all'ultima rampa,

Jarred cominciò a pensare che ce l'avrebbero fatta. Giunse in cima… e si fermò di colpo.

La porta era spalancata, i tre lucchetti d'oro spezzati. Sulla soglia giacevano i cadaveri di tre sentinelle.

Jarred sentì un singulto alle sue spalle, poi Endon si precipitò dentro la stanza. Si sentì un solo grido angosciato, quindi il silenzio.

Il giovane fabbro aveva il cuore in gola.

L'aria nella piccola stanza rotonda era immobile e viziata. Il cielo fuori dalle finestre aperte era invaso da una luce rossastra. Il sole appena spuntato cercava di farsi strada attraverso una soffocante cappa di nubi.

La teca di vetro della Cintura di Deltora era ridotta in mille pezzi.

Endon era in ginocchio tra le schegge. Per terra c'era la Cintura, o ciò che ne restava. La raccolse. L'inutile catena di acciaio penzolò inerte tra le sue mani.

Le Sette Pietre erano sparite.

7
Alto tradimento

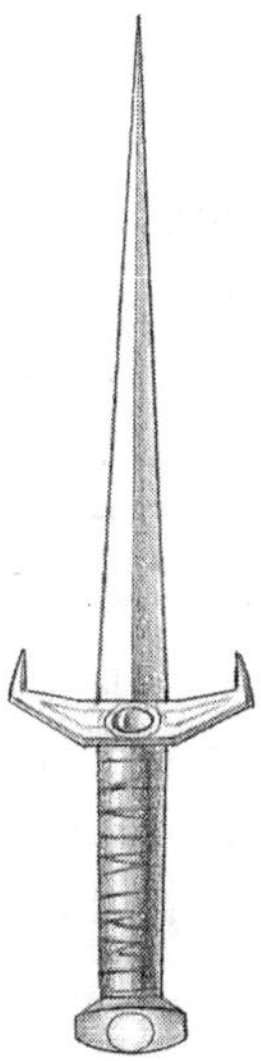

Sharn lanciò un grido, poi si precipitò accanto al marito. Endon si alzò barcollando. Aveva in mano la Cintura distrutta. Jarred fu travolto dalla disperazione. Era successo quello che temeva: il Nemico aveva vinto.

Alle loro spalle risuonò una risata beffarda. Era Prandius. La solita espressione seria e compunta era sparita e nei suoi occhi brillava una luce avida. – Allora, Jarred, vedo che sei tornato dal mondo dei morti per cercare di mettermi i bastoni tra le ruote – sibilò. – Ma sei arrivato tardi. Presto Deltora s'inginocchierà sotto l'ombra del mio Signore.

Jarred si lanciò in avanti, puntando la spada dritta al cuore del primo consigliere. L'arma diventò incandescente in un attimo e il giovane fabbro la lasciò cadere con un grido di dolore.

– Sei stato davvero sciocco a venire – proseguì Prandius. – Se tu non fossi tornato avrei continuato a crederti morto. E invece adesso la tua sorte è segnata, come quella del tuo incapace sovrano, della sua inutile sposa e del moccioso che deve ancora nascere.

L'uomo estrasse dalla tunica uno stiletto.

Jarred fece un passo indietro mentre lottava con il dolore alla mano, cercando di riflettere.

Non voleva morire, ma sapeva che doveva salvare a tutti i costi Endon, Sharn e il loro bambino non ancora nato, l'erede al trono del Regno di Deltora.

– Siamo troppi per te, Prandius – replicò ad alta voce. – Mentre tu lotti con uno, gli altri possono scappare.

Il primo consigliere rise di nuovo. – Non ci sarà alcuna lotta. Il veleno sulla lama è mortale, basta un graffio per dare una morte rapida. Come è successo con i tuoi genitori, Endon.

– Assassino! Traditore! – sussurrò il re facendo scudo alla regina con il proprio corpo. – Hai tradito il tuo re e la tua patria.

– Non è la mia patria. Sono sempre stato leale a un altro paese e a un Signore molto più degno, come gli altri consiglieri prima di me –. Prandius lanciò un'occhiata sprezzante a Endon. – Sei l'ultimo di una stirpe di buffoni regali. Un pezzo per volta abbiamo sottratto il potere alla tua famiglia e a questo punto siete solo marionette che noi manovriamo. Oggi, dopo tanto tempo, è arrivato il momento di eliminare l'ultima difesa –. Puntò un dito scheletrico verso la catena aggrovigliata che Endon stringeva ancora in mano. – Finalmente l'opera del fabbro Adin è stata distrutta. La Cintura di Deltora non esiste più.

– Le pietre non possono essere distrutte, e portarle fuori dai confini di Deltora significa la morte – replicò Endon, pallidissimo.

Prandius gli rivolse un sorriso beffardo.

– Le gemme sono state nascoste dove nessuno oserà mai cercarle. E quando tu e il tuo marmocchio sarete morti, non servirà nemmeno più ritrovarle –. La stanza si oscurò e fuori dalla torre un tuono brontolò minacciosamente. Gli occhi di Prandius brillavano di soddisfazione. – Sta arrivando il Signore dell'Ombra – sibilò.

La regina, rannicchiata contro la parete, si lasciò sfuggire un lamento, poi parve udire qualcosa. Scivolò verso la finestra aperta per guardare all'esterno, non verso il cielo nero ma giù in basso, alla base della torre. Poi spiccò un balzo all'indietro e si coprì la bocca con una mano, per soffocare un grido.

– Che c'è? – grugnì Prandius, allarmato.

Sharn scosse il capo, poi balbettò: – Nulla, un errore. Non c'è nessuno.

«Oh, Sharn, anche un bambino capirebbe che stai mentendo» pensò disperato Jarred. «Grazie a te, chiunque stia venendo ad aiutarci è condannato.»

– Restate dove siete se non volete che lei muoia! – gridò il consigliere ai due uomini mentre attraversava la stanza.

Sharn fece un passo indietro quando il primo consigliere la raggiunse al davanzale.

– Non guardare fuori, non c'è nessuno.

– Lo dici tu – sbuffò Prandius, sporgendosi dalla finestra.

In quello stesso istante Sharn si chinò, gli abbracciò le ginocchia, gli sollevò le gambe e lo gettò oltre il davanzale.

Jarred ed Endon, impietriti dalla sorpresa, sentirono le urla del nemico che precipitava al suolo, poi fissarono sbalorditi l'esile figura accanto alla finestra.

– Co… cos'hai visto dalla finestra? – farfugliò Jarred.

– Niente. Come ho detto anche a Prandius. Ma sapevo che non mi avrebbe creduto. E sapevo che si sarebbe affacciato. Perché mai avrebbe dovuto temere un'inutile donnicciola come me?

Jarred la guardò sinceramente ammirato, poi si rivolse a Endon: – Sei un uomo fortunato.

Endon annuì. Sembrava ancora sconvolto.

Fuori il cielo brontolava minaccioso. Ribollenti nubi nere, bordate di un alone rossastro, si raccoglievano intorno alla torre.

– Dobbiamo tornare subito alla galleria. Presto! – gridò Jarred.

Nella reggia echeggiavano esclamazioni spaventate mentre i tre fuggiaschi correvano lungo le scale.

– È tutta colpa mia. Come faccio ad abbandonare i miei cortigiani? – si lamentò Endon quando raggiunsero la cappella.

– Non hai scelta – rispose ansante Jarred. – La tua famiglia deve salvarsi se non vogliamo che Deltora rimanga per sempre sotto la dominazione dell'Ombra –. Spinse Endon e Sharn nella cappella, poi si chiuse la porta alle spalle. – Andremo immediatamente alla mia bottega – disse, precipitandosi verso l'entrata del tunnel. – Penseremo dopo al da farsi.

– Dobbiamo scappare in città per trovare un nascondiglio – disse Sharn.

Le mani di Endon stringevano ancora la catena d'acciaio contorto che un tempo era stata la magica Cintura di Deltora.

– Non posso fuggire! – protestò. – Devo ritrovare le

pietre per rimetterle nella Cintura. Senza le gemme, Deltora non ha alcuna speranza.

Jarred afferrò l'amico per un braccio. – Qualcuno dovrà trovare le pietre, ma non puoi essere tu, Endon. Il Signore dell'Ombra ti cercherà. Devi restartene nascosto e aspettare – ribatté con voce ferma.

– E se muoio prima che la Cintura sia di nuovo integra? Riconoscerà soltanto il vero erede di Adin, brillerà solo per me – fu la disperata replica del giovane re.

Jarred fece per rispondere, poi rinunciò. Presto Endon avrebbe capito da solo di avere perso la fiducia della sua gente. La Cintura di Deltora non avrebbe mai più brillato per lui.

Sharn si era avvicinata in silenzio al marito. – Caro, non dimenticare che anche nostro figlio sarà erede di Adin –. Endon la fissò a bocca aperta. Sharn protese il mento con fierezza e aggiunse: – Sapremo essere pazienti come lo è stato il Signore dell'Ombra. Per il momento staremo nascosti, non per paura, ma solo per la salvezza del nostro bambino e per preparare la rivincita –. Gli carezzò amorevolmente il braccio. – Endon, gli anni passeranno e noi moriremo, ma nostro figlio vivrà dopo di noi per riconquistare il regno e scacciare il male dalla nostra terra.

Jarred si sentì gonfiare il cuore di fronte al coraggio di quella donna e solo in quel momento trovò davvero la forza di affrontare il suo dovere.

Endon abbracciò forte la moglie, sussurrando: – Sei un dono prezioso, ma non puoi capire. Senza la Cintura nostro figlio non potrà mai sconfiggere l'Ombra. Le pietre...

– Un giorno qualcuno le troverà – lo interruppe Jarred, affrettandosi ad aggiungere: – Discuteremo di questo più tardi. Per ora ricordatevi che con la morte di Prandius nessuno può sapere che avete un amico fuori dalla reggia. Il Signore dell'Ombra non sospetterà mai che un umile fabbro possa costituire una minaccia.

– Andrai *tu* a cercare le gemme? – mormorò Endon.

Jarred scrollò il capo. – Non avrei più fortuna di te. Per ora le pietre saranno strettamente sorvegliate. Ma con gli anni il Signore dell'Ombra inizierà a ritenersi al sicuro, e la sorveglianza sarà meno attenta. Allora, e allora soltanto, potrà iniziare la caccia –. Tese la mano sana a Endon e aggiunse a bassa voce: – Amico mio, da oggi rimarremo lontani. Ma un giorno qualcuno troverà le pietre e la Cintura splenderà di nuovo. Ne sono sicuro.

Endon prese la mano dell'amico tra le sue e chinò il capo. Un attimo dopo le pareti della cappella tremarono violentemente.

– Dobbiamo andarcene! – gridò Sharn spaventata. – Presto!

Mentre aiutava la regina a scendere nella galleria, Endon si girò verso Jarred. – Dici che dobbiamo fuggire, ma dove? – domandò con voce tremante.

– Sotto l'Ombra comincerà un'era di tenebre e disordini – rispose cupo Jarred. – Ma tutta questa confusione ci aiuterà.

– Hai pensato a un nascondiglio? – sussurrò Endon.

– Forse. Sarà pericoloso, ma se vuoi vale la pena di provare.

Endon non chiese altro prima di seguire la moglie nel tunnel.

Jarred scese dopo di lui, rimettendo a posto il lastrone in modo che nessuno potesse capire da dove erano passati.

Quando la luce proveniente dalla cappella si spense e il buio li avvolse, pensò ad Anna con la morte nel cuore.

Avevano avuto una vita dura, ma erano stati felici, e adesso era tutto finito. Sarebbero arrivati violenze, calamità e lunghi anni di paura sotto il giogo dell'Ombra.

8
Il giovane Lief

Lief correva verso casa lungo i vicoli bui e tortuosi di Del. Correva veloce e silenzioso come un gatto, col cuore che gli martellava nel petto.

Era in ritardo. Doveva fare in fretta e sapeva che il minimo rumore poteva tradirlo. Era proibito farsi sorprendere per strada dopo il tramonto. Era una delle leggi più severe imposte dal Signore dell'Ombra quando aveva conquistato Del, oltre sedici anni prima. La punizione era la morte.

Lief imboccò una lunga strada stretta. Sapeva di muffa e marciume. Il selciato era scivoloso e traditore.

Altre volte era rimasto fuori dopo il tramonto, ma non tanto a lungo e mai tanto lontano da casa. Rimpiangeva amaramente la propria imprudenza. Mamma e papà lo stavano di sicuro aspettando in preda all'angoscia.

«Figliolo, hai il pomeriggio libero» gli aveva detto suo padre dopo pranzo. «Il sedicesimo compleanno è un giorno speciale. Tua madre e io vorremmo che lo passassi in allegria con i tuoi amici.»

Lief era al settimo cielo. Non gli avevano mai concesso la libera uscita in un giorno feriale e di solito il pomeriggio gli toccava studiare. L'aveva sempre trovato ingiusto. A cosa serviva leggere e scrivere? Perché imparare la matematica e la storia? Che utilità potevano mai avere per un fabbro?

Eppure i suoi genitori insistevano che continuasse a studiare, e Lief ubbidiva a malincuore. Perciò, un pomeriggio di libertà era il miglior regalo di compleanno che riuscisse a immaginare.

«Stasera ci sarà un altro regalo per te, e poi... dovremo discutere di certe cose» aveva aggiunto suo padre, lanciando un'occhiata misteriosa alla moglie.

Lief li aveva osservati incuriosito. «Quali cose?»

La madre aveva sorriso scuotendo il capo, poi l'aveva spinto verso la porta. «Ne parleremo stasera. Intanto goditi la vacanza. Ma stai lontano dai guai. E ti prego, rientra prima del tramonto.»

Lief aveva promesso, poi era corso fuori attraverso la fucina rovente dove al mattino aiutava suo padre. Aveva oltrepassato Barda, il mendicante che stava seduto tutto il giorno davanti alla porta e di notte dormiva in cortile. Aveva attraversato la strada che portava alla reggia sulla collina, tagliando per i campi pieni d'erbacce, proseguendo poi fino al mercato dove si era perso negli odori e nei suoni della città brulicante di vita.

Aveva trovato un amico, poi un altro, poi altri tre, e tutti insieme erano andati allegramente a zonzo. Non avevano un soldo ma si erano divertiti ugualmente: avevano infastidito gli ambulanti, correndo su e giù per i vicoli, avevano schivato abilmente le Guardie Grigie e avevano cercato monete d'argento nelle fogne intasate. Infine, in un campo incolto non lontano dalle mura del palazzo, avevano trovato qualcosa di meglio: un vecchio albero storto coperto di frutti rossi e tondi.

«Mele!»

Lief conosceva quei frutti, una volta ne aveva perfino assaggiato uno, quando in città c'erano ancora alcuni vasti frutteti e si potevano comprare al mercato le mele e l'altra frutta, anche se era molto costosa.

Lief e i suoi amici avevano raccolto tutte le mele che riuscivano a portare, poi erano scesi nelle fogne per mangiarsele in santa pace. I frutti erano piccoli e bacati, ma dolci e succosi. Un'ora prima del tramonto Lief aveva salutato gli amici che tornavano a casa di corsa. Quanto a lui, non era disposto a sprecare la sua ultima ora di libertà. Preferiva restare ancora un po' nella quiete e nel buio delle fogne, a riflettere mentre le esplorava.

Pensava di trattenersi per poco, ma poi aveva scoperto una piccola galleria che si diramava dal condotto principale in direzione della reggia sulla collina. L'aveva seguita fin dove poteva, poi era tornato sui suoi passi, ripromettendosi di tornare un altro giorno. Quando era risalito in superficie si era accorto che il tempo era volato. Era scesa la notte.

Perciò adesso era in grave pericolo.

Si bloccò di colpo vedendo due Guardie Grigie girare l'angolo e avviarsi nella sua direzione. Non l'avevano ancora visto né udito perché stavano discutendo, chissà di che. Ma tra poco…

Trattenne il respiro, guardandosi intorno in cerca di una via di fuga. A entrambi i lati s'innalzavano alte mura, scivolose per l'umidità e il muschio. Non poteva sperare di scalarle senza una corda. Non poteva nemmeno darsi alla fuga, sarebbe stata la morte sicura.

Da anni girava per le strade di Del e spesso si era trovato in pericolo, tuttavia andava molto fiero delle fughe fortunate del passato. Era veloce, agile e coraggioso, ma anche abbastanza sveglio da capire che non poteva percorrere tutta quella strada senza farsi notare.

Tutti i soldati dell'Ombra erano armati di fionda e di una scorta di "pustole", come le chiamavano gli abitanti di Del, cioè uova argentate piene di veleno, che scoppiavano a contatto con il bersaglio. Le Guardie sapevano scagliarle con mira e forza letali, anche al buio. Lief aveva visto crollare al suolo negli spasimi dell'agonia abbastanza vittime delle pustole da decidere che non aveva nessuna voglia di incappare nel medesimo destino.

Ma se fosse rimasto lì le Guardie gli sarebbero piombate addosso. Era comunque destinato a morire, di pustola o di spada.

Si appiattì contro il muro, non osando muovere un muscolo.

Le Guardie si stavano avvicinando. Se soltanto si fossero girate, se qualcosa le avesse distratte, avrebbe avuto una minima possibilità…

Non stava pregando per un miracolo, perché non credeva ai miracoli. Perciò rimase sbigottito quando sentì un rumore metallico provenire da un angolo alle spalle dei soldati, che si girarono e iniziarono a correre verso la fonte del rumore.

Ancora incredulo per il colpo di fortuna, si diede alla fuga. Un attimo dopo si sentì sfiorare la spalla. Una corda penzolava dalla sommità del muro. Chi gliel'aveva gettata?

Non si concesse il tempo di pensare e si arrampicò lungo la fune con tutte le sue forze. Si fermò a riprendere fiato solo dopo essersi aggrappato ai rami di un grande albero. Era solo. La corda era annodata al tronco dell'albero, ma l'ignoto soccorritore non si vedeva.

Le Guardie erano scomparse, ma le sentiva poco lontano che discutevano mentre cercavano l'origine del rumore. Il lanciatore di corda aveva scagliato un sasso per distrarre i due soldati, come avrebbe fatto anche Lief se si fosse trattato di salvare un amico.

Un amico? Per quanto ne sapeva a quell'ora i suoi amici erano a casa. Chi altri poteva essere al corrente delle sue peripezie?

«Non è importante» pensò infine, «adesso è fondamentale arrivare a casa prima che succeda qualche altro guaio».

Slegò la corda, la riavvolse e se la mise in spalla. Oggetti del genere avevano un valore.

Si calò a terra senza fare rumore, aguzzando gli occhi nell'oscurità. Pian piano riconobbe la sagoma che si stagliava a pochi passi da lui. Era una vecchia ruota da vasaio, crollata su un fianco in mezzo all'erba.

Comprese con un brivido di essere finito nel cortile del più grande laboratorio di ceramiche della città. Era passato mille volte davanti alle sue rovine bruciate, alle finestre sfondate e alla porta con il marchio del Signore dell'Ombra.

Quel sigillo significava che il Signore dell'Ombra aveva posato la mano su quel laboratorio, che adesso era un posto morto. Lì un manipolo di coraggiosi aveva cercato di opporsi all'Ombra, aveva tramato per rovesciarla, ma il tiranno li aveva scoperti, così come scopriva qualsiasi altro segreto.

Lief si aggirò tra gli alti mucchi di anfore rotte nascoste tra le erbacce e passò davanti ai due grandi forni dove un tempo cuocevano le ceramiche, ormai ridotti a cumuli di macerie. Quando arrivò nella sezione anteriore dell'edificio tremava e respirava a fatica: non era terrore, no, era rabbia...

Perché dovevano sopportare una vita del genere, strisciare nella città come criminali, nel continuo timore di essere incarcerati o giustiziati? Quando sbucò nella strada deserta, osservò con odio la reggia in cima alla collina. Da quanto ricordava era sempre stato il quartier generale dell'Ombra. Prima, secondo i suoi amici, ci viveva nel lusso il re di Deltora, e il palazzo era nascosto da una nebbia baluginante, ma appena era arrivato il Signore dell'Ombra la foschia era svanita, e adesso la reggia era visibile a tutti.

Anche se i suoi genitori lo avevano obbligato a studiare la storia di Deltora sin dalle origini, non gli avevano mai parlato degli anni recenti. Pareva quasi che ne avessero paura. Dicevano che il Signore dell'Ombra aveva spie dappertutto e che era meglio tacere. Ma gli amici di Lief non avevano paura e gli avevano raccontato tante cose.

All'ultimo re, come pure ai suoi predecessori, non interessava nulla della gente e non muoveva un dito per il suo popolo. L'unico dovere di re Endon era la custodia della magica Cintura di Deltora, ma era un uomo debole e perciò se l'era lasciata rubare, spianando la strada al trionfo dell'Ombra.

Secondo gli amici di Lief, Endon era morto. «Meglio così» pensò furioso il ragazzo mentre riprendeva la corsa verso casa. Il re meritava di morire per le sofferenze che aveva causato al suo popolo.

Ancora pochi minuti e sarebbe stato al sicuro. Sapeva che l'avrebbero sgridato per il ritardo e che avrebbe dovuto spiegare la provenienza della corda, però con un minimo di fortuna papà e mamma sarebbero stati talmente sollevati nel rivederlo da perdonarlo subito.

«Almeno non possono mandarmi a letto senza cena» pensò soddisfatto mentre attraversava la strada, diretto verso la fucina. «Hanno detto che stasera dovevano parlarmi.» Sorrise ricordando l'espressione seria dei suoi genitori quando gliel'avevano comunicato.

Li amava tanto, eppure non era possibile trovare persone più banali, timide e riservate di Jarred il fabbro e di sua moglie Anna. Jarred zoppicava, essendo rimasto schiacciato da un albero quando Lief aveva dieci anni. Ma anche prima dell'incidente i due coniugi erano persone appartate e preferivano ascoltare i racconti dei viandanti che si fermavano alla fucina piuttosto che andare a vedere il mondo con i propri occhi

Lief era nato dopo il buio e il terrore che avevano contrassegnato l'avvento del Signore dell'Ombra, ma sapeva che molti cittadini erano morti combattendo, mentre altri erano scappati. Jarred e Anna no. Mentre intorno a loro regnavano il panico e la confusione, i due erano rimasti, avevano ubbidito a tutti gli ordini e non avevano fatto nulla che potesse scatenare la rabbia del nemico. E quando in città era cessato il terrore, sostituito da un abisso di miseria, avevano riaperto i cancelli della fucina riprendendo a lavorare, interessati solo a sopravvivere in quel nuovo mondo di rovine.

Lief era convinto che l'unico interesse dei suoi genitori fosse sempre stato quello di evitare i guai, a tutti i costi. Era certo, certissimo di non potersi aspettare sorprese da loro.

Perciò provava soltanto sollievo mentre varcava i cancelli della fucina e correva verso la porta di casa. Aveva già pronta una serie di scuse e pensava solo alla cena.

Non poteva prevedere che, prima che fosse passata un'ora, il suo mondo sarebbe cambiato per sempre.

9
Il grande segreto

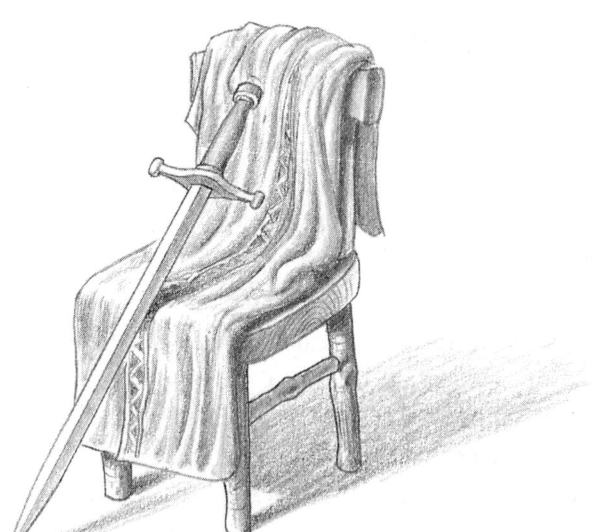

Quanto aveva appena udito lo aveva sconvolto.

Lief guardò suo padre con occhi nuovi. – *Tu* abitavi nella reggia? *Tu* eri amico del re? *Tu*... non ci posso credere. Non ci credo!

Suo padre gli rivolse un sorriso mesto.

– Invece devi crederci, figliolo –. Poi strinse i pugni. – Perché pensi che avrei passato tutti questi anni a ubbidire come un servo a tutti gli ordini, senza mai ribellarmi? Mille volte sono stato tentato di comportarmi in modo diverso, ma sapevo che non dovevo attirare l'attenzione del Nemico.

– Ma... perché non me l'hai detto prima?

– Pensavamo fosse meglio aspettare, Lief –. La risposta era venuta da sua madre, che lo guardava seria dal suo posto accanto al focolare. – Capisci, era importante che il Signore dell'Ombra non sapesse nulla – proseguì Anna. – Fino a qualche anno fa, quando tu avevi dieci anni, tuo padre era convinto che sarebbe andato lui a cercare le pietre. Ma poi...

Jarred sorrise senza allegria. – Ma poi mi è caduto addosso quell'albero, e ho dovuto accettare la realtà. Posso ancora lavorare all'incudine, abbastanza da sbarcare il lunario, ma non posso viaggiare. Perciò, Lief, adesso tocca a te. Se ne hai voglia.

Il ragazzo si sentiva girare la testa. – Quindi il re non è stato ammazzato – farfugliò. – È fuggito con la regina. Ma come mai il Signore dell'Ombra non li ha trovati?

– Quando arrivammo qui si camuffarono da persone qualsiasi – rispose il padre. – Preparammo in fretta un piano di fuga mentre fuori ululava il vento e l'Ombra calava sulla terra. Poi ci separammo. Sapevamo che probabilmente non ci saremmo più rivisti. Endon aveva capito di avere perso la fiducia del suo popolo a causa della cecità sua e della sua stirpe. La Cintura non avrebbe più brillato per lui. Tutte le speranze erano riposte nel figlio che sarebbe nato.

– Ma... ma come fai a sapere che quel bambino è ancora vivo, padre? – ribatté Lief.

Jarred si alzò in piedi a fatica per sfilarsi la vecchia cintura marrone, da cui non si separava mai. Era robusta e pesante, fatta di due corregge di cuoio cucite insieme. La scucì da un lato con il coltello per estrarre ciò che vi era nascosto.

Lief rimase senza fiato. Dal tubo di pelle scivolò fuori una catena d'acciaio che univa sette medaglioni metallici. Anche così spoglia era pur sempre la cosa più bella che avesse mai visto. Provò un desiderio incontenibile di toccarla e allungò la mano.

– L'ho riparata prima di nasconderla, perché fosse pronta a ricevere le pietre – gli spiegò suo padre mentre gliela porgeva. – È talmente legata al sangue di Adin che sarebbe finita in pezzi se l'erede fosse morto. Come vedi è ancora intera, perciò siamo sicuri che il principe è vivo.

– Lief, figlio mio, se accetti di proseguire la ricerca dovrai indossare la Cintura e non perderla mai di vista fino a quando non sarà di nuovo completa delle Sette Pietre – intervenne sua madre. – Sei disposto a farlo? Rifletti bene prima di rispondere.

Lief aveva già deciso.

– Voglio farlo – dichiarò con fermezza, e si assicurò la Cintura in vita, sotto la camicia. La sentì fredda contro la pelle. – Dove troverò le pietre? – chiese.

Jarred si sedette a guardare il fuoco, poi rispose: – Nell'attesa di questo momento abbiamo sempre prestato ascolto ai racconti dei viandanti. Ti dirò quanto sappiamo. Prandius disse che le gemme erano state nascoste in luoghi dove nessuno avrebbe osato cercarle.

– Immagino significhi che sono conservate in posti dove tutti hanno paura di andare.

– Temo di sì –. Jarred prese una pergamena dal tavolo e la srotolò lentamente. – Il giorno in cui scomparvero le pietre vidi sette Ak-Baba svolazzare intorno alla torre del palazzo e poi separarsi per volare in direzioni diverse. Penso che ogni uccello portasse con sé una delle pietre e stesse andando a nasconderla. Guarda, ho disegnato una mappa.

Col cuore che batteva come un tamburo, Lief si chinò per vedere meglio mentre suo padre indicava un nome dopo l'altro.

– Il Lago delle Nebbie – lesse il ragazzo. – La Città dei Topi. Il Deserto delle Sabbie Mobili. La Montagna del Terrore. Il Labirinto della Bestia. La Valle degli Incantesimi, Le Foreste del Silenzio... –. Gli mancò la voce. I nomi bastavano a terrorizzarlo, soprattutto l'ultimo. Ricordò tutti i terrificanti racconti che aveva sentito sui boschi a oriente di Del, e per un istante gli si appannò la vista.

– In questi anni, diversi viaggiatori hanno raccontato di aver visto un Ak-Baba in volo sopra ciascuno di questi sette luoghi il giorno in cui arrivò l'Ombra – aggiunse suo padre. – È lì che devi cercare le pietre. Si sa poco di quei posti, ma hanno tutti una pessima fama. Sarà un compito lungo e pericoloso, Lief. Sei ancora disposto a farlo?

Lief si sentiva la gola secca. Deglutì rumorosamente, quindi annuì.

– È tanto giovane! – protestò la madre, nascondendosi il volto tra le mani.

Lief le gettò le braccia al collo. – Madre, *voglio* andare. Non piangere.

– Non sai cosa stai promettendo!

– Può darsi – ammise Lief. – Ma so che farei tutto quanto è in mio potere pur di liberare la nostra terra dall'Ombra –. Si rivolse al padre. – Dov'è l'erede? – gli chiese. – Questo almeno dovresti saperlo, visto che hai suggerito tu il nascondiglio.

– Forse, ma non posso compromettere la nostra causa rivelandotelo – rispose il fabbro con voce pacata. – Senza la Cintura l'erede non ha potere e deve restare nascosto fino a quando non sarà completa. Lief, tu sei giovane e impulsivo e potresti essere tentato di trovare l'erede prima che sia finita la ricerca. Non posso correre questo rischio.

Lief fece per ribattere, ma Jarred sollevò la mano e scosse il capo.

– Quando le pietre saranno tornate al loro posto, la Cintura ti guiderà all'erede, figlio mio. Devi aspettare fino a quel momento – disse con tono deciso. Fece un mezzo sorriso mentre Lief si lasciava sfuggire un sospiro sconfortato, poi si chinò per prendere qualcosa da sotto la poltrona. – Forse questa ti incoraggerà. È il mio regalo di compleanno.

Lief ammirò la snella spada che scintillava in mano a suo padre.

– È il mio lavoro più bello. Conservala con cura, e lei si prenderà cura di te – concluse il padre mentre gliela consegnava.

Dopo aver farfugliato qualche ringraziamento, il ragazzo vide che anche la madre aveva un regalo per lui: un mantello finissimo, morbido, leggero e caldo.

– Anche questo ti proteggerà ovunque andrai – sussurrò lei, dandogli un bacio. – È un tessuto... speciale. Per farlo ho sfruttato ogni artifizio che conoscevo, e ci ho intessuto tanto amore e mille ricordi, oltre alla forza e al calore.

Lief li guardò. – Non avete mai dubitato che avrei accettato di partire.

– Ti conosciamo bene – rispose la madre con un sorriso forzato. – Eravamo sicuri che avresti voluto partire subito. Ho già preparato acqua e cibo per le prime giornate di viaggio. Puoi partire immediatamente, se vuoi.

– Stasera? – esclamò Lief, con un nodo alla bocca dello stomaco. Non aveva pensato di partire tanto presto, ma capì che sua madre aveva ragione.

– Un'altra cosa – aggiunse Jarred, zoppicando verso la porta. – Non sarai solo in questo viaggio. Avrai un compagno.

Quella sera le sorprese non finivano mai.

– Chi?

– Un buon amico, l'unico di cui possiamo fidarci – rispose il padre, spalancando la porta.

Inorridito, Lief vide entrare Barda, il mendicante.

10
Decisioni difficili

Barda mugugnò: – Allora, Lief, non ti piace il tuo compagno? –. Il ragazzo non rispose.

– Barda, non prenderlo in giro – intervenne Jarred. – Come fa a sapere che non sei quello che sembri? Dagli una spiegazione.

Barda si tolse il mantello lacero e lo lasciò cadere a terra.

I vestiti che indossava sotto erano poveri ma puliti. Drizzò le spalle, si scostò dal viso i capelli scarmigliati e sollevò il capo. Di colpo sembrò un altro: un uomo alto, forte, quasi un gigante, e molto più giovane.

– Sai, Lief, vivevo anch'io nella reggia quando tuo padre e re Endon erano ragazzi – disse. Perfino la voce era diversa, ora. – Ero il figlio di Min, la loro governante. Dovevo diventare guardia di palazzo.

– Ma... ma hai sempre vissuto qui, fuori dalla fucina – balbettò Lief.

Il viso di Barda si rabbuiò. – Fuggii dal palazzo la notte in cui mia madre fu assassinata. La mia uniforme da guardia mi aiutò a uscire dai cancelli, e corsi subito qui.

– Perché qui?

– Credo sia stato il destino a guidarmi. Era notte, la casa era al buio. Mi nascosi nella fucina per dormire. Quando mi svegliai era già giorno. Il vento soffiava con una forza mai vista. Ancora mezzo addormentato uscii e vidi quattro sconosciuti al cancello. Adesso so che erano Jarred e Anna che salutavano il re e la regina, ma allora non potevo saperlo. Jarred rimase allibito vedendo una guardia di palazzo venirgli incontro, e mi accolse con un pugno che mi rimise a nanna per un po'.

Lief scosse il capo, incapace di credere che suo padre potesse prendere a pugni qualcuno.

– Quando mi svegliai mi accorsi che Jarred e Anna non avevano più paura di me – riprese Barda. – Mentre ero svenuto avevo delirato, perciò sapevano... che ero un amico.

– Certo – intervenne Anna, rivolta al figlio. – Spiegammo a Barda chi erano i nostri ospiti e gli chiedemmo di aiutarci.

Barda si fece più serio. – Accettai volentieri. Avevo già deciso che avrei fatto tutto il possibile per sconfiggere il Signore dell'Ombra e vendicare la morte di mia madre.

– È... è incredibile! Per tutti questi anni tu... – esclamò Lief.

– In questi anni sono stato al sicuro, camuffato da mendicante. Jarred e Anna mi hanno dato cibo e un tetto, aiutandomi a recitare la mia parte senza troppe sofferenze. In cambio io ti sorveglio da quando avevi dieci anni.

– Mi sorvegli?

– Certo. Quando tuo padre rimase invalido gli dissi che sarei partito da solo alla ricerca delle pietre. Ma Jarred e Anna erano convinti che tu dovessi compiere la promessa di tuo padre.

Era evidente che ne avevano discusso a lungo in passato. Ed era evidente che il gigantesco Barda avrebbe preferito andare da solo.

«È convinto che gli sarò di peso» pensò Lief con rabbia. Ma prima che potesse aprire bocca, Barda proseguì: – Ho accettato di averti accanto a condizione che ti permettessero di aguzzare l'ingegno e maturare vagando libero per la città. Ma bisognava proteggerti dai pericoli senza che tu te ne accorgessi –. Le sue labbra si curvarono in un sorriso. – Giovane Lief, non è stato facile tenerti lontano dai guai. A proposito, credo che tu abbia la mia corda.

Allungò la mano. Lief gli consegnò la corda che lo aveva salvato. Non osava neppure guardare i genitori. Arrossiva al ricordo di tutte le volte che si era vantato con gli amici delle sue fughe ardite, senza sapere che non si trattava di fortuna o abilità. «Quanto avrà riso alle mie spalle!» rimuginò in silenzio.

– I miei stracci mi sono tornati utili in tanti modi – riprese il falso mendicante. – Le Guardie Grigie parlano senza problemi in mia presenza. Perché preoccuparsi delle orecchie di uno straccione senza importanza?

– Grazie alle notizie che Barda ha raccolto nell'ultimo anno sappiamo che è giunta l'ora di agire – intervenne Jarred. – Il Signore dell'Ombra è in cerca di ulteriori conquiste, verso le terre al di là del mare. Dai nostri porti stanno già salpando le navi da guerra.

– Ci sono ancora molte Guardie Grigie in città, ma pare che ne siano rimaste poche in campagna – aggiunse Barda. – Un tempo a Deltora c'era un certo equilibrio tra Bene e Male. Con l'arrivo dell'Ombra questo equilibrio è saltato e il Male è diventato molto più potente.

Lief afferrò la mappa. – Abbiamo deciso la strada? – chiese bruscamente.

Barda indicò un punto della carta. – Credo che dovremmo andare verso est, alle Foreste del Silenzio.

– Barda, le Foreste dovevano essere l'ultima prova – protestò Jarred.

Barda scrollò le spalle. – Oggi ho sentito certe cose che mi hanno fatto cambiare idea. Le Guardie Grigie hanno sempre temuto le Foreste almeno quanto noi, ma adesso sembra che le evitino del tutto, a causa delle perdite che hanno subito. Le strade tutto intorno sono sgombre, per lo meno dalle Guardie.

Lief fissò la mappa, in preda allo sgomento. Un conto era affrontare le Foreste del Silenzio in un futuro imprecisato... ma andarci subito era un'altra cosa.

– Allora, Lief, che ne dici?

Il ragazzo si rese conto che quella domanda in realtà era un esame. – Mi sembra un buon piano – rispose. – Senza le Guardie tra i piedi sarà facile. E se recuperiamo subito una pietra saremo più motivati a proseguire.

Gli occhi di Barda brillarono e Lief capì di aver fatto la scelta giusta. – Allora, Jarred? – chiese Barda con il solito tono brusco.

Il fabbro chinò il capo. – Sembra che il destino abbia deciso di cambiare i miei piani.

11

Il pericolo è in agguato

Marciavano verso est, lungo la strada che usciva da Del. A Lief sembrava di vivere un sogno. Al suo fianco, Barda, il suo gigantesco compagno, era silenzioso.

Il ragazzo sentiva che Del, i genitori e tutto ciò che conosceva erano ormai alle sue spalle. A ogni passo avanzava verso un luogo il cui solo nome lo faceva sudare per il terrore.

Per la prima ora del viaggio tenne la mano sulla spada, col cuore che batteva forte. Ma non incontrarono nessuno, e dopo un po' il ragazzo cominciò a concentrarsi sul suo passo, per non farsi distanziare dalle rapide falcate di Barda. Non voleva essere il primo a proporre di riposarsi. Ed era deciso a non aprire bocca, per quanto mille domande gli si affollassero in testa.

Arrivarono a un sentiero che si staccava dalla strada principale e proseguiva nel bosco. Barda si fermò.

– Credo che sia il sentiero per Wenn Del, la via più breve per le Foreste – disse. – Corrisponde alla descrizione. Però dovrebbe esserci un cartello, e invece non lo vedo.

Il silenzio era opprimente e assoluto.

Le nubi si squarciarono solo per un secondo, facendo filtrare i raggi spettrali della luna. Guardandosi intorno, Lief vide un luccichio bianco per terra, a lato della strada. Corse in quel punto, s'inginocchiò e chiamò Barda.

– È qui – gridò. – L'hanno abbattuto per tenere segreta la direzione.

Il cartello era seminascosto da foglie e arbusti. Lief lo portò allo scoperto e lesse:

– Qualcuno ha cercato di avvertire i viaggiatori dei pericoli che li aspettano lungo questa strada. Il cartello non è stato abbattuto per nascondere la direzione, ma l'avvertimento – bofonchiò Barda.

Lief si sollevò adagio, guardandosi alle spalle.

– Questo viottolo ci risparmierà un giorno e mezzo di viaggio – disse ancora Barda. – Ma forse faccio male a guidarti verso un pericolo sicuro all'inizio del viaggio.

Lief si arrabbiò. Con Barda perché si era accorto del suo terrore e con se stesso per essersi tradito.

– Barda, non c'è più bisogno che tu mi protegga – protestò ad alta voce. – Una scorciatoia è troppo preziosa per non approfittarne. Ormai siamo preparati ai pericoli. Staremo attenti.

– Come vuoi tu – si limitò a dire il gigante di Del, avviandosi. Lief non capì se era contento oppure dispiaciuto.

Svoltarono a destra, oltrepassarono un ponticello di legno e si inoltrarono nel bosco. Non avevano fatto molta strada quando Lief si sentì osservato. Girandosi appena, scorse con la coda dell'occhio un riflesso tra le foglie. Due occhi rossi brillavano al chiaro di luna. Frenando la tentazione di mettersi a gridare, toccò il braccio di Barda.

– Li ho visti anch'io – confermò il suo compagno. – Sguaina la spada e stai pronto.

Lief vide un altro paio d'occhi, e un altro ancora. Poco dopo l'intero sentiero era tappezzato di puntolini ardenti. Digrignò i denti. La mano che impugnava la spada era madida di sudore. – Cosa sono? Cosa stanno aspettando? – sibilò.

A quelle parole qualcosa attraversò la strada alle sue spalle. Il ragazzo si voltò appena in tempo per vedere una strana creatura sparire tra i cespugli, una cosa curva, pallida, che sembrava tutta braccia e gambe. – Guarda avanti! – ordinò Barda sottovoce, strattonandolo. – Ti ho detto di...

In quel momento iniziò il rumore. All'inizio era un ronzio acuto e lamentoso, come se la strada fosse stata invasa di colpo da uno sciame di insetti alati.

Eppure lì intorno non c'erano insetti, solo la parete di foglie verde scuro. E quegli occhi che li guardavano. E quel rumore, sempre più forte a ogni passo, tanto che in pochi secondi la testa ne fu piena e le orecchie iniziarono a far male.

Nel tentativo di farlo smettere i due si portarono le mani alle orecchie e cominciarono a correre. Non sentivano più nulla, se non il dolore di quel ronzio sempre più penetrante, che trapanava il cervello, scacciando ogni pensiero. Corsero, barcollando e incespicando, desiderosi soltanto di fuggire. Ma non c'era via di scampo. Gridarono aiuto, senza nemmeno riuscire a sentire le proprie urla. Alla fine crollarono stremati e rimasero a terra, a dibattersi impotenti nella polvere.

Il rumore diventò un micidiale ululato di trionfo. Le foglie frusciarono. Una schiera di pallide creature allampanate dagli occhi rossi zampettò verso di loro.

Lief si svegliò lentamente, senza capire dove si trovava o quanto tempo era passato. Sentiva un rombo sordo nelle orecchie, aveva la gola secca e i muscoli indolenziti.

«Sono vivo» pensò sorpreso e stordito. «Com'è possibile?»

L'ultima cosa che ricordava era la corsa insieme a Barda sul sentiero per Wenn Del, con la testa che scoppiava. Poi solo il nulla.

O no? Gli sembrava di ricordare una serie infinita di fitte lancinanti, in tutto il corpo. Ricordava un sogno in cui qualcuno lo trasportava a spalla... mentre la notte diventava giorno e il giorno di nuovo notte.

Un sogno tremendo.

Ma... era stato davvero un sogno?

Era sdraiato sulla schiena. La luce filtrava dai rami. Era giorno, tardo pomeriggio.

Cercò di girare la testa e si rese conto che non poteva muoversi. Fu preso dal panico. Cercò di sollevare le mani, di muovere i piedi... non riusciva nemmeno a spostare un dito.

«Come hanno fatto a legarmi come un salame?»

Lenta e orrenda, si presentò la risposta.

Non era legato, semplicemente il suo corpo rifiutava di ubbidire.

– Co... cos'è successo? – gridò terrorizzato.

– Ci hanno punto, come le vespe pungono i vermi e i ragni le farfalle –. La voce di Barda era lenta e impastata, ma Lief la riconobbe ugualmente. – Ci hanno paralizzato, e adesso siamo vivi ma immobili – proseguì l'uomo. – Quando torneranno inizierà il banchetto. Siamo stati sciocchi a ignorare l'avvertimento. La colpa è solo mia, non riuscivo a immaginare un'arma contro cui non potessi combattere. Ma quel rumore! Nessuno può sopportare una cosa del genere... Mi spiace, Lief, ti ho portato alla morte.

Il ragazzo s'inumidì le labbra secche.

– Non è colpa tua. Abbiamo imboccato questo sentiero insieme. E poi non siamo ancora morti. Dove siamo?

La risposta arrivò più lenta delle precedenti, e più terribile.

– Ci hanno portati lontano. Credo... credo che siamo nelle Foreste del Silenzio.

– Perché? Perché ci hanno portato in un posto tanto lontano da casa loro?

– Perché siete una preda troppo grossa per i Wenn – rispose una voce sconosciuta. – Vi hanno portati qui come offerta al loro dio. Il Wennbar adora la carne fresca. Arriverà appena cala il sole.

12

Il Wennbar si avvicina

Con un fruscio quasi impercettibile, le fronde dell'albero sopra di loro si mossero. Poi, leggera come una farfalla, una ragazza dai capelli scarmigliati atterrò a pochi centimetri dalla testa di Lief.

Il ragazzo le rivolse uno sguardo sbigottito. Aveva più o meno la sua età, il volto dai lineamenti delicati, capelli neri e occhi verdi. Era vestita con stracci grigi che gli sembravano stranamente noti. La fanciulla si chinò su di lui per sciogliere i lacci del mantello.

– Grazie al cielo sei arrivata – sussurrò Lief.

– Questo può essere utile, Filli.

Sconcertato, Lief si accorse che la ragazza non si stava rivolgendo a lui ma a una creaturina pelosa dai grandi occhi, che le stava aggrappata alla spalla.

– Che fortuna passare di qua proprio oggi – proseguì lei. – Se avessimo aspettato domani il tessuto sarebbe stato rovinato.

Con una sola spinta del braccio sottile e abbronzato girò Lief sul fianco per sfilargli il mantello, poi lo rimise di schiena e si rialzò.

Dall'alto arrivò un grido rauco e Lief vide un corvo. La testa inclinata di lato, l'uccello li osservava con lo sguardo tagliente di un unico occhio giallo.

La fanciulla sorrise e sollevò il mantello.

– Kree, guarda cos'ho trovato! Una bella coperta nuova per il nido. Ce ne andiamo subito, non avere paura.

E si girò per andarsene.

– No, ti prego, non ci lasciare! – gridò Lief in preda al panico.

– Non puoi lasciarci qua a morire – ruggì Barda nello stesso istante.

Ma la ragazza era scomparsa. Travolto dalla disperazione, Lief ripensò alle pazienti mani della madre che avevano tessuto il mantello a lume di candela.

– Ridammi il mantello! – gridò. Ma sapeva quanto fosse sciocco quel sentimento. Tra poco sarebbe morto in maniera atroce. Cosa importava ormai? Importava. – Non hai il diritto di prenderlo. L'ha fatto mia madre! – urlò furibondo.

Ci fu un attimo di silenzio, poi la fanciulla tornò indietro. – Non è possibile che l'abbia fatto tua madre – gli disse. – Le Guardie Grigie non conoscono la mamma, crescono a gruppi di dieci in una casa insieme a...

– Non sono una Guardia Grigia! Io e il mio amico siamo... viaggiatori, da Del. Non vedi i vestiti?

Lei rise, sprezzante.

– Il travestimento non m'inganna. Solo le Guardie Grigie passano dal sentiero per Wenn Del, visto che porta alle Foreste. Molti tuoi compagni sono passati di qua prima di te, in cerca di esseri viventi da catturare o distruggere. Hanno imparato a loro spese quanto si erano sbagliati.

– Non siamo Guardie – intervenne il compagno di Lief. – Io mi chiamo Barda e lui è Lief. Siamo venuti qui per un altro motivo.

– E cioè?

– Noi… non possiamo dirlo – rispose Lief.

La ragazza si girò scrollando le spalle. E Lief gridò spaventato: – Come ti chiami? Dov'è la tua famiglia? Puoi farli venire qui?

La ragazza si fermò e tornò a guardarlo. Sembrava perplessa, come se nessuno le avesse mai posto domande del genere. – Mi chiamo Jasmine. Kree e Filli sono tutta la famiglia che ho. Le Guardie Grigie si sono prese i miei genitori tanto tempo fa – rispose.

Lief si sentì perduto. Allora non c'era nessuno che potesse aiutarla a portarli in salvo. Eppure… forse c'era una possibilità.

– Le Guardie Grigie sono nostre nemiche come lo sono per te – disse con tutta la calma e la fermezza che poteva. – Il nostro viaggio nei boschi fa parte di un piano per sconfiggerle… per liberare Deltora dall'Ombra. Aiutaci, te ne supplico!

Trattenne il respiro mentre lei esitava, tormentando il mantello appeso al braccio. Poi l'uccello nero gracchiò di nuovo. Jasmine lo guardò, lanciò il bottino sul petto di Lief e si avviò senza dire una parola.

– Torna indietro! Jasmine!

Lief non ottenne risposta. Lunghe ombre scure rigavano la radura. Presto sarebbe calata la notte. E sarebbe arrivato il Wennbar.

Il mantello gli teneva caldo il petto. Non poteva muovere la mano per toccarlo, eppure era un contatto gradevole. Era felice di averlo ancora con sé. Chiuse gli occhi…

Qualcosa gli sfiorò la spalla. Lanciò un grido terrorizzato, spalancò gli occhi e vide il viso di Jasmine a pochi centimetri.

– Apri la bocca! Presto! – ordinò la ragazza, accostandogli una boccetta alle labbra.

Confuso, Lief ubbidì. Sentì sulla lingua due gocce fredde e un sapore disgustoso.

– Cosa... Cos'è? – mormorò il giovane.

Jasmine si era già allontanata. – Apri la bocca! – stava ordinando a Barda.

Lief si sentì balzare il cuore in gola, poi di colpo in tutte le sue membra si diffuse uno strano calore. Il calore diventò insopportabile, come se il suo corpo fosse avvolto dalle fiamme.

Molto più in alto risuonò il grido d'allarme dell'uccello. Barda stava gridando, ma Lief non sentiva più nulla, oltre al dolore e alla paura. Iniziò a dimenarsi.

All'improvviso, in uno sprazzo di lucidità, si rese conto che Jasmine era china su di lui, gli tirava le braccia, lo colpiva con i piedi nudi e callosi. – Alzati! Ascoltami! – urlava. – Ti muovi. Puoi muoverti.

Puoi muoverti! Lief, incredulo, combatté contro il dolore e si mise faticosamente carponi, cercando a tentoni il mantello. Non voleva perderlo proprio adesso.

– L'albero! – gridò Jasmine. – Striscia fino all'albero e arrampicati. Il Wennbar è vicino!

Mentre parlava si era girata a guardare Barda, che si stava rotolando sul suo letto di felci, lanciando urla di dolore.

Lief cercò di avvicinarsi, trascinandosi dietro il mantello, ma lei gli fece segno di allontanarsi. – Scappa! Penso io a lui! Vai! Sali!

Lief sapeva che aveva ragione. Iniziò a strisciare verso il tronco del grande albero, con le gambe e le braccia che tremavano, il corpo scosso da brividi e tormentato da ondate di calore. Quando raggiunse l'albero si tirò in piedi. Vide un ramo basso e lo afferrò con una mano, stremato, mentre con l'altra mano si avvolgeva nel mantello.

Nella radura calò il buio. Il sole era sceso oltre l'orizzonte.

Lief sentì un battito d'ali quando il corvo lasciò il suo posto, per planare con grida eccitate verso il punto in cui Jasmine stava avanzando a fatica, trascinando Barda con sé.

– Lo so, Kree, sento il suo odore – ansimò la ragazza.

In quel momento anche Lief percepì qualcosa, un vago odore disgustoso che stava invadendo la radura. Fu preso dalla nausea. Allacciò il mantello, afferrò il ramo e si sollevò, aggrappandosi alla corteccia ruvida.

Jasmine e Barda avevano raggiunto l'albero e Kree era sempre più agitato. – Più in alto! – gridò Jasmine a Lief. – Più che puoi. Lui non può salire, ma sicuramente cercherà di farci cadere.

Il fetore era più intenso e si sentiva anche un rumore, qualcosa di pesante che strisciava, rametti spezzati, fruscio di foglie.

Qualcosa stava entrando nella radura.

– Presto! –. Jasmine era accanto a lui. E Filli, sulla sua spalla, aveva gli occhi sbarrati per il terrore.

– Barda… – riuscì a sussurrare Lief.

– Sa cosa deve fare. Puoi aiutarlo solo salendo! – sbottò la fanciulla. – Avanti! Non capisci? Il sole è calato. Il Wennbar sta…

Filli gridò, l'uccello nero gracchiò. L'aria si impregnò di un fetore talmente orrendo che Lief fu sul punto di vomitare. Quindi un'enorme creatura mostruosa strisciò all'aperto.

Quattro zampe tozze polverizzavano i ramoscelli che calpestavano. Dal collo del mostro penzolavano pieghe di carne vizza e verdastra. La testa era ridotta a due occhietti infossati sopra lunghe mascelle minacciose, spalancate a mostrare i denti neri. Dalle labbra colavano rivoli di bava e uscivano folate fetide a ogni respiro.

Lief continuò ad arrampicarsi, con la forza della disperazione, costringendo braccia e gambe a ubbidire. Un ramo.

Poi un altro.

E un altro ancora.

Nella radura risuonò un ruggito tremendo. Guardò in basso. Barda e Jasmine erano poco sotto di lui. Il Wennbar aveva raggiunto il letto di felci e ringhiava rabbioso per la scomparsa della preda.

«Siamo salvi» pensò Lief col cuore che batteva all'impazzata. «Salvi! Non ci può raggiungere qua sopra.» Chiuse gli occhi.

– Lief! – gridò Jasmine.

Il ragazzo spalancò gli occhi giusto in tempo per vedere il Wennbar sollevarsi sulle zampe posteriori. Il suo ventre grigiastro lampeggiò nella penombra. La creatura ruggì. Le pieghe di carne flaccida scomparvero, mentre il collo si gonfiava e cresceva, e la testa si sollevava sempre più in alto…

Poi il mostro balzò verso l'albero, facendo scattare le zanne, mentre gli occhietti ardevano di fame e di rabbia.

13
Il nido sull'albero

Terrorizzato Lief si spinse ancora più in alto. L'enorme mole del Wennbar si abbatteva contro il tronco e le zanne puntavano ai suoi talloni.

Il fiato fetido del mostro rendeva l'aria irrespirabile, i suoi ruggiti ferivano i timpani. Erano riusciti a salire abbastanza perché il mostro non riuscisse a raggiungerli, nemmeno con il collo in piena estensione. Tuttavia il Wennbar non voleva darsi per vinto e continuava ad avventarsi contro l'albero.

La temperatura si era abbassata. Il mantello di Lief riusciva a tenerlo al caldo, ma le mani aggrappate al ramo erano intorpidite. Barda tremava e batteva i denti. Di questo passo sarebbe caduto. Lief si avvicinò più che poteva ai compagni, raccogliendo la cappa con le dita intirizzite per coprire anche gli altri due.

Dopo qualche secondo il ragazzo si accorse che qualcosa era cambiato.

La bestia aveva smesso di avventarsi contro l'albero, e i ruggiti erano stati sostituiti da un basso ringhio. Jasmine fece capolino da sotto il mantello per vedere cosa stava succedendo.

– Se ne sta andando – sussurrò meravigliata. – Come se non riuscisse più a vederci. Forse è convinto che siamo riusciti a scappare. Ma perché?

– Il mantello. Può darsi che ci nasconda – bisbigliò eccitato Barda.

Lief si sentì balzare il cuore in gola nel ricordare le parole della madre. «Anche questo ti proteggerà dovunque andrai. È un tessuto... speciale.»

Jasmine trattenne il respiro.

– Che c'è? – bisbigliò Lief.

– Stanno arrivando i Wenn. Vedo i loro occhi. Hanno sentito che i ruggiti sono cessati e credono che il Wennbar abbia finito con voi. Vengono a prendere i resti.

Lief scostò con circospezione il mantello per scrutare la radura.

Tra i cespugli, vicino al punto in cui si aggirava il Wennbar, brillavano tanti occhietti rossi. La terribile creatura levò il capo ed emise un forte latrato stridulo. Sembrava un ordine.

I cespugli frusciarono. Il Wennbar lanciò un altro richiamo. Alla fine due figure pallide strisciarono tremanti nella radura e si inginocchiarono di fronte al mostro. Il Wennbar grugnì, le afferrò tra le zanne terrificanti e le ingoiò in un solo boccone.

Lief distolse lo sguardo da quello spettacolo orripilante.

Jasmine si alzò. – Adesso siamo salvi. Vedi? I Wenn sono scappati e il Wennbar torna alla sua caverna.

Lief e Barda si guardarono perplessi.

– La caverna dev'essere il nascondiglio che stiamo cercando. Domani sera, quando il mostro verrà a cercare altro cibo, andremo a perquisirla – propose Barda sottovoce.

– Nella caverna del Wennbar ci sono solo ossa e puzza – sbuffò Jasmine. – Cosa state cercando?

– Non possiamo dirtelo – rispose Barda, alzandosi a fatica. – Però sappiamo che è stato nascosto nel punto più remoto delle Foreste del Silenzio e che il suo guardiano è un mostro. Dove altro potrebbe essere?

Jasmine scoppiò a ridere.

– Siete proprio ignoranti! Ehi, questo è solo un angolino all'estremità di un bosco. Le Foreste sono tre, e ciascuna contiene centinaia di posti più pericolosi di questo.

Lief e Barda si guardarono di nuovo mentre la risata della ragazza risuonava nella radura, per poi cessare di colpo. Quando si girarono verso di lei, Jasmine era tornata serissima.

– Che c'è? – chiese Lief.

– Niente. Solo che... –. Jasmine s'interruppe, scuotendo il capo. – Non parliamone adesso. Vi porto al mio nido, dove saremo al sicuro. Parleremo là.

Restarono quasi sempre sulle cime degli alberi, passando da un ramo all'altro con l'aiuto delle liane. Più in alto si spalancavano tratti di cielo tempestato di stelle, sotto c'erano soltanto buio e silenzio. Kree li precedeva in volo, fermandosi ogni tanto per aspettarli. Filli stava aggrappato alla spalla di Jasmine, con gli occhi sgranati e luminosi.

Lief si sentiva più in forze, ma fu lieto quando finalmente arrivarono alla casa della ragazza: una specie di nido di ramoscelli intrecciati sulla cima di un grosso albero contorto, cresciuto solitario in una radura. La luna brillava tra le fronde, illuminando lo spiazzo con una tenue luce bianca.

Jasmine non si spiegò subito. Prima fece accomodare i due ospiti e portò bacche, frutta, noci e un grosso guscio duro, simile a quello di un melone, pieno di acqua fresca.

Mentre si riposava, Lief si guardò intorno. Jasmine possedeva pochissimi oggetti. Alcuni, un pettine sdentato, una coperta macchiata, un vecchio scialle, due bottigliette e una bambolina di legno intagliato, erano i tristi ricordi dei genitori perduti. Altri, una cintura, due pugnali, selci per accendere il fuoco e molte monete d'oro e d'argento, provenivano dai cadaveri delle Guardie Grigie sacrificate al Wennbar.

La ragazza divise cibo e acqua in cinque parti uguali, apparecchiando anche per Filli e Kree. Osservandola meglio, Lief si accorse sgomento che anche gli stracci grigi provenivano dalle Guardie: erano uniformi ritagliate e cucite per farne un vestito.

Pensò con disagio alla fanciulla che depredava le vittime inermi, abbandonandole a morte certa, poi ricordò che le Guardie avevano catturato i genitori della ragazza, per ucciderli o per ridurli in schiavitù, lasciandola sola nella foresta. Ciononostante, un comportamento tanto spietato lo sconvolgeva.

– È ora di mangiare! – disse la ragazza.

L'ordine di Jasmine spezzò il filo dei suoi pensieri. Lui la guardò.

– Il cibo vi aiuterà a rimettervi in sesto, e questo è buono – disse la ragazza, addentando uno strano frutto rosa. Il succo le colò lungo il mento.

«Sono sciocco a giudicarla» pensò Lief. «Sta cercando soltanto di cavarsela. E siamo vivi grazie a lei.»

Barda aveva iniziato a mangiare e il ragazzo decise di imitarlo. Non aveva mai assaggiato nulla di più strano, non solo perché era un cibo diverso da quelli di casa sua… anche la situazione era strana: sotto una luna accecante, su una piattaforma che dondolava a ogni soffio di vento. – Jasmine, abiti qui da molto? – chiese alla fine.

– Avevo sette anni quando sono arrivate le Guardie Grigie – rispose lei. – Io stavo riempiendo gli otri di pelle al ruscello e i miei genitori stavano portando il cibo a casa.

– Le Guardie non ti hanno scoperto? Come mai? – chiese Barda.

– Mia madre si voltò per farmi segno di stare nascosta tra le felci, senza fare rumore. E così feci, pensando che se avessi fatto la brava papà e mamma sarebbero tornati. Ma non li ho mai più rivisti.

Le labbra della fanciulla si contrassero, gli angoli si abbassarono, ma non scoppiò a piangere.

– Allora sei cresciuta da sola nella foresta? – le domandò Lief.

Lei annuì. – Gli amici alberi e gli uccelli mi hanno aiutato – disse, come se fosse la cosa più normale al mondo. – E ricordavo bene quello che mi avevano insegnato i miei genitori. Raccolsi da casa quello che potevo… e che non era stato bruciato, poi costruii questo nido per dormire al sicuro. E così ho vissuto da allora.

– Quella pozione che ci hai dato da bere per farci riprendere cos'era? – chiese Barda, facendo una smorfia al solo pensiero.

– Me l'ha data mia madre tanto tempo fa. È fatta con le foglie di una pianta molto rara. Servì a curare mio padre quando rimase ferito, e l'ho usata anche su Filli quando l'ho scoperto da piccolo, prigioniero dei Wenn. È così che è venuto a stare con me. Vero, Filli?

L'animaletto che sbocconcellava bacche accanto a lei squittì per confermare.

La ragazza accennò un sorriso che svanì immediatamente quando si girò verso i due ospiti. – Quando vi ho trovato ne restavano solo poche gocce. Adesso la boccetta è vuota.

– Non puoi farne dell'altra? – le domandò Barda.

Jasmine scosse il capo. – L'incendio appiccato dalle Guardie ha distrutto le poche piante che crescevano nella foresta e ora se ne trovano solo sul sentiero dei Wenn.

– Ti siamo molto grati, Jasmine. Ti dobbiamo la vita – sussurrò Lief.

– E Deltora ti deve molto, perché adesso possiamo riprendere la nostra ricerca – aggiunse Barda.

Jasmine sollevò il capo. – Se il vostro viaggio vi porterà dove penso, non ve la caverete comunque. Tanto valeva che vi lasciassi al Wennbar – rispose con voce inespressiva. Ci fu una breve pausa imbarazzata, poi la ragazza scrollò le spalle. – Ma credo che proseguirete nonostante i miei consigli – aggiunse con un sospiro, alzandosi in piedi. – Perciò vi mostro la strada. Siete pronti?

14
Il Buio

Viaggiarono nella notte dalla cima di un albero all'altra, mentre in basso presenze invisibili frusciavano, ringhiavano, sibilavano. Seguirono una rotta tortuosa perché Jasmine passava solo da certi alberi, quelli buoni, come diceva lei.

Ogni tanto la ragazza appoggiava il capo contro un tronco per mettersi in ascolto. – Mi dicono cosa c'è davanti – spiegò quando Barda le chiese il motivo di quel gesto. – Mi avvertono del pericolo –. E quando il gigante di Del inarcò le sopracciglia con aria interrogativa, lei sostenne il suo sguardo come se non capisse la sua perplessità.

Non disse quasi nulla sul luogo in cui li stava portando. – So solo che è il centro della Foresta di Mezzo, quella più piccola. Nemmeno gli uccelli osano addentrarsi in quel tratto, ma dicono che è un posto maledetto e proibito. Lo chiamano il Buio. Ha un guardiano terrificante, e chi arriva in quel luogo non fa mai ritorno. Perfino gli alberi lo temono.

Si girò verso Lief con un mezzo sorriso.

– Cosa ne dici? Non sembra proprio il posto che state cercando?

Lief annuì, sfiorando la spada per cercare conforto.

Stava spuntando il sole quando attraversarono una radura per entrare nella Foresta di Mezzo.

Gli alberi facevano filtrare solo qualche raggio di sole, e non si sentiva il minimo rumore. Jasmine aveva iniziato a procedere con maggiore prudenza. Filli le stava rannicchiato contro il collo. Kree non volava più, ma si limitava a saltellare da un ramo all'altro.

– Gli alberi ci dicono di tornare indietro... o moriremo tutti – mormorò Jasmine.

Sembrava terrorizzata, ma non si fermò. Lief e Barda la seguirono nella foresta sempre più fitta, occhi e orecchie in cerca di qualunque segnale di pericolo. Eppure intorno a loro c'era solo il verde, e il silenzio era spezzato soltanto dal rumore dei loro passi.

Giunsero a un punto oltre al quale non potevano avanzare. I grossi rampicanti contorti erano tutti aggrovigliati e soffocavano gli alberi mastodontici, creando una barriera. I tre compagni guardarono in tutte le direzioni, scoprendo che i rampicanti erano ovunque.

– È il centro del Buio – bisbigliò Jasmine indicando la zona inaccessibile.

– Dobbiamo scendere – dichiarò Barda.

Jasmine scosse il capo. – Lì vi aspetta un pericolo tremendo. Gli alberi non mi rispondono, restano muti.

– Forse sono morti, sono stati strangolati dai rampicanti – sussurrò Lief.

Jasmine scosse di nuovo il capo. I suoi occhi erano pieni di dolore, rabbia e pietà. – Non sono morti. È una... tortura.

– Lief, dobbiamo scendere – ripeté Barda. Quei discorsi lo mettevano a disagio. Secondo lui Jasmine era un po' strana. – Ti siamo grati per quello che hai fatto, ma ora non puoi più aiutarci. Adesso dobbiamo proseguire da soli – le disse.

Lasciata la ragazza in cima all'albero, i due iniziarono a calarsi verso terra.

Quando Lief alzò gli occhi la intravide. Jasmine li stava guardando, con il corvo appollaiato sul braccio e Filli seminascosto tra i capelli.

Scivolarono in basso, sempre più in basso. Poi Lief provò una sensazione che gli fece balzare il cuore in gola. La Cintura, nascosta sotto i vestiti, si stava scaldando.

– Una delle pietre è vicina, la Cintura la sente – sussurrò a Barda.

Le labbra del compagno s'irrigidirono. Lief sapeva cosa stava pensando. Se una pietra era vicina, allora era nei paraggi anche un nemico terribile, e Barda pensava che sarebbe stato più facile trovarsi da solo, senza nessun altro a cui badare.

– Non preoccuparti per me – gli disse il ragazzo. – Ciò che conta è riuscire a prendere la pietra. Se io muoio non sarà colpa tua. Dovrai togliermi la Cintura e proseguire da solo... come volevi fin dall'inizio.

Toccarono terra, affondando nelle foglie secche. Le ragnatele fasciavano i tronchi degli alberi e ovunque spuntavano orrendi ammassi di funghi. L'aria era irrespirabile per il fetore di marciume e umidità.

Lief e Barda sguainarono la spada, aggirando adagio la parete di rampicanti.

La Cintura era sempre più calda intorno alla vita di Lief. Quasi rovente!

– Tra poco... – mormorò il ragazzo.

Barda gli afferrò il braccio. Davanti a loro si apriva un varco tra le liane e nella breccia si stagliava una figura massiccia e terrificante.

Era un cavaliere, coperto da una corazza dorata. Faceva la guardia immobile, uno spadone in pugno. Nell'elsa era incastonata un'enorme pietra gialla. Un topazio.

– CHI VA LÀ?

Il cavaliere non aveva mosso un muscolo, eppure sapevano che l'intimazione veniva da lui, e anche che era inutile cercare di nascondersi.

– Siamo pellegrini della città di Del – rispose Barda. – Chi desidera saperlo?

– Sono Gorl, guardiano di questo luogo e proprietario del tesoro – disse la poderosa voce. – Siete su suolo vietato. Allontanatevi subito se volete vivere. Restate e morirete.

– Siamo due contro uno – sussurrò Lief a Barda. – Possiamo sopraffarlo se lo cogliamo di sorpresa. Fingiamo di allontanarci e poi...

Gorl si girò lentamente verso di loro. Attraverso le feritoie dell'elmo si scorgeva solo il buio. Lief sentì un brivido lungo la schiena.

– State tramando contro di me – echeggiò la voce. – Benissimo, la scelta è stata fatta.

Il braccio corazzato si sollevò e Lief, inorridito, incespicò in avanti, come trascinato da una corda invisibile. Anche Barda era in preda alla forza magnetica di quel braccio.

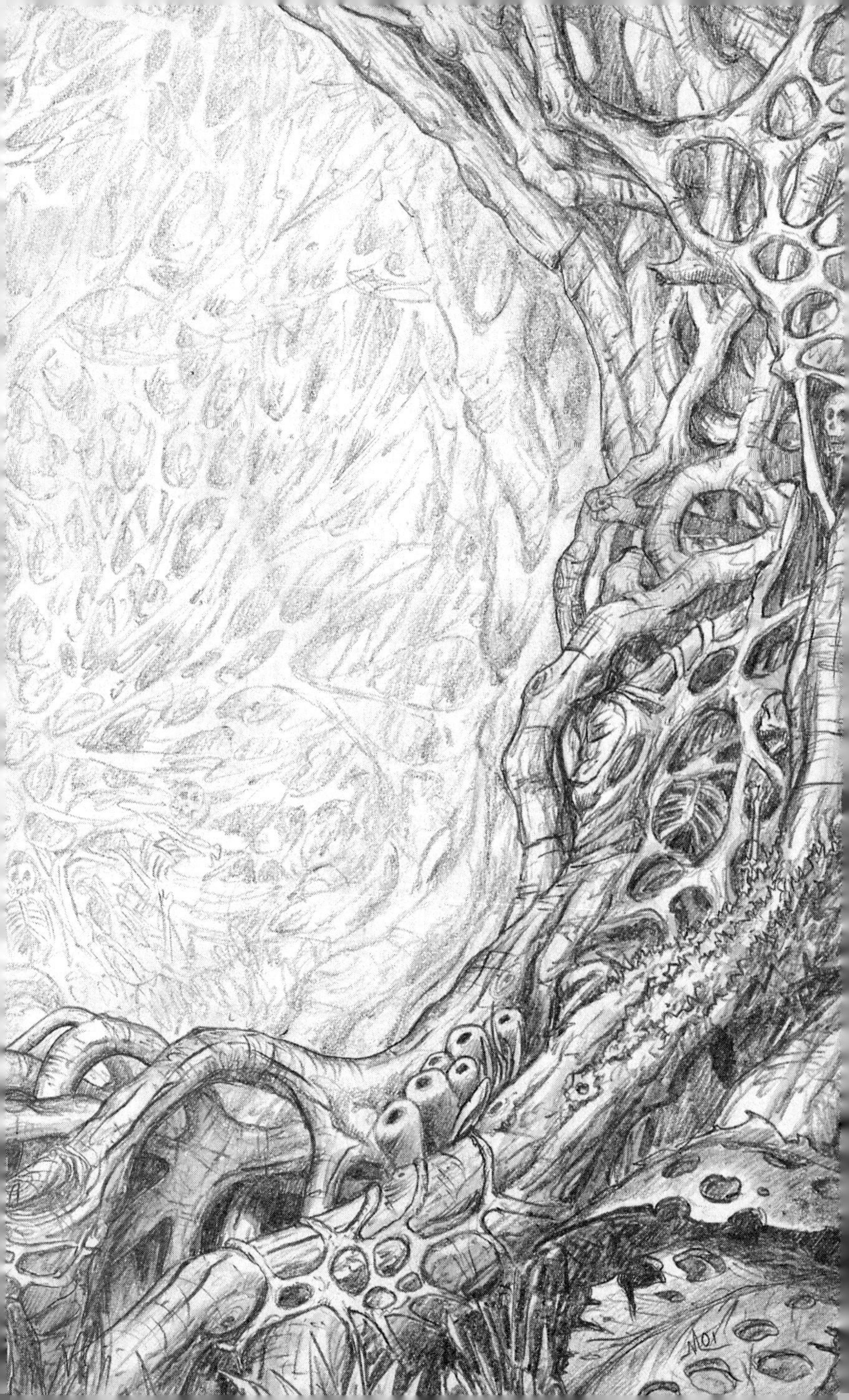
Mor

Arrivarono a un passo dal colossale guerriero. – Ladri! Come osate tentare di trafugare il mio tesoro? Tra poco vi unirete agli altri che ci hanno provato, e anche i vostri cadaveri nutriranno le mie piante.

Si fece da parte. Lief fissò il varco tra i rampicanti. Centinaia di spire si intrecciavano in una rete che imprigionava innumerevoli alberi. In alto i rampicanti si univano a formare un tetto: soltanto un piccolo lembo di cielo azzurro spuntava tra le foglie fitte, appena qualche raggio di sole mostrava cos'era tenuto prigioniero in quel cerchio.

Lungo le pareti, ormai sepolti dalle radici contorte, giacevano i corpi putrefatti di innumerevoli cadaveri, le vittime del cavaliere. Al centro del cerchio si notava una pozza di fango nero, da cui spuntava una selva di forme che sembravano frecce dorate.

– Che cosa sono? – fece Lief.

– Lo sai benissimo cosa sono, ladro! Sono i Gigli della Vita, ciò che sei venuto a rubare – tuonò il cavaliere.

– Non è vero – protestò Barda.

Il cavaliere girò la testa verso di lui.

– Stai mentendo! Li vuoi per te, come li volevo io tanto tempo fa. Cerchi il loro nettare per avere la vita eterna. Ma non sarà così! Ho protetto troppo bene il mio bottino. Quando finalmente i Gigli fioriranno e il nettare scorrerà, solo io potrò berlo. Allora diventerò il condottiero delle sette tribù, nessuno potrà opporsi a me e vivrò per sempre.

– È pazzo – sussurrò Barda. – Parla come se non sapesse che le sette tribù sono state unificate da Adin. Come se il Regno di Deltora non fosse mai esistito.

Lief si sentiva salire la nausea. – Credo... credo che sia qui da prima. È venuto qui per trovare questi... questi Gigli di cui parla. E non si è più mosso...

Gorl sollevò lo spadone. – Entrate nel cerchio! Solo così il vostro sangue potrà nutrire le liane – intimò.

Ancora una volta i due amici scoprirono che le loro gambe ubbidivano solo al suo volere e barcollarono attraverso il varco.

15
I Gigli della Vita

Filtrava pochissima luce all'interno del cerchio. Le frecce dorate dei Gigli in boccio erano l'unica nota di colore. Tutto il resto era marrone o verde spento.

Lief e Barda si fermarono indifesi di fronte al cavaliere, incapaci di muoversi, combattere o scappare.

Gorl levò ancora più alto lo spadone.

«Devo prepararmi a morire» si disse Lief, riuscendo invece a pensare soltanto alla Cintura. Se fosse morto lì, sarebbe rimasta insieme ai suoi resti, e non le sarebbero mai state restituite le pietre. Nessuno avrebbe trovato l'erede al trono di Deltora. Il paese sarebbe rimasto per sempre sotto il giogo dell'Ombra.

«Impossibile!» pensò disperato. «Ma che cosa posso fare?»

In quel momento Barda parlò.

– Gorl, indossi l'armatura di un cavaliere, ma non sei un vero cavaliere. Non combatti i tuoi nemici in modo onorevole.

«Non sta già andando abbastanza male, Barda? Perché vuoi farlo arrabbiare ancora di più?» pensò il ragazzo.

Invece Gorl esitò. Lo spadone vacillò nelle sue mani. – Devo proteggere i Gigli della Vita. Ho capito qual era il mio destino appena ho visto il loro nettare dorato gocciolare dai petali, tanto tanto tempo fa – rispose con voce spenta.

– Ma non eri solo in quel momento, vero? – domandò Barda con voce forte e decisa. – Non saresti mai venuto da solo nelle Foreste del Silenzio. Avevi dei compagni.

«Sta cercando di distrarlo» si disse Lief, che finalmente aveva capito. «Spera che abbassi la guardia mentre pensa ad altro.»

– Gorl, che ne è stato dei tuoi compagni? – insistette Barda.

La testa del guerriero scattò di lato, come se Barda gli avesse rifilato un ceffone.

– I miei compagni... i miei due fratelli... sono corsi verso i Gigli. E poi...

– E poi tu li hai uccisi!

– Dovevo farlo! Non potevo dividerli con loro. Dovevo avere un'intera coppa di nettare. Perché non hanno capito?

Abbassò il capo e cominciò a girare in cerchio, mormorando tra sé: – I miei fratelli lottarono per salvarsi la vita, i Gigli appassirono e il nettare andò perso nel fango. Ma io non persi la speranza. I Gigli erano miei, miei soltanto. Bastava aspettare un'altra fioritura.

Preso dai ricordi, il cavaliere allentava la stretta mentale, permettendo a Lief di muoversi liberamente. L'idea di Barda aveva funzionato. Gorl aveva la mente altrove. Barda cominciò lentamente a muovere la mano per afferrare la spada.

La mano corazzata di Gorl stava accarezzando le foglie e gli steli dei rampicanti. – Quando i nuovi boccioli sono spuntati dal fango ho eretto questa muraglia per proteggerli dagli intrusi. Senza le mie cure le liane non sarebbero mai cresciute tanto forti.

Barda lanciò un segnale silenzioso a Lief.

Insieme iniziarono a strisciare verso Gorl, con le spade sguainate.

– Ho tagliato i rami degli alberi che osavano resistere alle mie liane, ho nutrito i rampicanti con i cadaveri dei nemici, di chi osava avvicinarsi, fossero uomini, donne, uccelli o belve. E ho protetto il mio tesoro. Ho atteso a lungo la fioritura. Ma sono sicuro che ora è vicina.

Barda scattò in avanti con un grido selvaggio. La spada centrò il bersaglio, la sottile fessura scura tra l'elmo e il corpo della corazza.

Inorridito, Lief vide che il cavaliere non cadeva, ma si girava, estraeva la spada di Barda dalla nuca e la gettava da parte. Poi la mano guantata di ferro scattò come un serpente e afferrò Barda per il collo.

– Muori, ladro! Muori lentamente! – sibilò Gorl, e affondò lo spadone nel petto di Barda.

– NO! – gridò Lief. Vide Gorl estrarre la spada e buttare Barda a terra con un calcio. Il suo compagno si lamentava per il dolore mentre la sua linfa vitale scivolava verso le radici dei rampicanti. Poi il ragazzo vide Gorl girarsi verso di lui e sentì la ferrea volontà del cavaliere che lo stringeva di nuovo, fino alle ossa.

Immobile, attese la morte mentre Gorl levava in alto la spada insanguinata.

– GORL! GORL!

Il grido giunse dall'alto, stridulo e selvaggio come il richiamo di un uccello.

La testa del guerriero scattò in su.

Anche Lief levò lo sguardo… e vide Jasmine, appesa

alla cima di uno degli alberi più alti, che seguiva la scena da uno squarcio della cupola verde. Kree era sospeso sul suo capo, le nere ali allargate come per proteggerla.

– Gorl, con la tua gelosia e il tuo rancore hai maledetto un luogo pieno di bontà! – gridò Jasmine. – Hai legato e ridotto in schiavitù gli alberi e ucciso tutti gli uccelli, soltanto per impadronirti di una cosa non tua! –. Mentre parlava, cominciò a tranciare con la spada le liane che coprivano la radura.

Gorl sollevò le braccia con un urlo di rabbia e Lief fu di nuovo libero.

– Scappa, Lief! Al centro! Subito! – gridò Jasmine.

Si sentì uno schianto assordante provenire dall'alto. Lief si mise in salvo gettandosi nel fango al centro della radura mentre la terra sotto i suoi piedi tremava con fragore.

Per un momento che parve eterno rimase immobile, gli occhi serrati, la testa che girava, il cuore che martellava. Poi provò una sensazione di tepore. Si mise carponi e si girò.

I suoi occhi rimasero abbagliati dalla forte luce del sole che si riversava dall'alto. Il tetto vegetale era stato squarciato, e le foglie e gli steli precipitavano a terra. Sotto un grosso ramo caduto si intravedeva un'armatura d'oro.

Lief non riusciva a credere che fosse successo tutto così in fretta. La Cintura si stava scaldando contro la pelle. A pochi centimetri dai suoi piedi vide la spada di

Gorl. La raccolse, quasi in trance. La gemma nell'elsa brillava come oro liquido.

Era il topazio, il simbolo della fedeltà.

Di colpo gli si schiarì la mente. Cercò con lo sguardo e vide il corpo immobile di Barda al bordo della radura. Gli corse accanto, s'inginocchiò, lo chiamò per nome.

Barda non si mosse. Respirava ancora, ma molto debolmente. La ferita al petto sanguinava copiosamente. Lief aprì giacca e camicia per fermare il sangue con il mantello. Voleva fare qualcosa, ma sapeva che era inutile. Era troppo tardi.

Alzò appena il capo quando Jasmine gli atterrò leggera al fianco. – Sta morendo – le disse sconvolto. Provava un dolore tremendo al petto, un'orrenda sensazione di perdita e di solitudine.

– Lief! –. Jasmine lo chiamò con voce strozzata, ma il ragazzo non si mosse. – Lief, guarda! –. La ragazza lo tirò per un braccio. Lief si girò.

I Gigli della Vita stavano sbocciando. Le frecce dorate si erano aperte alla luce del sole, da tanto tempo negata e si erano trasformate in meravigliose campane, i petali gioiosamente allargati ad abbeverarsi di luce. E dal centro di quelle campane sgorgava un denso nettare dorato, che scorreva sul fango nero in un ruscello dal profumo dolcissimo.

16

Il topazio, la prima pietra

Gettata la spada con un grido, Lief mise le mani a coppa sotto la cascatella di nettare. Quando furono piene, tornò di corsa accanto a Barda, spalmò il nettare sulla ferita e gliene versò qualche goccia fra le labbra pallide.

Poi aspettò trattenendo il fiato. Passò un minuto. Ne passarono due...

– Forse è troppo tardi – sussurrò Jasmine.

Le palpebre dell'uomo si mossero, gli occhi si aprirono. Erano velati, come se stesse sognando. – Cosa... cosa succede? – farfugliò. Mentre il colore tornava sulle sue guance, una mano scivolò verso la ferita al torace. Si inumidì le labbra. – Fa male – disse.

– Ma sta guarendo! – esclamò Jasmine. – Si sta rimarginando! Non ho mai visto una cosa del genere.

Travolto dalla gioia, Lief vide che la piaga si era trasformata in una cicatrice rossastra, che a sua volta sbiadì fino a diventare una sottile linea bianca. – Barda, stai bene! – gridò.

– Ma certo! – fu la risposta. Barda si sollevò, passandosi le mani tra i capelli, poi si guardò intorno. – Che cos'è successo? Sono svenuto? Dov'è Gorl? – chiese alzandosi.

Lief indicò senza commenti l'armatura schiacciata sotto il ramo caduto. Barda si avvicinò cupo in volto. – È la sua armatura, ma non vedo il corpo – disse, affibbiandole un calcio.

– Credo che fosse diventato polvere da tempo – spiegò Lief. – Dentro la corazza erano rimaste solo ombra... e forza di volontà. Distrutta l'armatura, perfino la volontà è morta. Non poteva sopravvivere alla luce.

Barda fece una smorfia, poi guardò in su.

– Un ramo gli è caduto addosso e l'ha ucciso. Una bella fortuna.

– Non è stata fortuna! – esclamò Jasmine, indignata. – Ho detto all'albero più alto che cosa doveva fare, e lui mi ha ubbidito. Gli ho promesso che così lui e gli altri sarebbero stati liberati dalle liane. Il sacrificio di un ramo è poca cosa in cambio della libertà.

Barda sollevò le sopracciglia per segnalare la propria incredulità, ma Lief lo bloccò posandogli una mano sul braccio. – Credimi, è vero. Ha salvato la vita a tutti e due – disse.

– *Tu* hai salvato la vita a Barda – protestò la fanciulla. – Il sole ha fatto sbocciare i Gigli, e...

S'interruppe di colpo per girarsi verso i Gigli della Vita. Anche Lief si voltò e notò che stavano già sfiorendo. Dai loro petali flosci gocciolavano solo poche stille di nettare.

Jasmine diede uno strattone alla catenella che aveva al collo e fece spuntare da sotto i vestiti una boccetta bianca col tappo d'argento, poi corse verso la pozza di fango e mise il flacone sotto la cascatella di nettare, per raccogliere almeno le ultime gocce dorate. Subito dopo i Gigli si accasciarono nella melma.

– Chissà quanto tempo ci vorrà prima che tornino a sbocciare – disse impassibile quando tornò accanto agli altri. – Però alla fine sbocceranno di nuovo, visto che d'ora in poi saranno al sole. E nel frattempo io avrò un po' di nettare. È un discreto risultato.

– Vuoi vivere in eterno? – le chiese Lief.

Jasmine scrollò il capo. – Solo un pazzo lo farebbe. Ma il nettare sarà comunque utile, come abbiamo verificato oggi.

– Cioè? – le chiese Barda, perplesso.

– Beh, ti ha riportato in vita – sussurrò Lief. – Dopo ti racconto. Ma prima...

Raccolse la spada di Gorl.

Il gigantesco topazio si staccò subito dall'elsa. Quando lo sollevò al sole, i suoi raggi lo trasformarono in oro fuso, e il ragazzo scoppiò in una risata gioiosa.

– Cercavate questo? – chiese Jasmine.

Lief si accorse con un attimo di ritardo di avere tradito il segreto. Notò la smorfia di Barda, poi il suo cenno. *Dille qualcosa ma non tutto,* pareva suggerire.

– È un topazio, simbolo di fedeltà –. Lief posò la pietra nella mano ansiosa di Jasmine.

– Alcuni sostengono che un topazio può... – iniziò a dire Barda.

S'interruppe per lo stupore.

La radura era ripiombata di colpo nella penombra, come se il sole si fosse nascosto dietro una nube. In quello stesso istante si condensò un banco di nebbia fitta. Kree gracchiò, Filli squittì spaventato. I tre compagni s'immobilizzarono. Dalla nebbia sbucò una tremolante figura bianca. Era una donna dal volto dolcissimo, e sorrideva.

– È un fantasma – bisbigliò Barda. – Il topazio…

– Jasmine! Jasmine adorata! – disse la donna.

Lief si girò verso la ragazza, rimasta rigida e immobile con il topazio sollevato di fronte a sé. Era pallidissima. Le sue labbra si mossero mentre fissava la figura. – Mamma! Sei… sei tu?

– Sì, Jasmine. È meraviglioso poterti parlare di nuovo. Ascoltami attentamente, non ho molto tempo. Il giovane Lief e Barda sono amici, e la loro causa è giusta – disse con una voce soave come il fruscio del vento. – Libereranno la nostra terra dal Signore dell'Ombra. Però hanno ancora tanta strada da fare. Devi unirti a loro, lasciare le Foreste e seguirli, aiutandoli per quel che ti riesce. È il tuo destino. Capisci?

– Sì. Però, mamma…

– Adesso devo andare – mormorò la voce, con un sospiro. – Ma veglierò su di te come ho sempre fatto, Jasmine. E ti amerò, come ho sempre fatto. Sii felice, mia cara.

Jasmine rimase immobile mentre la nebbia scompariva adagio, poi si girò verso Lief per restituirgli il topazio, gli occhi umidi di lacrime. – Che magia sarebbe? Cos'è questa pietra che mi può mostrare mia madre? – sibilò, quasi arrabbiata.

– Si dice che il topazio abbia il potere di portare i vivi in contatto con il mondo degli spiriti – spiegò Barda con la sua solita voce burbera. – Io non ci credo, ma…

– Allora mia madre è morta. Lo immaginavo, me lo sentivo. Però speravo ancora che… –. Chiuse la bocca, poi si lasciò sfuggire un sospiro silenzioso, sollevò il mento e li guardò con fierezza: – Sembra che mi tocchi venire con voi, se mi volete –. Posò la mano sulla creaturina che le stava aggrappata alla spalla. – Ma non posso certo abbandonare Filli. E Kree va dove vado io. Chiaro?

– Certo! – esclamò Lief, lanciando una rapida occhiata a Barda. Si sentì sprofondare quando vide che il suo compagno scuoteva il capo. Quindi l'uomo parlò.

– Forse sto invecchiando, o forse ho battuto la testa quando sono caduto. Le cose stanno andando troppo alla svelta per i miei gusti –. Pian piano sulla sua faccia si allargò un sorriso. – Ma non tanto alla svelta da impedirmi di riconoscere una buona idea quando ne sento una –. Posò una mano sulla spalla di Lief e si rivolse a Jasmine. – All'inizio non volevo nemmeno Lief, lo confesso – le raccontò tutto allegro. – Ma se fosse rimasto a casa come desideravo, adesso io sarei morto e la ricerca fallita. Non commetterò lo stesso errore una seconda volta. Se il destino ha deciso che dobbiamo essere in tre, che sia.

La Cintura bruciava intorno alla vita del ragazzo. Lief la slacciò, la posò a terra e si chinò per inserire il topazio nel primo medaglione, dove splendette puro e dorato come il nettare dei Gigli della Vita, calmo e luminoso come il sole.

Jasmine osservò incuriosita la Cintura, poi commentò: – Vedo che ci sono sette medaglioni, e sei sono ancora vuoti.

– Però uno è pieno – obiettò Lief con una certa soddisfazione.

– Anche il viaggio più lungo comincia con il primo passo – disse Barda. – E noi l'abbiamo già compiuto. Succeda quel che succeda, adesso dobbiamo festeggiare.

– Allora io festeggerò liberando gli alberi da queste maledette liane – comunicò Lief, mettendo mano alla spada.

– Non ce n'è bisogno. Si è già diffusa la voce che il Buio è sparito.

Jasmine indicava in alto e Lief vide che gli alberi erano pieni di uccelli. Non li aveva ancora notati perché erano troppo indaffarati per cinguettare. Stavano strappando le liane, aiutandosi con il becco e le zampe. E altri uccelli, di tutte le specie, continuavano ad arrivare.

– Stanno arrivando anche gli altri animali – lo informò Jasmine. – Saranno qui entro un'ora, e aiuteranno a strappare le liane. Tra un paio di giorni gli alberi saranno liberi.

I tre rimasero immobili ad ammirare lo stupefacente spettacolo sopra le loro teste.

– Un tempo questo doveva essere un bel posto – disse Lief.

– E lo sarà di nuovo. Grazie a te. È una fortuna che tu sia venuto – rispose Jasmine.

Barda sorrise. – Devo confessare che per un po' ne ho dubitato. Però tutto è finito bene. Molto bene –. Allargò le grandi braccia. – Penso che faremmo meglio a trattenerci un paio di giorni. Per riposare e rifocillarci.

– E poi? – chiese Jasmine.

– E poi proseguiremo il viaggio.

Lief si rimise lentamente la Cintura intorno alla vita. Sentiva il cuore colmo di gioia ed entusiasmo per ciò che aveva vissuto, di eccitazione, desiderio e paura per ciò che lo aspettava.

Aveva recuperato la prima pietra.

Il viaggio per salvare Deltora era iniziato.

Secondo Libro

Il Lago delle Nebbie

1
Il ponte sospeso

Barda, Lief e Jasmine marciavano nella luce accecante del mattino, diretti verso il Lago delle Nebbie.

Il cielo era azzurro e il sole filtrava tra gli alberi illuminando il sentiero tortuoso. Le Foreste del Silenzio erano ormai alle loro spalle.

In una giornata così bella, lontano dalla città di Del completamente in rovina, lontano dalle Guardie Grigie e dalla gente che viveva nella fame e nel terrore, Lief quasi riusciva a dimenticarsi del Signore dell'Ombra.

Ma non poteva permetterselo. La campagna era splendida, tuttavia doveva ricordarsi che il pericolo si annidava ovunque lungo la strada verso il Lago delle Nebbie.

Girandosi il ragazzo incrociò lo sguardo di Jasmine, che camminava leggera e silenziosa come sempre, ma era cupa e di malumore.

Filli era appeso alla sua spalla e squittiva eccitato. Kree, il corvo, svolazzava tra gli alberi davanti a Jasmine, come se non volesse allontanarsi troppo.

Solo allora Lief comprese quanto erano spaventati. Eppure Jasmine si era dimostrata molto coraggiosa nelle Foreste, aveva rischiato la vita per salvarli. Certo, questa regione di Deltora era pericolosa, ma sotto il giogo dell'Ombra il pericolo si nascondeva ovunque. Cosa aveva di tanto speciale quel posto? C'era qualcosa che lei non voleva spiegare?

Lief ricordò che lei avrebbe preferito non dirigersi verso il Lago delle Nebbie.

«È una pazzia passare da nord!» aveva insistito Jasmine con gli occhi che lanciavano lampi. «Là comanda la strega Thaegan.»

«È sempre stata la sua roccaforte, Jasmine» aveva replicato Barda, paziente. «Eppure in passato parecchi viaggiatori hanno attraversato il suo territorio e sono tornati indietro a raccontarlo.»

«Adesso Thaegan è dieci volte più potente! Il Male ama il Male, e il Signore dell'Ombra ha aumentato la forza della strega. Se passiamo da nord siamo spacciati!»

Lief e Barda si erano scambiati un'occhiata perplessa. Entrambi erano stati felici quando Jasmine aveva deciso di abbandonare il suo nido nella foresta per unirsi a loro nella ricerca delle pietre perdute della Cintura di Deltora. Era solo merito suo se non erano morti nelle Foreste e se la prima pietra, il topazio, era ora incastonata nella Cintura nascosta sotto la camicia di Lief. Sapevano anche che le doti e le capacità della fanciulla sarebbero state utili nella ricerca delle sei pietre restanti.

Tuttavia, Jasmine aveva vissuto a lungo da sola, senza dover ubbidire a nessuno e non era abituata a seguire i piani degli altri.

«Jasmine, siamo sicuri che una delle pietre è nascosta nel Lago delle Nebbie, perciò dobbiamo andarci» aveva dichiarato Lief con una certa irritazione.

Jasmine si era messa a battere un piede per terra per manifestare la sua insofferenza. «Certo! Però non siamo obbligati ad attraversare a piedi tutte le terre di

Thaegan. Lief, perché sei tanto sciocco e testardo? Il lago si trova proprio al confine delle terre della strega. Se ci arriviamo da sud, facendo un giro più lungo, quella si accorgerà di noi solo alla fine.»

«Un viaggio del genere ci obbligherebbe ad attraversare le colline di Os-Mine, e ci metteremmo cinque volte tanto» aveva brontolato Barda prima che Lief potesse replicare. «E chi lo sa quali pericoli nascondono quelle alture? No, credo che faremmo meglio a seguire la strada più breve.»

«Anch'io. Perciò siamo due contro uno» aveva aggiunto Lief.

«No, Kree e Filli votano con me» era stata la risposta di Jasmine.

«Kree e Filli non hanno diritto di voto». Barda aveva perso la pazienza. «Jasmine, o vieni con noi o torni nelle Foreste. Sta a te decidere.»

E si era avviato, seguito da Lief. Dopo un interminabile minuto Jasmine li aveva seguiti con passo svogliato. Nei giorni seguenti però era diventata sempre più silenziosa e scura in volto.

Lief era tanto concentrato nelle sue riflessioni da rischiare di sbattere contro Barda, che si era fermato all'improvviso subito dopo una curva. Stava per scusarsi quando l'amico gli fece segno di tacere, indicando qualcosa.

Davanti a loro si spalancava un baratro, nude pareti rocciose che brillavano rosee alla luce del sole. Sopra l'abisso dondolava un ponte di corda e assi di legno, custodito da un colosso dagli occhi dorati e dalla pelle scura, che brandiva minaccioso una scimitarra.

A destra e a sinistra il baratro proseguiva a perdita d'occhio, simile a una ferita aperta nella terra, e il vento soffiava nella gola con un sibilo spettrale. Grandi uccelli planavano come enormi aquiloni.

Non c'era altro modo di passare, a parte il ponte sospeso, stretto e traballante. Ma quella via era sbarrata dal minaccioso gigante dagli occhi d'oro, immobile e attento.

2
Tre difficili domande

Lief si bloccò con il cuore che batteva forte. L'uomo dagli occhi d'oro si era accorto di loro ma non aveva mosso un muscolo. Era talmente immobile da sembrare una statua. Avanzarono lentamente. Il colosso li guardò in silenzio ma quando furono di fronte a lui sollevò la spada.

– Amico, vorremmo passare. Fatti da parte – disse Barda.

– Prima devi rispondere a una domanda – ribatté il guardiano con voce gutturale. – Se sbagli, dovrò ucciderti.

– Per ordine di chi? – domandò Jasmine.

– Per ordine della strega Thaegan – rispose l'uomo. – Una volta ho tentato di ingannarla per salvare un amico. Perciò sono condannato a fare la guardia al ponte fino a quando verità e menzogna saranno una cosa sola –. Guardò uno alla volta i viandanti. – Chi di voi vuole affrontare la sfida?

– Io – rispose Jasmine, scostando la mano di Barda che cercava di fermarla e facendo un passo avanti.

– Molto bene.

Il gigante abbassò gli occhi a terra, su una fila di ramoscelli allineati nella polvere.

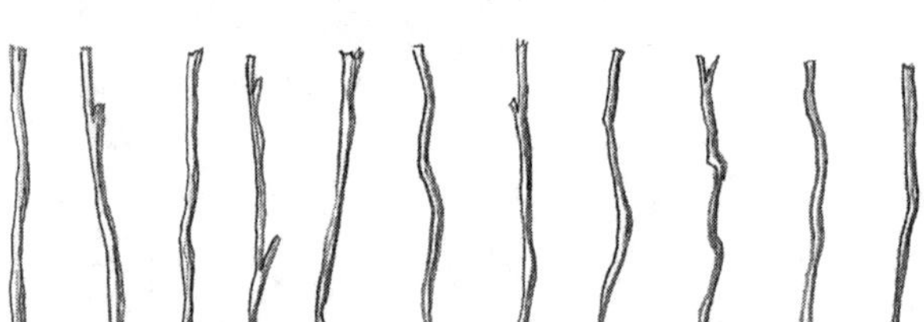

– Devi tramutarli da undici a trentotto senza aggiungere o spezzare nemmeno un bastoncino.

– Non è leale – protestò Barda. – Noi non siamo maghi!

– La domanda è stata posta – disse impassibile il guardiano. – Dovete rispondere.

Jasmine osservò i ramoscelli, poi si chinò e iniziò a spostarli. Lief rimase a bocca aperta quando lei si rialzò. C'erano sempre undici bastoncini, ma adesso si poteva leggere in numeri romani:

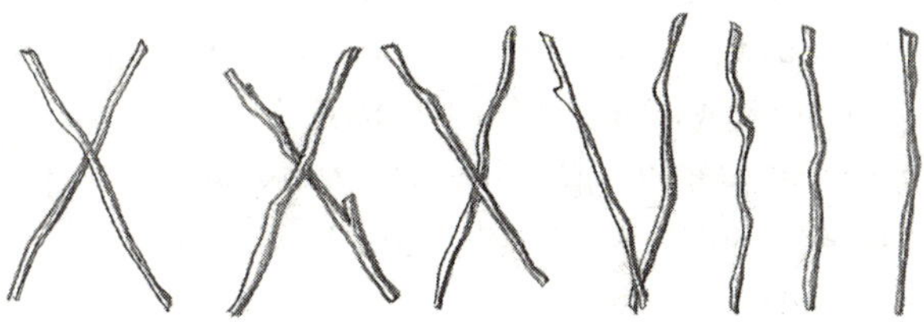

– Puoi passare – disse il gigante.

Si fece da parte. Jasmine imboccò il ponte. Ma appena Lief e Barda tentarono di seguirla il guardiano sbarrò loro il passo: – Può attraversare solo chi ha risposto.

Jasmine si fermò.

– Vai, ti raggiungeremo tra un attimo – gridò Barda.

La ragazza gli rivolse un lieve cenno, poi si voltò e iniziò ad attraversare l'abisso.

Il colosso dagli occhi dorati, si rivolse a Barda: – *Un mendicante ce l'ha, il ricco ne ha bisogno e i morti lo mangiano.*

Silenzio, poi…

– Nulla. La risposta è “nulla”. Il mendicante nulla ha, il ricco di nulla ha bisogno e i morti nulla mangiano – rispose Barda.

– Benissimo, puoi passare – sentenziò la sentinella, scostandosi per la seconda volta.

– Preferirei aspettare la risposta del mio compagno. Attraverseremo insieme il ponte – replicò Barda senza muoversi.

– Non è permesso.

– Vai pure, Barda – bisbigliò Lief. Era convinto di essere in grado di rispondere a qualsiasi indovinello. Jasmine e Barda ce l’avevano fatta senza troppa difficoltà… e lui era molto più istruito di loro.

Il suo compagno aggrottò la fronte, ma non protestò e iniziò ad attraversare il ponticello. Le assi scricchiolarono sotto il suo peso.

– Ecco la terza domanda – disse il guardiano. – È lunga, perciò te la ripeterò due volte. Ascolta bene.

Lief gli prestò la massima attenzione.

Era una filastrocca:

Thaegan mangia l’amata pietanza
nella grotta con la figliolanza:
Hot, Tot, Jin, Jod,
Fie, Fly, Zan, Zod,
Pik, Snik, Lun, Lod
e il tremendo Ichabod.
Ogni rampollo un bel rospo sfoggia.
Su ogni rospo stan due larve grasse.

Su ogni larva due mosche gradasse.
Quante creature la grotta alloggia?

Lief sorrise sollevato. Quanti pomeriggi aveva passato a studiare le addizioni sotto gli occhi attenti della mamma? Poteva superare l'esame con estrema facilità!

C'erano in tutto tredici figli di Thaegan, più tredici rospi. Più ventisei larve. Più cinquantadue mosche. Faceva... centoquattro. Controllò due volte l'operazione e aprì bocca per rispondere, poi, appena in tempo, si accorse di avere commesso un imperdonabile errore. Aveva dimenticato di aggiungere Thaegan!

Si rialzò in piedi, senza fiato per lo scampato pericolo.

– Centocinque – rispose.

Gli occhi dorati lampeggiarono.

– Risposta sbagliata – disse il gigante. La mano possente scattò e afferrò il braccio del ragazzo con una presa d'acciaio.

Lief lo guardò a bocca aperta. – Ma la somma è esatta. I bambini, i rospi, le larve e le mosche, più Thaegan, fanno centocinque!

– Sì, ma hai dimenticato l'amata pietanza di Thaegan, un corvo divorato vivo. C'era anche lui nella grotta, ancora vivo nella sua pancia. Quindi la risposta esatta è centosei –. Sollevò la scimitarra. – Non hai saputo rispondere. Preparati a morire.

3
Verità e menzogna

Il ragazzo cercò di divincolarsi dalla sua stretta.

– Non è giusto! Come facevo a sapere cosa mangia Thaegan?

– Non m'interessa cosa sai e cosa non sai – rispose il guardiano sollevando la spada.

– No, aspetta! – gridò il ragazzo. Pensò alla Cintura di Deltora e al topazio. Se non avesse fatto qualcosa, il gigante dopo la sua morte li avrebbe consegnati a Thaegan. E Deltora sarebbe rimasta per sempre sotto il dominio dell'Ombra.

«Devo gettare la cintura nel burrone» pensò disperato. «E fare in modo che Barda e Jasmine mi vedano. Così avranno qualche possibilità di recuperarla. Se soltanto potessi distrarlo fino a quando ci riesco...»

– Sei un truffatore! – gridò, infilando le mani sotto la camicia per controllare la Cintura. – Non mi meraviglia che ti abbiano condannato a fare la guardia al ponte finché verità e menzogna saranno la stessa cosa!

Come sperava, l'altro esitò.

– Se sei tanto interessato a verità e menzogna, faremo un altro gioco.

Le dita di Lief si contrassero sulla Cintura, ma la scintilla di speranza che gli si era accesa in petto si spense alle parole successive del nemico.

– Faremo un gioco per decidere come morirai. Potrai pronunciare una frase, una soltanto. Se quel che dirai sarà vero, ti strangolerò. Se sarà falso, ti taglierò la testa.

Lief sfiorò il topazio, conquistato a caro prezzo e perduto entro pochi secondi se non si fosse sbrigato.

– Sto aspettando – lo sollecitò il guardiano.

Vero o falso? Era meglio essere decapitato o strangolato? Poi gli venne un'idea.

– Mi taglierai la testa – dichiarò.

L'altro esitò.

– Allora? Non hai sentito la mia frase? È vera o falsa? – gridò Lief.

Sapeva che il guardiano non era in grado di rispondere. Se l'affermazione era vera, sarebbe stato costretto a strangolarlo, rendendola perciò falsa. E se era falsa, era tenuto a decapitarlo, rendendola vera.

Mentre Lief si chiedeva come avesse fatto a escogitare una trovata del genere nonostante il terrore, l'alta figura che incombeva su di lui si lasciò sfuggire un profondo sospiro. La carne dell'uomo dagli occhi d'oro aveva cominciato a raggrinzirsi.

Dalla pelle spuntarono piume marroni. Le gambe diventarono zampe provviste di artigli. Le braccia e le spalle muscolose si fusero assumendo la forma di grandi ali. La scimitarra divenne un poderoso becco ricurvo.

Pochi istanti dopo l'uomo era scomparso. Al suo posto, sul ciglio del burrone, c'era un enorme uccello dallo sguardo fiero che spiegò le ali con un grido di trionfo.

La sentinella era un uccello trasformato in essere umano dalle magie di Thaegan, che gli aveva tolto la capacità di volare. La risposta astuta di Lief aveva spezzato l'incantesimo.

Un rumore lo strappò ai suoi pensieri. Si accorse inorridito che il ponte stava iniziando a crollare. Afferrò le corde e corse come non aveva mai corso in vita sua. Alle sue spalle le tavole scivolavano una dopo l'altra verso l'abisso. Il ponte vibrava e dondolava violentemente sotto i suoi piedi.

Cercò di andare ancora più veloce, ma era solo a metà strada... le corde gli scorticavano dolorosamente le mani che tentavano di mantenere la presa. Si ritrovò appeso a mezz'aria, senza più appoggio per i piedi. E mentre era lì immobile, sferzato dal vento, le tavole dell'ultimo tratto precipitarono nel fiume.

Pian piano, una mano dopo l'altra, Lief iniziò ad avanzare tenendosi aggrappato alle corde afflosciate, tutto ciò che restava del ponte.

«Sono a Del e sto giocando» si disse, ignorando il dolore ai polsi. «Sotto i miei piedi c'è un fosso pieno di fango. Gli amici mi stanno guardando e mi prenderanno in giro se cado. Devo solo continuare ad avanzare, una mano dopo l'altra...»

Poi sentì uno strattone, e capì che le corde si erano staccate dalla roccia alle sue spalle. Stava precipitando verso la dura parete di fronte. Lo schianto sarebbe stato mortale. Udì le urla di Barda e Jasmine portate dal vento.

Chiuse gli occhi...

Qualcosa di enorme s'infilò sotto di lui, qualcosa lo stava sollevando e gli parve di sentire il battito di due ali possenti...

Cadde in mezzo alla polvere, su terreno solido. Gli fischiavano le orecchie. Udì grida e risate che sembravano lontanissime. Quando riaprì gli occhi vide Jasmine e Barda: erano loro che gridavano di sollievo e di gioia.

Si mise a sedere, stremato, con la testa che girava. Incrociò lo sguardo dorato del grande uccello che sarebbe rimasto in eterno a fare la guardia al ponte, incatenato al suolo... se non fosse stato per lui.

«Mi hai restituito la libertà» sembravano dire quegli occhi. Prima che Lief potesse parlare, l'uccello spalancò le ali e decollò volando via.

– Sapevi che era un uccello – disse Lief a Jasmine, che camminava con passo stanco al suo fianco, qualche minuto dopo. Anche se si sentiva debole e indolenzito, si era rifiutato di riposare più a lungo.

Jasmine annuì, poi si girò verso Kree, che le stava appollaiato sulla spalla insieme a Filli.

– Ho provato un'enorme pietà quando ho visto il dolore di quegli occhi – disse.

– Sarà anche stato un'anima tormentata, però ci avrebbe ammazzati tutti e tre senza battere ciglio – sbuffò Barda.

– Non possiamo criticarlo per questo – ribatté Jasmine. – Era condannato a ubbidire al volere di Thaegan.

Aveva gli occhi incupiti dall'odio. Ricordando improvvisamente l'indovinello che gli era quasi costato la vita, Lief comprese.

– Non è per te che hai paura della strega, ma per Kree il corvo, vero? – le chiese.

– Sì – gli rispose Jasmine, senza voltarsi. – Kree si è rifugiato nelle Foreste del Silenzio dopo esserle sfuggito, tanto tempo fa. Era appena uscito dal nido quando Thaegan gli ha portato via la famiglia. Anch'io ero molto giovane quando le Guardie Grigie mi hanno strappato i miei genitori.

Le labbra della ragazza s'irrigidirono. – Siamo insieme da tanti anni, ma adesso dobbiamo separarci. Se restasse con me correrebbe troppi pericoli.

Kree lanciò un trillo sommesso.

– So che tu saresti disposto a sacrificarti, Kree, ma io non voglio – gli disse Jasmine.

Kree gracchiò una protesta, battendo le ali.

– Vattene! – gridò Jasmine. Kree lanciò un grido, fece un giro sopra le loro teste e volò via.

Jasmine si morse il labbro inferiore e si incamminò senza voltarsi.

Lief pensò a qualcosa di gentile da dirle, ma non gli venne in mente nulla.

Raggiunto un boschetto, i tre imboccarono uno stretto sentiero che lo attraversava.

– Thaegan odia tutte le cose belle, vive e libere – spiegò alla fine Jasmine mentre arrivavano a una radura dove crescevano felci meravigliose. – Gli uccelli raccontano che nelle terre intorno al Lago delle Nebbie un tempo sorgeva D'Or, una città giardino, con torri d'oro, gente felice, fiori e alberi ovunque. Adesso è un posto morto e desolato –. Indicò il paesaggio circostante con la mano. – Anche tutto questo diventerà così, appena Thaegan e i suoi figli avranno completato la loro opera diabolica.

Tra loro cadde di nuovo il silenzio, e in quella quiete Jasmine si accorse del frusciare dei cespugli nei pressi della radura.

– Nemici! Nemici in arrivo! – bisbigliò.

Lief aveva capito che non era prudente ignorare gli avvertimenti della ragazza.

Jasmine era pallidissima. – Guardie Grigie. Un intero drappello. Stanno arrivando.

4
Il salvataggio del Ralad

Jasmine, Lief e Barda si arrampicarono rapidamente su un albero. Salirono il più possibile, mentre il rumore di passi si avvicinava. Nascosti dal magico mantello di Lief, che li rendeva invisibili, assistettero all'arrivo nella radura dei soldati in uniforme grigia.

Erano convinti che le Guardie sarebbero passate rapidamente. Perciò si sentirono raggelare quando le videro fermarsi e posare le armi. Avevano deciso di sostare proprio in quel punto.

I tre compagni si guardarono preoccupati. Sarebbero rimasti bloccati, forse per ore.

Continuavano ad arrivare altre Guardie e nel giro di poco la radura fu gremita di soldati. Alla fine, con l'ultimo drappello, oltre al rumore di passi si udì anche un tintinnio di catene.

Stavano scortando un prigioniero.

Lief allungò il collo. Era un tipo bizzarro. Era minuscolo: la pelle grigia e rugosa, braccia e gambe sottili, occhietti neri e rotondi, un ciuffo di capelli rossi sulla cima del cranio. Intorno al collo aveva un collare di cuoio, con un anello di metallo per l'eventuale corda o guinzaglio. Sembrava stremato, e le catene ai polsi e alle caviglie gli avevano lasciato segni rossi sulla pelle.

– Hanno catturato un Ralad – bisbigliò Barda.

– Cosa sarebbe? – chiese Lief. Aveva già sentito o letto quel nome, ma non ricordava dove.

– Un popolo di abili costruttori. Un tempo erano molto apprezzati da Adin e dagli altri re e regine di

Deltora. I loro palazzi erano famosi per essere solidi e ben architettati.

Lief ricordò improvvisamente dove aveva letto quel nome: ne *La Cintura di Deltora*, il libriccino azzurro che i suoi genitori gli avevano fatto leggere e rileggere per studiare la storia della sua terra. Osservò affascinato la figura china del prigioniero.

– Ma certo! Hanno costruito anche la reggia di Del. Com'è piccolo!

– Anche una formica è piccola, però può portare venti volte il suo peso. Non contano le dimensioni, ma il cuore – bofonchiò Barda.

– Zitti! – sibilò Jasmine. – Le Guardie vi sentiranno. E possono sempre sentire il nostro odore.

Per fortuna i soldati avevano marciato a lungo ed erano stanchi, interessati solo ai cibi e alle bevande estratti rapidamente dai cesti e sistemati in mezzo alla radura dai primi arrivati.

Due Guardie costrinsero il prigioniero a stendersi a terra. Gli lasciarono una bottiglia d'acqua, poi andarono a mangiare.

Jasmine li osservò disgustata mentre mangiavano e bevevano in quantità, lasciando colare cibo e bevande sul mento e per terra.

Lief, invece, si concentrò sul Ralad, che aveva gli occhietti inchiodati ai rimasugli di cibo sparsi sull'erba. Era evidente che moriva di fame.

– Il ragnetto ha fame, poverino – ironizzò una Guardia, tendendo un osso al prigioniero. – Tieni, microbo.

Il Ralad affamato si ritrasse, poi si fece avanti... non riuscì a resistere alla tentazione.

La Guardia gli affibbiò un gran colpo sul naso, poi gettò l'osso lontano. Gli altri soldati scoppiarono a ridere sguaiatamente.

– Bestie! – esclamò Jasmine. La rabbia le aveva fatto dimenticare la necessità di fare silenzio.

– Ferma lì, ragazzina! – la trattenne Barda. – Sono in troppi. Non possiamo fare nulla. Per ora.

Le Guardie mangiarono e bevvero a dismisura, poi si addormentarono immediatamente.

I tre compagni scesero di ramo in ramo nel massimo silenzio fino ad arrivare sopra al prigioniero immobile, le spalle accasciate e il capo chino.

Dormiva anche lui? Non potevano rischiare di svegliarlo di colpo. Se avesse gridato sarebbe stata la fine per tutti.

Jasmine estrasse di tasca un rametto di bacche secche, poi si sporse per lasciarlo cadere di fronte al prigioniero.

Il Ralad trattenne il fiato. Guardò in su, ma non vide nulla. Le lunghe dita grigie si allungarono con circospezione per afferrare il bottino. Si guardò intorno per verificare che non fosse un altro scherzo crudele delle Guardie, poi cominciò a divorare le bacche con voracità.

Le catene tintinnarono debolmente, ma nessuno dei soldati profondamente addormentati se ne accorse.

Jasmine prese la mira e fece cadere un altro rametto di bacche. Stavolta il Ralad guardò dritto sopra la sua testa e, quando vide le tre facce che lo spiavano, sgranò gli occhietti per la sorpresa.

Lief, Barda e Jasmine si portarono contemporaneamente un dito alle labbra per indicargli di tacere. Il prigioniero non emise un suono, e continuò a ingoiare bacche mentre guardava gli sconosciuti avvicinarsi con cautela.

Jasmine e Lief si erano rifiutati di lasciarlo in mano ai rapitori, e Barda si era lasciato convincere facilmente. L'idea che un Ralad fosse prigioniero delle Guardie Grigie gli riusciva decisamente indigesta.

Mentre Jasmine restava di vedetta sull'albero, Lief e Barda si calarono a terra. Il prigioniero li osservò tremante. Poi fece una mossa sorprendente: con la punta di un dito tracciò nella polvere uno strano simbolo, rivolgendo ai nuovi arrivati uno sguardo interrogativo.

Lief e Barda si guardarono l'un l'altro, perplessi, poi si girarono verso il Ralad con sguardo interrogativo. Con la paura negli occhi, l'omino cancellò immediatamente il simbolo.

Mentre le Guardie continuavano a russare, si lasciò avvolgere nel mantello di Lief senza protestare.

I tre amici avevano deciso che l'unica possibilità era portarselo via di peso, catene e tutto, sperando che il tessuto ben avvolto impedisse alle catene di tintinnare. Tornare sugli alberi con un fardello del genere sarebbe stato decisamente pericoloso e poco pratico. Il prigioniero era stato abbandonato proprio accanto all'imboccatura del sentiero, perciò dovevano solo scivolare via in silenzio.

Sarebbe filato tutto liscio se una Guardia, nel sonno, non si fosse girata proprio in quel momento colpendo il mento del vicino con un braccio.

La vittima si svegliò di soprassalto, si guardò intorno per vedere chi l'aveva colpito e scorse Lief e Barda che se la davano a gambe.

Lanciò subito l'allarme, e in breve la radura fu tutto un brulicare di Guardie inferocite.

5

In preda al terrore

Ululando come belve, le Guardie Grigie partirono all'inseguimento di Lief e Barda. Erano armate di potenti fionde e di un'abbondante scorta di uova velenose soprannominate "pustole", note per la loro efficacia.

Le Guardie sapevano che appena ci fosse stato campo libero per scagliare le tremende pustole, i fuggitivi sarebbero caduti urlando per il dolore.

E lo sapevano anche Lief e Barda. Per fortuna il terrore metteva le ali ai piedi ai fuggitivi, che mantenevano un discreto vantaggio.

Ma Lief sapeva che non poteva durare a lungo. Aveva già il fiatone. Indebolito com'era dopo la caduta dal ponte sull'abisso, non aveva certo la forza per distanziare il nemico. Le Guardie Grigie erano in grado di correre per giorni e notti senza fermarsi, e sentivano l'odore della preda ovunque fosse nascosta.

A un tratto sentì alle sue spalle tonfi e grida furibonde. Capì che dalla cima degli alberi Jasmine faceva cadere rami secchi sul sentiero per rallentare gli inseguitori.

«Attenta, Jasmine, non farti vedere» pensò.

La ragazza avrebbe potuto restare nascosta al sicuro con Filli, e le Guardie non avrebbero mai saputo che gli stranieri erano tre. Ma non era da lei starsene con le mani in mano quando gli amici erano in pericolo.

Lief la vide atterrare agilmente poco più avanti.

– Ho preparato un percorso a ostacoli – li informò tutta allegra quando i compagni la raggiunsero. – Rovi spinosi avvolti intorno a rami secchi in sei punti del sentiero. Basteranno a rallentarli! –. Le brillavano gli occhi per la contentezza.

Superata una curva, Lief vide inorridito che da lì in poi il sentiero diventava un lungo rettilineo.

Le Guardie non potevano sperare in una situazione migliore per prendere la mira: appena fossero arrivate in quel punto, le pustole avrebbero iniziato a volare.

– Deviamo di lato, è la nostra unica possibilità! – sibilò Barda, abbandonando di colpo il sentiero.

In quel tratto gli alberi erano giovani… impossibile arrampicarsi. Qua e là spuntavano cespugli di susine selvatiche, carichi di succosi frutti viola che brillavano fra le tenere foglie verdi.

Lief non aveva mai visto quei frutti in vita sua. Immaginò quanto sarebbe stato piacevole raccoglierli e mangiarli direttamente dal ramo, e senza dubbio l'avrebbe fatto, se non avesse avuto il plotone di Guardie alle calcagna e il prigioniero con sé.

Guardò il fagotto che sobbalzava in spalla a Barda. Il Ralad non si lamentava più e sotto le pieghe del mantello non si notava alcun movimento. Forse era svenuto.

A un tratto il terreno cominciò a scendere e i tre sbucarono in una valletta invisibile dal sentiero. Qui i cespugli di susine erano più grandi e fitti, veri e propri alberi, e l'aria era pervasa dal loro profumo intenso.

Jasmine annusò i frutti, senza fermarsi.

– È un posto perfetto per nascondersi. L'odore delle susine maschererà il nostro.

Lief si guardò alle spalle. L'erba schiacciata dai loro piedi si era già risollevata: non restava traccia del punto da cui erano passati.

Seguì i due compagni in fondo alla valletta. S'infilarono tutti in mezzo ai cespugli più alti delle loro teste, sufficienti a nasconderli nella fitta ombra verde.

Il terreno era umido, e si sentiva lo scroscio dell'acqua corrente.

Jasmine si fermò sollevando la mano. – Li sento. Si stanno avvicinando al punto in cui siamo usciti dal sentiero.

Anche Lief sentì un rumore di passi in corsa, più forte, sempre più forte. Poi i tonfi rallentarono. Il primo soldato aveva raggiunto il rettilineo. Il ragazzo immaginò le avanguardie che aguzzavano gli occhi senza vedere nessuno.

Ci fu un attimo di silenzio in cui Lief trattenne il respiro, poi, con immenso sollievo, sentì un ordine e il rumore dei soldati che facevano dietrofront.

– Hanno rinunciato – sussurrò.

– Potrebbe essere una trappola – obiettò Barda, sempre pessimista.

I tre compagni aspettarono immobili per molti interminabili minuti, ma nulla turbò il silenzio. Poi Jasmine sussurrò qualcosa e Filli sfrecciò verso l'albero più vicino. Ne scalò il tronco e dopo pochi secondi tornò, squittendo piano.

– Tutto bene, Filli non li vede. Se ne sono andati per davvero – tradusse Jasmine, alzandosi e stiracchiandosi.

Anche Lief si alzò in piedi, felice di poter finalmente sciogliere i muscoli contratti. Staccò una susina da un ramo vicino e l'addentò, sospirando di piacere quando il succo delizioso gli rinfrescò la gola secca.

– Più avanti ci sono frutti migliori – gli disse Jasmine.

– Prima devo controllare come sta il mio prigioniero – intervenne Barda, sciogliendo il mantello. Un attimo dopo l'uomo grande e grosso stava cullando il piccolo Ralad.

– È morto? – chiese sottovoce Lief.

Barda scosse il capo. – È solo svenuto. Non c'è da stupirsi. I Ralad sono robusti, ma nessuno può resistere a lungo alla fame, alla stanchezza e alla paura. Chissà da quanto tempo era prigioniero delle Guardie Grigie e quanto ha camminato con queste catene, senza cibo né riposo.

Lief guardò incuriosito l'ometto. – Non avevo mai visto un essere del genere. Cos'era quel segno che ha tracciato per terra?

– Non lo so. Quando si sveglia glielo chiediamo. Ci ha provocato un bel po' di guai, ma è comunque un incontro fortunato. Potrà indicarci la strada. Il villaggio di Raladin, da cui proviene, è vicinissimo al Lago delle Nebbie. Forza! Cerchiamo un posto comodo per togliergli queste catene.

Avanzarono tra i cespugli. La valletta appariva incantevole. Un morbido tappeto di muschio copriva il terreno, e dappertutto spuntavano grappoli di fiori dalle corolle pesanti. Farfalle dai mille colori svolazzavano intorno ai cespugli carichi di frutti e il sole penetrava tra le foglie illuminando ogni cosa con la sua luce dorata.

Lief non aveva mai visto nulla di più bello e capiva dalla faccia di Barda che anche lui condivideva il suo stupore. Perfino Jasmine si guardava intorno ammirata.

Raggiunsero una piccola radura e si lasciarono cadere sul muschio. Barda usò il pugnale di Jasmine per tagliare il grosso collare di cuoio del Ralad e spezzare gli anelli delle catene, quindi esaminò le piaghe ai polsi e alle caviglie dell'ometto.

– Non sono ferite gravi – disse la ragazza con un'occhiata esperta, poi prese di tasca un flacone e svitò il tappo. – L'ho preparata io, seguendo una ricetta di mia madre – aggiunse, spalmando una pomata verde sulle piaghe. – Fa cicatrizzare la pelle. È stata spesso utile… nelle Foreste del Silenzio.

Lief la guardò con attenzione. Jasmine stava avvitando il tappo a capo chino, scura in volto.

«Ha nostalgia di casa» pensò il ragazzo. «Le mancano Kree e le Foreste e la sua vita laggiù. Come a me mancano casa mia, i miei amici e i miei genitori.»

Provò una fitta al cuore pensando a ciò che aveva lasciato a Del. Pensò alle serate davanti al fuoco e alle corse per strada insieme agli amici. Gli mancava perfino il duro lavoro con suo padre nella fucina.

Improvvisamente ebbe voglia di un buon pasto casalingo, di un letto caldo e di una voce dolce che gli augurava la buonanotte.

Balzò in piedi, furioso con se stesso. Come poteva essere tanto infantile?

– Vado a raccogliere delle susine e un po' di legna per il fuoco – annunciò, avviandosi verso il margine della radura.

Cominciò a raccogliere i pochi rami secchi che trovò: una volta calata la notte, anche un fuoco misero sarebbe stato benvenuto. A un tratto inciampò in un pezzo di legno molto più grande di tutti quelli che aveva incontrato. Era una tavola, umida e coperta di muschio, ma Lief sapeva che su un fuoco vivace si sarebbe asciugata in un attimo.

La raccolse soddisfatto, poi si guardò intorno. E in quel momento lo vide. Era un cartello, vecchio, rotto e scheggiato, ma di chiara provenienza umana.

Accanto al segnale c'era una campanella appesa a un ramo.

Che strano... Quando azzardò un'occhiata tra i cespugli trasalì per la sorpresa. Aveva visto un prato fitto e verdissimo e più in là, in lontananza, una casetta bianca, dal cui camino usciva fumo.

– Barda! – gridò con voce rotta. – Jasmine!

Non riusciva a staccare lo sguardo dalla casetta.

Quando i compagni gli giunsero accanto, gliela indicò. Gli altri rimasero a bocca aperta.

– Non pensavo di trovare gente da queste parti. Che fortuna! – disse Barda.

– Un bagno. Cibo caldo. E forse un letto per la notte – aggiunse allegro Lief.

– Per entrare – disse Jasmine, leggendo il cartello. – Benissimo. Suoniamo immediatamente!

Lief allungò la mano per suonare la campanella, che produsse un allegro tintinnio di benvenuto, poi i tre amici si avviarono di buon passo per attraversare il prato. Dopo pochi passi capirono immediatamente che qualcosa non andava e cercarono con tutti i mezzi di tornare indietro. Ma era troppo tardi. Stavano affondando, fino alle ginocchia… fino alle cosce… alla vita…

Sotto l'erba di quello che sembrava un prato, c'erano delle sabbie mobili.

6
A casa di Nij e Doj

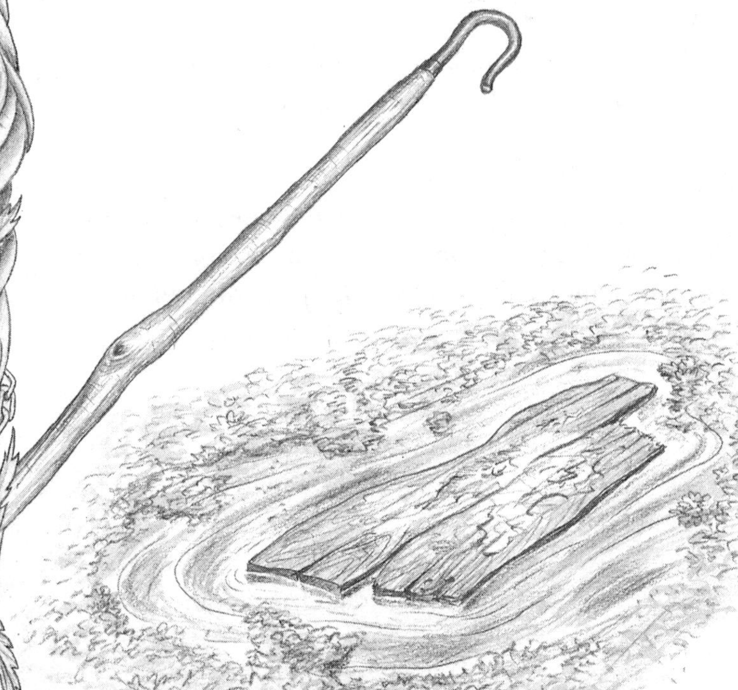

Contemporaneamente, i tre amici gridarono aiuto, terrorizzati. Erano già stati risucchiati fino al torace. Presto, molto presto sarebbero spariti sotto l'infida superficie verde, che si era rivelata un sottile strato di piante acquatiche.

I ramoscelli che Lief aveva raccolto erano sprofondati senza lasciare traccia, ma la tavola era rimasta vicino ai tre amici in pericolo. «Galleggia perché è piatta e larga» pensò Lief.

Si sentì un grido, poi due figure rotondette coi capelli grigi uscirono di corsa dal villino bianco reggendo un lungo palo. Stavano arrivando i soccorsi. Ma sarebbero giunti troppo tardi. Troppo tardi.

A meno che...

Lief riuscì a toccare la tavola con la punta delle dita.

– Jasmine! Barda! – gridò. – Attaccatevi a questo legno. Ai bordi. Adagio. Cercate di... di allungarvi e appiattirvi, come per nuotare.

Pochi secondi dopo erano tutti e tre disposti intorno alla tavola di legno come i petali di un fiore gigantesco. Filli squittiva impaurito sulla spalla di Jasmine, tenendosi aggrappato ai capelli della ragazza con le sue piccole zampe.

Non stavano più affondando. Il legno li teneva a galla. Ma quanto potevano resistere?

– Stanno arrivando i soccorsi. Tenete duro – boccheggiò Lief.

Non osava alzare la testa per guardare i due vecchietti, però sentiva le loro grida. Ormai erano vicini.

Sentì che arrivavano al limite delle sabbie mobili. Non capiva cosa stessero dicendo perché parlavano una strana lingua, ma le voci erano affannate. Era evidente che volevano aiutarli.

– *Acserf enrac!* – grugnì l'uomo.

– *Onidnoffa ehc ative!* – disse di rimando la donna. – *Ilomaihcsepir!*

Si sentì un tonfo, poi la superficie del pantano fu turbata da piccole onde concentriche. La fanghiglia verde raggiunse la bocca di Lief, poi il naso... All'improvviso il ragazzo sentì qualcosa che lo afferrava, lo sollevava e lo trascinava...

Aprì gli occhi, sputacchiando melma. Ciò che lo aveva agganciato, forse un grosso uncino metallico, era attaccato a un lungo palo di legno.

Jasmine e Barda si erano aggrappati direttamente alla stanga, e come lui venivano trainati adagio verso la riva dai due vecchietti che tiravano all'unisono, sbuffando per lo sforzo.

I tre amici non potevano muovere un dito. Le sabbie mobili li risucchiavano. Eppure i due vecchietti tenevano duro. Paonazzi in viso, sudavano e ansavano, tirando il palo con tutta la forza che avevano.

Lief vide che i suoi compagni venivano strappati alla morsa delle sabbie e cadevano sulla terra asciutta, fradici e completamente coperti di fango.

Pochi istanti dopo fu il suo turno. Schizzò fuori dalla melma, così bruscamente che i due vecchietti caddero all'indietro, abbracciandosi l'un l'altra e ridendo.

Lief rimase ansimante a terra, farfugliando qualche parola di ringraziamento.

Era ancora aggrappato al pezzo di legno, e rideva. Per quanto fosse ruvida e scheggiata, quella tavola gli aveva salvato la vita. Era contento di non averla persa nel fango.

Si sedette, guardandosi intorno.

I due vecchietti si stavano rimettendo in piedi e confabulavano eccitati.

– *Orucis la onos!* – gridò la vecchia.

– *Innad aznes!* – replicò il compagno.

– Ma cosa stanno dicendo? – borbottò Jasmine. – Non si capisce una parola.

Lief si accorse che la ragazza stava per esplodere.

– Non guardarli storto, Jasmine... quei due ci hanno appena salvato la vita – le disse precipitosamente.

– Ci hanno quasi *tolto* la vita con quel segnale che invitava a entrare. Non capisco perché dovrei essergli grata!

– Forse non sono stati loro – protestò Barda. – Forse il cartello era qui da prima. Sembrava molto vecchio e rovinato.

Improvvisamente Lief ebbe un sospetto e guardò la tavola che teneva in mano. Anche quella sembrava molto vecchia ed era scheggiata come se si fosse staccata da un pezzo più grosso.

In fretta e furia tolse il muschio che ne copriva uniformemente un lato, e si sentì avvampare man mano che le parole sbiadite diventavano visibili.

Mentalmente lo fece combaciare con il pezzo di cartello che aveva visto prima delle sabbie mobili.

In silenzio lo sollevò perché anche gli altri potessero leggere.

Quando i due vecchietti videro il cartello spezzato, lanciarono esclamazioni contrite e stupefatte.

– *Otsiv onnah'l!* – gridò la donna.

– *Ihccoics! Onnas allun!* – brontolò l'uomo, che strappò dalle mani di Lief il pezzo di legno e scosse il capo, indicando l'altra sponda della palude e facendo un gesto con le mani come di legno spezzato.

Lief annuì. – Sì, il cartello era rotto. Siamo stati ingenui a non capire e a passare in quel modo – ammise, anche se sapeva che non comprendevano le sue parole.

– Era rotto da anni! – brontolò Jasmine, ancora arrabbiata. – Il pezzo caduto era coperto di muschio. Dovevano saperlo. E poi, perché c'è una campanella?

– Se sono circondati dalle sabbie mobili forse escono di rado – sussurrò Barda. – Come fanno a sapere cosa c'è dall'altra parte?

La vecchietta rivolse a Lief un dolce sorriso sereno. Aveva le gote rosa, luminosi occhi azzurri e indossava un largo abito azzurro con un grembiule bianco. I capelli grigi erano raccolti in una crocchia.

Lief ricambiò il sorriso. Gli ricordava un'illustrazione di un vecchio libro di fiabe che aveva a casa, e la sua vista bastava a farlo sentire al sicuro. Anche il vecchio era simpatico, con quella faccia gioviale, l'anello di capelli grigi intorno alla pelata e i folti baffi bianchi.

– *Nij* – disse la donna, battendosi il petto e facendo un piccolo inchino. Poi spinse in avanti l'uomo e diede un colpetto anche a lui. – *Doj* – aggiunse.

Il ragazzo capì che stava dicendo i loro nomi. – Lief – rispose indicando se stesso, poi presentò anche Jasmine e Barda.

A ogni presentazione Nij e Doj s'inchinarono con un sorriso, poi indicarono la casetta bianca, mimando il gesto di bere e lavarsi, e infine si girarono con fare interrogativo verso i tre ospiti.

– Ma certo. Grazie, siete molto gentili – rispose Barda annuendo vigorosamente.

– *Emaf omaibba* – spiegò Doj, dandogli una pacca sulla schiena. I due scoppiarono a ridere come se avessero appena sentito una barzelletta, poi si avviarono verso casa.

– Vi siete dimenticati del Ralad? – ricordò Jasmine sottovoce. – Quando si sveglierà vedrà che siamo spariti e ci cercherà. E se finisce nelle sabbie mobili?

Barda si strinse nelle spalle. – Dubito che abbia voglia di seguirci. Sarà troppo ansioso di tornare a casa sua. Anche se i Ralad hanno sempre viaggiato per eseguire il loro lavoro di costruttori, odiano stare lontani da Raladin troppo a lungo –. La sua voce si fece più tagliente vedendo che la fanciulla esitava e si guardava indietro. – Jasmine, vieni! Potrebbero pensare che preferisci restare tutta bagnata e coperta di fango.

Lief non li stava nemmeno ascoltando mentre accelerava il passo verso il villino con le aiuole fiorite. «Casa, amici. Qui potrai riposare, qui sarai al sicuro» gli diceva il suo cuore.

Aveva accanto Barda, ansioso quanto lui di raggiungere l'accogliente riparo. Jasmine era rimasta indietro. Se i suoi compagni di viaggio le avessero dato retta, se avessero prestato ascolto ai suoi dubbi…

Ma non lo fecero.

7
Brutte sorprese

Nij e Doj fecero entrare i tre ospiti in una grande cucina luminosa. Dai ganci sopra la stufa pendevano pentole e padelle tirate a lucido e al centro troneggiava un tavolone.

A Lief ricordava la cucina di casa sua, e sarebbe stato ben lieto di fermarsi in quella stanza.

Ma Nij e Doj parvero contrari all'idea di far sedere i nuovi arrivati in cucina e li spinsero in un grazioso salotto col camino acceso, comode poltrone e un tappeto per terra.

Con molti cenni e sorrisi, Nij consegnò loro vecchie coperte in cui avvolgersi e li fece accomodare davanti al fuoco.

Poi uscì insieme a Doj, facendo segno che sarebbero tornati tra un attimo.

Poco dopo Lief sentì alcuni mormorii in cucina e rumore di pentole.

Forse i due vecchietti stavano scaldando l'acqua per il bagno, o preparavano da mangiare.

– *Auqca'l ellob* – stava dicendo Nij, indaffarata. E Doj rise mentre cantilenava: – *Acserf enrac ocop art! Acserf enrac ocop art!*

Lief si sentiva bene. Quella gente si stava facendo in quattro per aiutarli.

– Sono gentili – disse con voce assonnata. Quella stanza lo faceva sentire come a casa sua. Sul caminetto vide un vaso con margherite appena colte, e subito sopra un ricamo incorniciato, realizzato senza dubbio da Nij.

– Sì, è brava gente – sussurrò Barda. – È per persone come queste che dobbiamo liberare Deltora.

Jasmine tirò su col naso. Lief si chiese come mai aveva quella faccia preoccupata, poi ricordò che non era mai stata dentro una vera casa, non aveva mai conosciuto gente come Nij e Doj. Era sempre vissuta nelle Foreste, tra gli alberi, sotto il cielo. Era normale che si sentisse a disagio.

– Lief, la Cintura è al sicuro? Il topazio è sempre al suo posto? – sussurrò Jasmine.

Lief si rese conto di essersene dimenticato. Con sollievo verificò che era ancora intorno ai suoi fianchi.

Gli anelli d'acciaio erano coperti di fango e anche il topazio era sporco, la sua luce dorata era velata da una patina di melma. Iniziò a pulire la pietra con le dita.

Si fermò di colpo quando dalla cucina arrivò Doj con un vassoio in mano. Lief se la prese con se stesso per la sua imprudenza. I vecchietti sembravano brave persone, ma per il buon esito della ricerca era essenziale che nessuno sapesse dell'esistenza della Cintura. Doveva stare più attento.

Rimase immobile, con il capo chino e le mani serrate sul topazio, mentre Doj posava un vassoio carico di dolci e bevande.

– *Tenete, sciocchi, godetevi l'ultimo pasto sulla Terra* – disse il vecchio.

Lief sobbalzò, sbalordito. Stava sognando? Lanciò un'occhiata a Barda e vide che l'amico sorrideva beato, e anche Jasmine sembrava tranquilla.

Sentendosi toccare il braccio alzò gli occhi.

Doj gli stava porgendo sorridente una tazza di quello che sembrava succo di prugna. Il viso del vecchio era cambiato orrendamente. Aveva la pelle chiazzata e coperta di piaghe e verruche. Gli occhi erano gialli, vuoti e freddi, sopra un naso ridotto a due fori neri sbuffanti. La bocca sorridente era in realtà un ghigno crudele e famelico, con uncini metallici al posto dei denti e una grossa lingua bluastra che guizzava a leccarsi le labbra gonfie. Il ragazzo lanciò un grido e scattò all'indietro.

– Cos'hai, Lief? – chiese allarmata Jasmine.

– A cosa stavi pensando? – bofonchiò Barda, rivolgendo uno sguardo imbarazzato all'orrendo mostro che reggeva la tazza.

Lief sentiva la testa che gli martellava. Faceva fatica a respirare, ma la sua mente non restò inoperosa. Era chiaro che i suoi amici non vedevano ciò che vedeva lui. Per loro Doj era ancora il simpatico vecchietto di prima.

Invece era una menzogna, un'illusione creata da una magia diabolica. Adesso lo sapeva... e sapeva anche che quell'essere ripugnante non doveva capire che lui se ne era accorto.

Sempre stringendo il topazio sotto la camicia, si costrinse a sorridere e annuire.

– Io... mi ero appisolato – balbettò. – Mi... sono svegliato di colpo. Scusate –. Finse di riderci su.

Anche Doj rise, e fu tremendo vedere quei denti luccicanti scoperti e la bocca spalancata e sbavante. Il mostro consegnò la tazza a Lief prima di tornare in cucina. – *Erpmes rep erimrod etertop otserp* – disse una volta giunto sulla soglia. Ma Lief udì le parole nel verso giusto: – *Presto potrete dormire per sempre.*

Non era una lingua straniera, bensì la loro pronunciata al contrario! Guardò intontito Doj mentre usciva dal salotto, quindi sentì che si dava da fare in cucina con Nij, sempre canticchiando: – *Tra poco carne fresca, tra poco carne fresca!*

Rabbrividì, come per una folata gelida. Girandosi verso i due amici vide il salotto com'era veramente: una cupa cella buia, dalle pareti di pietra trasudanti acqua oleosa. Il tappeto era fatto con pelli di piccoli animali cucite insieme alla bell'e meglio. Ma il ricamo sul caminetto c'era ancora, e questa volta lo lesse con occhi nuovi:

– Che c'è, Lief? Cosa ti succede?

Il giovane si girò verso Jasmine, che lo guardava perplessa, la tazza accostata alle labbra.

– Non... non bere! – riuscì a dire.

Lei lo guardò storto. – Ma ho sete! – protestò, sollevando la tazza.

Lief gliela strappò di mano e la gettò per terra.

Jasmine si alzò in piedi di scatto lanciando un grido di rabbia.

– Ferma! – sibilò lui. – Non capisci. È pericoloso. Quel succo... chissà che cosa contiene!

– Ma sei impazzito? – sbadigliò Barda. – È delizioso!

L'uomo grande e grosso si stava adagiando sulle puzzolenti pelli d'animale, con gli occhi socchiusi.

Lief lo scrollò per un braccio, rendendosi conto che l'altro aveva già bevuto mezza tazza. – Barda, alzati! Stanno tentando di addormentarci. Vogliono farci del male – lo implorò.

– Che sciocchezza – biascicò Barda. – Non ho mai incontrato persone gentili come Nij e Doj. Secondo te sono marito e moglie o fratello e sorella?

Nij, Doj... D'un tratto quei nomi si ribaltarono nella testa di Lief.

– Sono fratello e sorella – rispose Lief lugubre. – Ma si chiamano Jin e Jod. Sono due dei figli della strega Thaegan. Li ho sentiti citare nella filastrocca che mi ha recitato il guardiano del ponte. Sono mostri! Quando saremo addormentati ci uccideranno e poi ci mangeranno!

– Lief, se è uno scherzo non è divertente – protestò Jasmine.

– *Acserf enrac ocop art! Acserf enrac ocop art!* – canticchiava il mostro Jod in cucina. E la sorella si unì a lui, gridando sopra il sibilo di un coltello che veniva affilato: – *Otafuts omitto nu! Otafuts omitto nu!*

Barda abbozzò un sorriso assonnato.

– Senti come cantano mentre lavorano? – disse. – Come fai a pensare che siano diversi da quel che sembrano? Riposati. Dopo ti sentirai meglio.

Lief scosse la testa disperato.

8
Occhi ben aperti

Doveva spezzare l'incantesimo che accecava Barda e Jasmine. Ma come? Non sapeva nemmeno come aveva fatto a capire la verità. Era successo all'improvviso. Stava pulendo il topazio quando era entrato Doj... Il topazio!

Gli tornarono in mente alcune frasi del libriccino di suo padre, *La Cintura di Deltora.*

Chiuse gli occhi, cercando di concentrarsi, e riuscì a rivedere la pagina.

Il topazio è una gemma potente, la cui forza si accresce con la luna piena. Protegge chi lo indossa dai terrori notturni e ha il potere di aprire una porta sul mondo degli spiriti. Rafforza e illumina la mente...

Rafforza e illumina la mente!

Lief strinse la pietra, macinando pensieri a tutto spiano. Aveva la mano sul topazio quando era riuscito a superare il secondo quesito del guardiano del ponte. Lo stava pulendo quando aveva visto il vero aspetto di Doj.

La chiave di tutto era la pietra dorata!

Senza preoccuparsi di fornire altre spiegazioni, afferrò le mani di Barda e Jasmine e le posò sulla preziosissima pietra. Le loro espressioni di stupore e irritazione si trasformarono all'istante in soffocate grida di terrore quando videro quel che vedeva Lief e sentirono le parole che arrivavano dalla cucina.

– *Tra poco carne fresca! Tra poco carne fresca!*

– *Un ottimo stufato! Un ottimo stufato!*

– In effetti quei due non mi piacevano – sussurrò Jasmine. – E neppure a Filli. Ma pensavo che fosse solo perché siamo cresciuti nel bosco e non sappiamo com'è fatta la gente.

– Io… –. Barda deglutì agitato. – Come ho fatto a essere tanto sciocco?

– Eravamo tutti accecati dalla magia – gli rispose sottovoce Lief. – Ma il topazio ci ha rafforzato e illuminato la mente perché potessimo resistere all'incantesimo.

Barda scosse il capo. – Effettivamente trovavo un po' strano che le Guardie Grigie non ci avessero seguito quando ci hanno perso sul sentiero. Adesso capisco. Sapevano che ci eravamo nascosti, ma anche che saremmo finiti nelle sabbie mobili e che Jin e Jod ci avrebbero catturati. Ecco perché ridevano mentre si allontanavano.

– Jin e Jod sono lenti e goffi. Altrimenti non avrebbero bisogno della magia per catturare le loro vittime. Abbiamo qualche speranza – disse Lief.

– Sempre che riusciamo a trovare l'uscita… –. Jasmine cominciò a tastare le pareti umide della cella.

Barda si alzò a fatica per cercare di seguirla, ma fu costretto ad aggrapparsi al braccio di Lief a causa di un capogiro. Era pallidissimo e non si reggeva in piedi.

– È quel maledetto intruglio – mugugnò. – Non ne ho bevuto abbastanza da perdere i sensi, ma temo che mi abbia indebolito.

Jasmine li chiamò sottovoce. Aveva trovato una porta, mimetizzata col muro, sul quale si scorgeva solo una stretta fessura. I tre prigionieri infilarono le dita nell'interstizio e tirarono. La porta si aprì senza fare rumore. Ma tutte le loro speranze morirono appena guardarono fuori.

Non dava su un corridoio, ma su un magazzino pieno fino al soffitto. Vestiti di ogni foggia e taglia, ammuffiti e pieni di macchie d'umidità, pezzi arrugginiti di corazza, elmi e scudi, un mucchio di spade e pugnali, due forzieri pieni di gioielli e altri due traboccanti di monete d'oro e d'argento.

I tre prigionieri compresero inorriditi che erano i beni di tutti i viaggiatori catturati e uccisi da Jin e Jod in passato. Non c'erano state armi abbastanza potenti, nemici abbastanza astuti da sconfiggere i due mostri.

– Il cartello rotto ha attirato molta gente nelle sabbie mobili – commentò Jasmine.

Lief annuì. – È una trappola astuta. I mostri sentono suonare la campanella e corrono a salvare chi è caduto nelle sabbie mobili. Le loro vittime sono riconoscenti e vedono solo quello che Jin e Jod vogliono che vedano. Perciò non si ribellano ed entrano in casa…

– Per essere ingannati, uccisi e mangiati, come stava per succedere a noi – concluse Barda.

– E potrebbe ancora succedere se non troviamo una via d'uscita – gli ricordò Jasmine.

In quel momento sentirono il debole tintinnio della campanella. Qualcun altro stava per cadere nella trappola delle sabbie mobili.

Per una frazione di secondo rimasero impietriti, poi Lief riprese a ragionare.

– Torniamo vicino al caminetto! Stendiamoci a terra! Fingiamo di essere…

Non fece in tempo a completare la frase. I suoi compagni capirono al volo e corsero al proprio posto, buttandosi a terra.

– *Doj, enrac artla!* – sentirono gracchiare in cucina. Era Jin. – *Oicnag li idnerp!*

– *Appap!* – gridò il fratello eccitatissimo. – *Itatnemrodda àig onos irtla ilg?* –. Si sentì il rumore di un coperchio posato su una pentola, poi il rumore di passi.

Anche Lief fingeva di essere svenuto quando Jin entrò a controllare. E non si mosse quando lei gli diede un colpo con il piede. Ma mentre la vecchietta grugniva soddisfatta e se ne andava socchiuse gli occhi per guardarla.

Il ragazzo riuscì a scorgere una massa di disgustosa carne verdastra coperta di setole nere e la parte posteriore di una testa calva da cui spuntavano tre corna tozze. Non vide il viso della vecchia, ma pensò che forse era meglio così.

– *Olletloc li rep itnorp onos!* – gridò Jin sbattendo la porta. Con un brivido Lief sentì i passi in cucina e il rumore di un'altra porta sbattuta. Poi il silenzio. Erano usciti entrambi.

– Così saremmo pronti per il coltello? E adesso hanno catturato un altro poveretto! – brontolò Barda.

– Dev'essere il Ralad – bisbigliò Jasmine, poi corse in cucina. Era buia, sudicia e puzzolente. Il pavimento di pietra era incrostato da anni di sporcizia.

Dappertutto erano sparse vecchie ossa. Nell'angolo più buio c'era un lettino di paglia ammuffita. Dall'aspetto della corda sfrangiata attaccata a un anello conficcato nel muro, doveva averci dormito fino a poco prima un animale che si era liberato a morsi.

I tre amici però cercavano altro. La loro attenzione fu calamitata dalla grande pentola d'acqua che bolliva sulla stufa, dal mucchio di cipolle affettate e dai due coltellacci affilati in attesa sul tavolo bisunto.

Lief osservò quello spettacolo con un groppo in gola, poi le sue orecchie attente captarono un rumore proveniente dall'esterno.

Anche i suoi compagni l'avevano sentito.

– Fuori! Presto! – bisbigliò Barda.

Scivolarono all'aperto, respirando a pieni polmoni l'aria fresca e pulita, poi si guardarono intorno circospetti. Il villino era in realtà uno squallido cubo di pietre bianche privo di finestre, mentre le aiuole fiorite erano solo orti di cardi e cipolle.

In lontananza videro Jin e Jod che gridavano e affondavano il lungo palo in un punto in cui era caduto qualcosa di pesante. Lief fu travolto dalla tristezza.

– Non hanno fatto in tempo a salvarlo. È andato sotto – disse Barda.

– Benissimo, allora, non c'è motivo di restare. Possono girarsi da un momento all'altro, e ci vedranno – protestò Jasmine.

Lief la guardò storto. La fanciulla sostenne la sua occhiataccia con aria di sfida, poi si voltò per andare a fare il giro della casetta. Gli altri due la seguirono. Il retro era identico alla facciata, con una sola porta e niente finestre. Su tutti i lati videro una distesa di erbacce che finiva al limitare delle sabbie mobili, e più in là la foresta. Le sabbie mobili circondavano la proprietà di Jin e Jod come un fossato invalicabile.

– Dev'esserci un passaggio. Non posso credere che non escano mai – brontolò Lief.

D'un tratto Jasmine indicò una zona coperta di macchie, contrassegnata da un masso sulla riva. – Là! – gridò, iniziando a correre.

9

Il passaggio misterioso

Quando Lief e Barda la raggiunsero, la ragazza era ferma accanto al macigno sulla riva. In mezzo al fossato galleggiava un gruppo di foglie verde pallido chiazzate di rosso. I bordi delle foglie erano dritti, in modo che toccandosi formavano una specie di rompicapo. Negli interstizi, invece, spuntava l'orrenda melma verdastra.

Guardando meglio, Lief capì che i segni rossi erano numeri, lettere e simboli.

Afferrò Jasmine per un braccio.

– C'è un sentiero cifrato, ne sono sicuro! – sussurrò eccitato. – Sotto quelle foglie ci sono delle pietre per passare dall'altra parte.

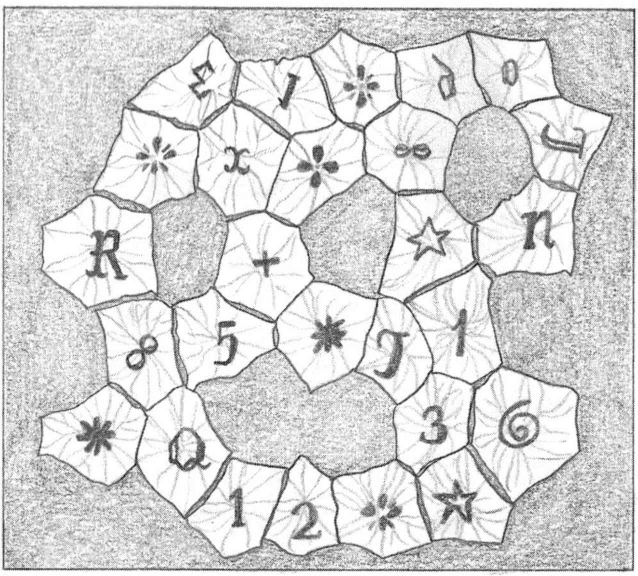

– Ma quali? – fece Jasmine. – Dobbiamo esserne certi. Quel groviglio di piante acquatiche si trova proprio in mezzo alle sabbie mobili e non possiamo verificare quali foglie possono reggere il nostro peso. Dovremo saltare alla cieca.

– Lief, il topazio. Forse ti aiuterà – lo sollecitò Barda.

In quel momento dalla casa arrivò un ruggito di rabbia. I tre si girarono giusto in tempo per vedere la porta che si spalancava. Qualcuno uscì dalla casa, iniziando a correre incontro ai tre fuggitivi. Lief lanciò un grido di stupore quando lo riconobbe.

Era il Ralad!

– Non è affogato! – gridò Jasmine. – Sono riusciti a salvarlo!

In quel momento all'ometto serviva decisamente aiuto. Aveva alle calcagna Jin e Jod, appena sbucati dalla porta lanciando urla furiose. Jin aveva raccolto un'ascia e Jod reggeva il lungo palo, tenendolo puntato come una lancia.

Jasmine sfoderò il pugnale e corse ad aiutarlo, mentre Lief estrasse la spada e si avventò contro i mostri, lasciando Barda, ancora intontito, accanto al masso.

Gli affondi fulminei di Jasmine non riuscirono a rallentare i due mostri. La punta del pugnale sembrava rimbalzare sulla loro dura cotenna. I figli di Thaegan non la degnavano nemmeno di uno sguardo, più interessati ad ammazzare il Ralad che a combattere contro altri avversari.

Sembrava che lo conoscessero.

Adesso l'ometto era vicino. A corto di fiato, fece segno a Lief di spostarsi, indicando le foglie nelle sabbie mobili accanto al masso e poi le proprie gambe.

Lief capì che si erano sbagliati a pensare che fosse caduto nella trappola. Il Ralad era sporco di melma fino alle ginocchia, ma sopra era asciutto e pulito. Era riuscito a oltrepassare il fossato, forse in quello stesso punto.

«Conosce questo posto. C'è già stato» pensò il ragazzo.

Gli passarono davanti agli occhi due immagini chiarissime: il collare intorno al collo del Ralad e il giaciglio di paglia ammuffita nella cucina dei mostri.

Capì che il Ralad aveva dormito su quel pagliericcio, che il collare era stato attaccato a quella corda.

Non molto tempo prima l'omino era stato prigioniero di Jin e Jod. Era troppo minuto per finire in pentola, perciò l'avevano ridotto in schiavitù, ma alla fine era scappato per finire nelle grinfie delle Guardie Grigie. Poi i suoi salvatori l'avevano lasciato addormentato tra i cespugli di susine. Forse, risvegliatosi, aveva assistito alla loro cattura.

Quindi aveva suonato la campanella e gettato un grosso sasso nel fango per far uscire di casa Jin e Jod, poi era corso dall'altra parte della casa per attraversare il fossato. Era tornato in quel luogo tremendo quando invece poteva scappare. Perché?

Solo per cercare di soccorrere gli amici che l'avevano salvato.

Ormai Lief era giunto a pochi passi dalle figure in corsa. Voleva attaccare i mostri, per dare al Ralad l'opportunità di scappare.

Solo lui poteva indicare la strada attraverso le sabbie mobili, solo lui poteva dire quali erano le foglie sicure per passare.

Ripensò alle foglie e ai segni rossi, poi trattenne il fiato.

– Ma il Ralad ce l'ha già detto! – esclamò.

Sorpreso da quel grido, l'omino si girò verso di lui e incespicò.

Il grande uncino ricurvo lo afferrò, bloccandolo. Jod lanciò un grido di trionfo mentre cominciava a tirarlo verso di sé.

In quello stesso istante la spada di Lief si abbatté sul palo dell'uncino, tranciandolo. Jod, colto di sorpresa, perse l'equilibrio, cadendo di schiena addosso a Jin. I due mostri crollarono a terra in un groviglio orrendo.

Jasmine balzò loro addosso, il pugnale levato.

– No, Jasmine! – gridò Lief, sollevando il Ralad da terra e issandoselo in spalla. – Lasciali perdere!

Sapeva che la velocità era più importante della forza, adesso che aveva scoperto il segreto delle foglie.

Iniziò a correre di nuovo verso il masso, dove Barda lo aspettava ansioso. Dopo una breve esitazione, Jasmine lo seguì.

– Lief, sei pazzo! – strillò, decisamente arrabbiata. – Adesso siamo in trappola, siamo bloccati dalle sabbie mobili. È il posto peggiore per combattere.

– Non combatteremo affatto, passeremo dall'altra parte – ansimò Lief.

– Ma su quali foglie dobbiamo passare? Quali sono quelle buone? – chiese Barda.

– Nessuna, sono gli interstizi il vero percorso. Jasmine, passa tu per prima! – sollecitò la ragazza. – Poi aiuterai Barda. Io vi seguo col Ralad. Presto! Possono arrivare da un momento all'altro!

– Gli spazi tra le foglie sono sabbie mobili – strillò la ragazza. – Si vede benissimo. Se ci saltiamo sopra affonderemo e moriremo.

– Non morirete. Fate come dico io! Fidatevi!

– Ma come fai a sapere che è sicuro? – brontolò Barda, sfregandosi la fronte come per schiarirsi le idee.

– Me l'ha detto il Ralad.

– Ma se non ha aperto bocca! – protestò Jasmine.

– Ha indicato questo punto e le sue gambe. Sono infangate fino alle ginocchia mentre le foglie sono asciutte e pulite. Non le ha calpestate nessuno da almeno un'ora.

Jasmine e Barda erano ancora perplessi e Jin e Jod stavano arrivando.

Lief sapeva che c'era una sola cosa da fare. Prese un respiro profondo e saltò sul primo varco tra le foglie, tenendo ben stretto il Ralad.

Affondò nella melma verde e si domandò dove aveva sbagliato. Sentì il grido inorridito di Jasmine e Barda. Ma alla fine i piedi toccarono la roccia. Era affondato solo fino alla caviglia.

Con uno sforzo liberò il piede destro e fece il passo seguente. Di nuovo affondò fino alla caviglia, ma di nuovo toccò una superficie solida.

– Forza! – gridò. E con sollievo sentì che i compagni lo seguivano.

Jin e Jod lanciarono urla furibonde. Lief non si voltò a guardare. I suoi muscoli erano tesi nello sforzo di liberare i piedi dal risucchio delle sabbie mobili. Un altro passo. Un altro...

E alla fine ebbe di fronte solo la sponda opposta. Erba. Alberi svettanti. Con un ultimo sforzo immane saltò, i piedi toccarono la terra ferma. Si lasciò cadere in avanti con un sospiro di sollievo, sentendo il peso del Ralad scivolargli dalla spalla.

Si girò. Barda era a un passo da lui e stava per spiccare l'ultimo salto verso riva. Ma Jasmine era rimasta indietro... Lief si stupì. Perché Jasmine aveva estratto il pugnale e lo aveva immerso nell'acqua, sotto le foglie?

Jin si apprestava a scagliare l'ascia, sotto lo sguardo terrorizzato di Lief.

– Jasmine! – gridò il ragazzo.

Lei si voltò, accorgendosi del pericolo. L'ascia le roteò incontro, raggiungendola alla spalla proprio mentre posava il piede sul sasso seguente. Con un grido Jasmine cadde in ginocchio, crollando nelle sabbie mobili che iniziarono a risucchiarla fameliche.

10
Jasmine è in pericolo!

Subito Barda si voltò per chinarsi ad afferrare il braccio di Jasmine e tentare di sollevarla. Ma era troppo debole...

Jin e Jod avanzavano lanciando ululati di trionfo. Stavano per raggiungere il masso. E poi...

– Lasciami! – gridò Jasmine a Barda. – Prendi Filli... e lascia me.

Ma l'uomo grande e grosso scosse il capo, e Filli restò aggrappato alla spalla della fanciulla, rifiutando di muoversi.

Lief si guardò intorno freneticamente, per cercare qualcosa da lanciargli, qualcosa con cui tirarli a riva.

Un ramo, un rampicante... ma rampicanti non ce n'erano, e i rami degli alberi erano troppo in alto. Se soltanto non avessero perso la corda nelle Foreste del Silenzio! Laggiù avevano perso tutto, tranne i vestiti che avevano addosso...

I vestiti!

Si strappò di dosso il mantello e corse verso la sponda del fossato, annodando il morbido tessuto per ricavare una corda.

– Barda! – gridò, lanciando al compagno un capo del mantello arrotolato.

– Lancialo a Jasmine! – aggiunse il ragazzo. – La tiro io a riva!

Sapeva che si trattava di un'impresa disperata. Jin e Jod erano arrivati al macigno e si stavano preparando a saltare: in pochi istanti avrebbero raggiunto Jasmine.

Proprio in quel momento, come un miracolo improvviso, una saetta nera e gracchiante piombò giù dal cielo, in picchiata verso i mostri.

Kree!

Jin e Jod urlarono, sbalorditi e spaventati, quando il corvo li assalì col becco aguzzo.

Lief tirò il mantello con tutte le sue forze. Il corpo di Jasmine uscì lentamente dalle sabbie mobili. Troppo lentamente. L'attacco di Kree proseguiva, ma adesso Jod cercava di abbattere il corvo con il palo spezzato. L'uccello non sarebbe riuscito a reggere a lungo.

Lief tirò di nuovo con la forza della disperazione, poi sentì due mani unirsi alle sue. Barda era arrivato a riva e stava dando il suo contributo. Tirarono insieme, puntando i piedi nel terreno soffice. E Jasmine si avvicinò alla riva. Era arrivata oltre l'ultima foglia, potevano quasi prenderla per mano, quando Kree gracchiò. Era stato colpito a un'ala dal palo e adesso svolazzava in modo scoordinato, perdendo quota.

Jin e Jod, finalmente liberi dagli attacchi del corvo, lanciarono ululati bestiali e balzarono insieme sulla prima pietra.

«Tra un istante raggiungeranno Jasmine, e anche noi» pensò disperato.

Jasmine si era girata. Sembrava che pensasse solo alla sorte dell'uccello. – Kree! Passa dall'altra parte! Presto! – gridò.

Il corvo ubbidì all'ordine. Svolazzò dall'altra parte del fossato, con un'ala quasi immobile, le zampe che sfioravano la melma. Raggiunta la sponda crollò a terra.

Lief e Barda ripresero a tirare il mantello, con tutte le loro forze. Un altro strattone...

Ma Jin e Jod stavano attraversando il fossato a passo di carica. Ormai erano arrivati a metà strada e lanciavano ruggiti selvaggi, mentre con gli artigli cercavano di afferrare la preda.

Ma all'improvviso le loro espressioni cambiarono. I due mostri lanciarono un urlo. I loro piedi erano entrati nella melma... senza trovare un appoggio. Affondarono lanciando ululati e sbracciandosi freneticamente, mentre la mole considerevole li trascinava verso il basso.

In pochi secondi fu tutto finito. Le grida orrende vennero soffocate dal fango. Lief, ancora tremante, si allungò per afferrare il polso di Jasmine. Barda afferrò l'altro, e insieme issarono l'amica sulla sponda. La spalla ferita doveva farle male, perché era pallida e non parlava.

– Cos'è successo? – boccheggiò Barda. – Perché sono affondati? C'eravamo appena passati anche noi.

Jasmine fece un sorriso strano.

– Le pietre non sono scomparse. Solo che adesso si trovano sotto le foglie... le foglie che ho spostato tagliando le loro radici col coltello! I mostri hanno posato i piedi nei punti sbagliati. Lo sapevo che erano troppo sciocchi, e troppo arrabbiati, per notare che la disposizione era cambiata.

Lief osservò il fossato. Neppure lui si era accorto del cambiamento. Con una smorfia di dolore, Jasmine estrasse il flaconcino che portava al collo, attaccato a una catenina. Lief sapeva già che conteneva qualche goccia del nettare dei Gigli della Vita che aveva guarito Barda quando era rimasto ferito nelle Foreste del Silenzio.

Pensò che Jasmine volesse usarlo per la ferita alla spalla, ma la fanciulla strisciò verso il punto in cui era posato Kree. L'uccello nero si dibatteva debolmente su un tratto di terra nuda e sabbiosa, il becco aperto e gli occhi chiusi.

– Non sei tornato a casa, cattivo – lo rimproverò dolcemente Jasmine. – Mi hai seguito. Te l'avevo detto che era pericoloso! Adesso la tua povera ala è ferita. Ma non temere. Tra poco starai meglio.

Svitò il tappo del flacone e fece cadere una goccia del liquido ambrato sull'ala spezzata.

Kree lanciò uno strillo rauco, si agitò un poco, poi di colpo si alzò sulle zampe, arruffò le penne e allargò le ali, sbattendole vigorosamente.

Lief e Barda risero con gusto a quello spettacolo. Era magnifico vedere Kree di nuovo in salute.

Sentirono un rumore soffocato alle loro spalle. Quando si girarono videro il Ralad che si alzava, gli occhi che si guardavano intorno spaventati.

– Non temere, amico, sono andati. Spariti per sempre! – gli gridò Barda.

Lief si allontanò per raggiungere Jasmine, che era seduta sull'erba.

– Jasmine, lascia che usi il nettare sulla tua spalla – le disse, sedendosi accanto a lei.

La fanciulla scosse il capo.

– Dobbiamo risparmiarlo per le situazioni gravi – rispose con decisione, poi si tolse di tasca il flacone della pomata che aveva spalmato sui polsi e sulle caviglie del Ralad. – Per me basta questa. Non è una ferita seria, davvero.

In realtà, la spalla era piuttosto malconcia, arrossata e gonfia. La ferita era piccola ma profonda.

Lief spalmò delicatamente la crema, e Jasmine rimase immobile senza emettere un lamento.

Barda li raggiunse insieme al Ralad, che sorrise e poi un fece un inchino.

– Si chiama Manus e vorrebbe ringraziarci per averlo salvato dalle Guardie, oltre che da Jin e Jod. Ha un grosso debito nei nostri confronti – spiegò il gigante di Del.

– Manus, non ci devi niente, anche tu hai rischiato la vita per noi – rispose Lief ricambiando il sorriso.

Manus si chinò per tracciare una fila di segni sulla sabbia col lungo dito magro.

– Mi hai salvato due volte dalla morte, e adesso la mia vita è tua – tradusse Barda.

Manus annuì vigorosamente, e solo in quel momento Lief capì che non era in grado di parlare.

Barda si accorse del suo stupore.

– Devi sapere, Lief, che i Ralad non possono parlare. È stata Thaegan, tanto tempo fa, quando per gelosia ha trasformato la bella città D'Or nel Lago delle Nebbie. I Ralad di quell'epoca protestarono, perciò la strega... tolse l'uso della parola a loro e a tutti i discendenti. A Raladin nessuno parla più da un secolo.

Lief rabbrividì. Che folle essere maligno era mai quella strega?

Poi gli venne in mente qualcos'altro e guardò le silenziose sabbie mobili. Nelle loro viscere giacevano Jin e Jod, la loro malvagità spenta per sempre.

Quanto ci avrebbe messo Thaegan a scoprirlo? Un mese? Una settimana? Un giorno? Un'ora? O forse stava già arrivando, schiumante di rabbia per l'affronto?

Thaegan aveva rubato la voce a un popolo intero solo perché aveva osato protestare. Quale orribile vendetta avrebbe scagliato su Barda, Jasmine e Lief, che le avevano ucciso due figli?

Corri! sussurrò una vocina nella sua testa. *Torna a casa di corsa, infilati nel letto e tirati le coperte sulla testa. Nasconditi. Mettiti al sicuro.*

Si sentì toccare un braccio. Era il Ralad.

– Manus preferirebbe essere lontano di qui prima del tramonto – spiegò Barda. – Ha paura che arrivi Thaegan. Abbiamo tutti bisogno di riposo, ma mi sembra il caso di fare ancora un tratto di strada prima di accamparci. Sei pronto?

Lief fece un respiro profondo, zittì la vocina e annuì: – Sì, sono pronto.

11
In viaggio verso Raladin

Trovarono un boschetto, lontano da ruscelli o sentieri, e decisero di accamparsi per la notte. Non volevano essere visti da nessuno, per evitare che Thaegan venisse a sapere dov'erano.

Avevano freddo e stavano scomodi, perché i loro vestiti erano umidi e rigidi per il fango, e non potevano correre il rischio di accendere un fuoco. Ma si addormentarono subito, sfiniti.

A un'ora imprecisata Lief si svegliò. La luna brillava pallida attraverso le foglie, proiettando ombre sul terreno. Il silenzio era perfetto. Si girò, cercando di riaddormentarsi. Ma in testa gli frullavano troppi pensieri e il sonno non si decideva a venire.

Accanto a lui, Manus si agitava, senza dubbio tormentato dagli incubi. Tutt'altro che strano. Servendosi dei simboli e degli strani geroglifici della sua gente, aveva raccontato di essere stato prigioniero di Jin e Jod per cinque interminabili anni. Stava viaggiando da Raladin a Del quando era caduto nelle sabbie mobili, attratto dal profumo delle susine, ed era stato subito catturato.

Lief non riusciva a immaginare le sofferenze che doveva avere patito. Barda non conosceva troppo bene la scrittura dei Ralad, ma era riuscito a tradurre l'agghiacciante racconto. Manus era stato costretto a lavorare come schiavo, era stato picchiato e trattato con crudeltà inaudita. Legato alla parete della cucina, aveva assistito impotente alle catture, uccisioni e banchetti di Jin e Jod. Alla fine era riuscito a scappare, solo per essere catturato dalle Guardie Grigie quando era quasi a casa.

Quando Lief gli aveva chiesto quanto era lunga la strada per Raladin, aveva scribacchiato la risposta sul terreno.

– Tre giorni. Se Thaegan non ci trova prima – aveva spiegato Barda.

Se Thaegan non ci trova prima…

La notte buia opprimeva Lief. Il silenzio era pesante e minaccioso. Forse proprio in quel momento i sicari della strega si stavano avvicinando, furtivi come ombre per afferrargli i piedi e le caviglie e trascinarlo via… Il sudore gli imperlò la fronte, il terrore lo invase. Cercò di restare immobile per non svegliare gli altri. Eppure la paura continuò a crescere, fino a quando sentì che non poteva più trattenere l'urlo che gli cresceva in gola.

Il topazio protegge chi lo indossa dai terrori della notte…

Infilò la mano sotto la camicia e posò le dita tremanti sulla gemma dorata. Quasi subito le ombre parvero rimpicciolirsi e la corsa impazzita del suo cuore rallentò. Si girò sulla schiena per guardare il cielo tra le fronde e alla luce della luna vide l'orgogliosa figura di Kree appollaiato sul ramo di un albero. La testa del corvo era eretta e le sue penne lucide brillavano al chiaro di luna.

Non dormiva. Era sveglio, faceva la guardia.

Stranamente tranquillizzato, Lief tornò a girarsi su un fianco. «Solo tre giorni. Solo tre giorni per arrivare a Raladin. E Thaegan non ci troverà. No» si disse.

Chiuse gli occhi e si addormentò, aggrappato al topazio.

La mattina ripartirono. All'inizio seguirono stretti sentieri nascosti, ma poco per volta furono costretti a uscire allo scoperto: gli alberi e il sottobosco erano sempre più radi e il terreno bruciato dal sole.

Non incontrarono nessuno. Ogni tanto passavano accanto a case, granai e stalle. Erano tutti deserti, in rovina. Alcuni recavano il marchio d'infamia del Signore dell'Ombra.

La sera, quando la luce cominciò a calare, scelsero una stamberga abbandonata e si accamparono per la notte. Riempirono gli otri di pelle al pozzo e si cibarono delle provviste ammuffite che trovarono nella casa.

Poi raccolsero altro materiale: corde, coperte, vestiti, una piccola pala, un pentolino per bollire l'acqua, diverse candele e una lanterna.

A Lief spiaceva prendere oggetti appartenuti ad altri. Tuttavia Manus, pur rattristato dalle tracce di terrore, distruzione e disperazione disseminate in quella casa, scrollò il capo indicando un piccolo segno sulla parete accanto alla finestra. Era lo stesso simbolo che aveva tracciato nella sabbia quando l'avevano incontrato nella radura.

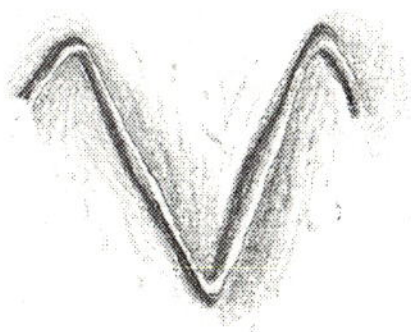

Ormai si fidava abbastanza da spingersi a confidare cosa significasse. Rappresentava gli uccelli e la libertà, ma si era diffuso oltre Raladin, assumendo un significato speciale in tutta Deltora. Manus spiegò cosa voleva dire:

Il marchio della libertà era diventato un segnale segreto usato da coloro che avevano giurato di resistere al tiranno. Grazie a quello si riconoscevano tra di loro, e potevano distinguere tra amici e nemici.

Prima di essere scacciati, gli abitanti della casa avevano lasciato quel marchio. Era l'unico modo che restava per mostrare orgoglio nella disfatta e speranza nel futuro. Così Lief capì che sarebbero stati felici di dare tutto ciò che possedevano per aiutare la causa.

Era stata una bella fortuna trovare Manus. Come se il destino li avesse uniti, come se i loro passi fossero guidati da una mano invisibile.

Si mossero il mattino seguente, e adesso che sapevano cosa guardare videro ovunque il simbolo della libertà, tracciato col gesso su pareti e steccati, formato per terra con piccoli sassi, inciso sul tronco degli alberi.

Ogni volta che ne vedeva uno Lief sentiva crescere la speranza. Quel simbolo era la prova che in campagna c'era ancora gente disposta a sfidare il Signore dell'Ombra, comunque stessero andando le cose a Del.

Manus invece era sempre più serio e preoccupato. A ogni passo la visione della campagna deserta e delle case in rovina aumentava la sua ansia per le sorti del suo villaggio. Aveva lasciato la sua casa quando il suo villaggio aveva saputo che il Signore dell'Ombra cercava altri schiavi e stava pensando a Raladin. Il tiranno sapeva che i Ralad erano grandi lavoratori e artigiani eccellenti. Manus doveva andare a cercare aiuto a Del. I Ralad non sapevano che la resistenza in città era stata già sgominata e che le loro speranze erano vane.

L'omino era lontano da cinque anni, un lustro in cui Thaegan aveva devastato quelle terre. Non sapeva cosa avrebbe trovato a Raladin. Eppure procedeva caparbio, affrettava il passo nonostante la stanchezza.

Alla fine del terzo giorno dovettero faticare per convincerlo a fermarsi a dormire.

Il mattino seguente si alzarono all'alba. Il Ralad li guidò quasi di corsa attraverso un campo, infilandosi in una boscaglia rada. In quel punto trovarono un laghetto profondo alimentato da un ruscello che scendeva gorgogliante dalle colline. Manus risalì rapidamente il torrente. Gli altri lo seguirono, rischiando di restare staccati, ma sempre cercando di non perdere di vista il ciuffetto rosso che sobbalzava davanti a loro.

Intuivano il nervosismo crescente del Ralad man mano che si avvicinava a casa. Ma quando raggiunsero una cascata che scendeva come un fine merletto da uno spuntone roccioso, Manus si fermò ad aspettarli, impassibile. Non si mosse nemmeno quando lo raggiunsero.

Il Ralad aveva quasi paura di fare l'ultimo passo. Temeva quello che avrebbe trovato.

L'intervallo di silenzio si protrasse a lungo. Alla fine fu Jasmine a parlare.

– È meglio controllare – disse sottovoce.

Manus la fissò per un attimo, poi si girò di colpo e s'infilò sotto la cascata. Uno per uno i tre compagni lo seguirono, rabbrividendo mentre l'acqua ghiacciata li inzuppava dalla testa ai piedi. Dietro c'era il buio: prima le tenebre di una grotta, poi le ombre più fitte di una galleria. E alla fine un tenue bagliore in lontananza, che si faceva sempre più forte a ogni passo. Sbucarono da un'apertura sul versante opposto della collina.

Un sentiero sassoso scendeva verso un villaggio di casette rotonde, officine e botteghe, strutture semplici ma realizzate con perizia. Gli edifici erano disposti intorno a una piazza, al centro della quale una fontana lanciava mille riflessi sotto il sole.

Ma le case erano abbandonate. I ragni avevano tessuto le loro ragnatele sulle finestre e le porte aperte cigolavano nella brezza.

12

Il villaggio nascosto

Mesti e silenziosi, scesero fino al villaggio, in cerca di un qualunque segnale di vita. Lief e Jasmine controllarono ogni angolo, con il cuore sempre più pesante. Manus corse disperato da una casa all'altra, seguito da Barda, cupo più che mai.

Erano tutte deserte. Ciò che non era stato possibile rubare era stato distrutto.

Alla fine, quando si ritrovarono presso la fontana della piazza, il Ralad era sconvolto.

– Manus è convinto che i suoi siano stati portati nelle Terre dell'Ombra, o che siano morti – mormorò Barda.

– Forse si sono trasferiti, sono scappati – disse Lief.

Il Ralad scosse il capo con decisione.

– Non avrebbero mai lasciato Raladin di loro volontà –. Nel dire ciò, Barda indicò i mucchi di macerie e di cenere che riempivano il villaggio. – Forse le Guardie Grigie hanno usato il villaggio come stazione di posta. E poi, guardate come sono fitte le ragnatele. Direi che Raladin è abbandonata da un anno o più.

Quando Manus si lasciò cadere sul bordo della fontana, sfiorò con i piedi un oggetto. Si chinò a raccoglierlo. Era un lungo flauto intagliato nel legno, che il piccolo Ralad si mise a cullare a capo chino.

– Cosa facciamo adesso? – sussurrò Lief. Era dispiaciuto per lui, avrebbe voluto fare qualcosa per alleviare il suo dolore.

Jasmine si strinse nelle spalle. – Ci riposiamo un giorno, poi ripartiamo. Ormai non siamo lontani dal Lago delle Nebbie. Manus ci guiderà per il resto del tragitto, ne sono sicura. Non c'è più nulla che lo trattenga qui.

Parlava con voce monotona e distaccata, ma stavolta Lief non pensò che tutto ciò le fosse indifferente. Ormai sapeva che la ragazza nascondeva bene le proprie emozioni.

Improvvisamente un meraviglioso suono cristallino pervase l'aria.

Il giovane alzò il capo, sorpreso.

Manus aveva accostato il flauto alle labbra e suonava a occhi chiusi.

Lief si alzò stregato mentre le note gli invadevano le orecchie e la mente. Era la musica più bella che avesse mai sentito, e la più struggente, come se tutto il dolore che Manus non poteva esprimere a parole stesse uscendo dal flauto, sgorgando dritto dal suo cuore.

Lief aveva le lacrime agli occhi. Barda era impietrito al suo fianco. E gli occhi verdi di Jasmine erano incupiti dalla compassione. Filli era seduto in braccio alla fanciulla e guardava Manus meravigliato. Kree era appollaiato sulla spalla della ragazza, immobile come una statua. Tutti erano incantati dalla musica di Manus che piangeva il suo popolo.

Proprio in quel momento, Lief notò un movimento alle spalle di Jasmine. Batté le palpebre, convinto che gli occhi gli stessero giocando un brutto scherzo. No, non era un miraggio. Una delle grandi lastre si stava sollevando!

Emise un rumore strozzato. Jasmine lo guardò stupita, poi si girò anche lei.

La pietra si stava spostando silenziosamente. Sotto di essa si apriva uno spazio profondo da cui scaturiva una luce. Lief scorse una testa dal ciuffo rosso e due occhietti scrutatori. Poi una mano dalle lunghe dita assestò una brusca spinta alla lastra di pietra, che fu rimossa del tutto. Dopo pochi secondi, decine di Ralad uscirono allo scoperto per correre incontro a Manus.

A bocca spalancata per lo sbalordimento, Lief si girò e vide che la stessa cosa si stava verificando anche negli altri tre angoli della piazza. Le pietre si spostavano e una folla di Ralad si riversava fuori.

Erano decine e decine... centinaia! Adulti e bambini di tutte le età. E tutti battevano le mani, ridevano e correvano a salutare Manus, che era scattato in piedi lasciando cadere il flauto, il viso illuminato dalla gioia.

Qualche ora dopo, sazi di buon cibo e sdraiati su soffici giacigli di felci, Lief, Barda e Jasmine osservavano ammirati i risultati del lavoro dei Ralad.

La caverna, illuminata dalla luce delle lanterne, era immensa. Su un lato correva un ruscello che finiva in una profonda pozza di acqua limpida. Lunghi tubi portavano aria fresca dalla superficie. Il villaggio sotterraneo riproduceva esattamente quello originale: c'erano case, magazzini, officine e botteghe, la sala delle assemblee e perfino le strade e la piazza.

– Dev'essere stata una faticaccia ricostruire tutto –

mormorò Lief. Barda annuì. – Te l'avevo detto che i Ralad sono lavoratori instancabili e architetti abilissimi. E che non avrebbero mai abbandonato Raladin. Ma certo non mi sarei immaginato una cosa del genere!

– E Thaegan e le Guardie Grigie non hanno il minimo sospetto – sbadigliò Jasmine, soddisfatta. – Le Guardie erano accampate qua sopra, e non avevano idea che i Ralad fossero pochi metri sotto di loro.

– Nemmeno *noi* lo sapevamo, fino a quando non si sono fatti vedere. E l'hanno fatto solo perché hanno sentito il flauto – disse Lief.

Jasmine scoppiò a ridere. Sembrava serena come Lief non l'aveva mai vista. – Che bello. Il Signore dell'Ombra dev'essere arrabbiatissimo per essersi fatto sfuggire i Ralad. Più le Guardie perdono tempo a cercarli meno grattacapi ci daranno!

Lief si girò verso Manus, che era circondato dagli amici.

– Credete che Manus sarà ancora disposto ad accompagnarci al Lago delle Nebbie? – chiese il ragazzo.

– Sì, ma solo tra qualche giorno, temo – rispose Barda. – Saremo costretti a riposare, e ne abbiamo un gran bisogno –. Si stiracchiò pigramente, poi annunciò: – Adesso mi metto a dormire. È ancora giorno, ma tanto qua sotto che differenza fa?

Lief annuì, ma Jasmine non rispose. Si era già addormentata.

Poco dopo, Manus si mosse per recarsi nella piazza del villaggio nascosto. Sembrava che tutti i Ralad fossero diretti in quel punto. Lief si domandò assonnato cosa stessero combinando, ma un attimo dopo capì.

Nella grotta aleggiò una musica dolcissima, prodotta da centinaia di flauti che insieme intonavano un canto di ringraziamento, felicità, pace e amicizia. I Ralad celebravano il ritorno di un fratello perduto, e Manus, in mezzo a loro, riversava nel suo strumento tutta la gioia che aveva nel cuore.

Lief, Jasmine e Barda passarono a Raladin altri tre giorni, durante i quali impararono molte cose sui Ralad e sulla loro vita.

Per esempio, scoprirono che non passavano tutto il tempo sottoterra. Quando non c'erano pericoli se ne stavano tranquillamente all'aperto, curavano gli orti nascosti nei dintorni, controllavano e riparavano le tubature che convogliavano l'aria nella caverna e gli allarmi che li avvertivano quando arrivava qualcuno, insegnavano ai loro figli come costruire e riparare, oppure semplicemente si godevano la luce del sole.

Una cosa che non facevano mai all'aperto era suonare. Non potevano rischiare che qualcuno li sentisse.

Era un miracolo che Manus avesse trovato quel flauto presso la fontana.

Il mattino del quarto giorno i compagni seppero che era giunto il momento di partire. Ormai si erano rimessi in forze, nutriti e riposati. La ferita di Jasmine era quasi guarita, i vestiti erano puliti e asciutti, e i Ralad avevano consegnato a ciascuno una bisaccia piena di provviste.

Risalirono in superficie con il cuore pesante. Non c'era più alcun pretesto per trattenersi, eppure nessuno voleva partire. Quell'intervallo di pace e sicurezza aveva reso ancora più spaventosa l'impresa che li attendeva.

Solo in quel momento rivelarono ai Ralad dove stavano andando. Manus aveva suggerito di mantenere il segreto fino all'ultimo, e a quel punto compresero il motivo della sua richiesta.

La folla sconvolta si radunò intorno ai viaggiatori, rifiutandosi di lasciarli partire, aggrappandosi a Manus… poi i Ralad iniziarono a scribacchiare per terra talmente in fretta che perfino Barda non capiva.

– Sappiamo che il Lago delle Nebbie è maledetto e proibito, sappiamo che dovremo affrontare gravi pericoli, ma ci è già capitato – spiegò Lief.

I Ralad scossero il capo disperati per tanta incoscienza, poi ripresero a scrivere sul terreno molti, moltissimi simboli di morte e malvagità, uno soprattutto, più grande degli altri, ripetuto più volte.

– Cosa significa? Cos'è che temono più di tutto? – sussurrò Lief a Manus.

Manus fece una smorfia, poi scrisse una sola parola nella sabbia.

13

Il Lago delle Nebbie

A quel punto Jasmine si fece seria.

– Chi è Soldeen? – chiese.

– Chiunque sia dobbiamo affrontarlo. E anche Thaegan, se ce la troviamo fra i piedi – bofonchiò Barda.

I Ralad si guardarono terrorizzati sentendo il nome della strega. Ritenevano che i viaggiatori non si rendessero conto del pericolo, e che Manus fosse condannato a morire con loro, dal momento che era deciso a far loro da guida.

– Non temete, siamo armati. Se Thaegan prova a usare uno dei suoi trucchi contro di noi la sistemiamo! – asserì Lief.

Gli omini scossero freneticamente il capo e ripresero a scrivere. Barda si chinò per leggere.

– Dicono che è impossibile ucciderla – spiegò alla fine, piuttosto riluttante. – L'unica maniera per uccidere una strega è versare il suo sangue. E il corpo della strega è protetto dalla magia. Molti coraggiosi ci hanno provato, ma tutti hanno fallito e sono morti.

Lief lanciò un'occhiata a Jasmine, che non perdeva mai d'occhio Kree. Il corvo volava alto, ad ali spiegate.

Il ragazzo si girò di nuovo verso i Ralad.

– Allora ci nasconderemo. Ci mimetizzeremo, faremo il possibile per evitarla. Però dobbiamo arrivare fino al Lago delle Nebbie. Assolutamente – dichiarò deciso.

Il Ralad più alto, una certa Artemisia, fece un passo avanti per scrivere sulla sabbia:

– Non possiamo spiegarvi tutto – replicò Barda. – Però vi prego di credere che abbiamo promesso di portare a termine questo viaggio per il bene di Deltora e di tutto il suo popolo.

Artemisia lo guardò con occhi intelligenti, poi annuì lentamente. Dopodiché i Ralad si fecero da parte per far passare i viandanti lungo lo stretto sentiero che partiva dal villaggio.

Manus fece strada, a testa alta. Non si voltò, neppure una volta.

I Ralad assistevano immobili alla loro partenza, tenendosi abbracciati, la mano premuta sul cuore. E non si mossero fino a quando i quattro compagni sparirono dietro una curva.

A metà pomeriggio la strada divenne più accidentata e le colline impervie. Gli alberi morti proiettavano i rami spogli verso il cielo livido. L'erba secca scricchiolava sotto i piedi dei viaggiatori, e i bassi cespugli erano polverosi.

Dalle fronde arrivava un continuo ronzio, e fruscii dai buchi neri sotto le radici degli alberi, ma non videro creatura vivente. Si fermarono per mangiare, solo pochi minuti prima di riprendere il cammino. Quei fruscii non erano piacevoli, e tutti e quattro avevano la sensazione di essere osservati.

Al tramonto, Manus cominciò a rallentare il passo, trascinando i piedi stancamente. I suoi compagni avanzavano dietro di lui in fila indiana, studiando il terreno pieno di crepe e disseminato di pietre. Tutti sapevano, senza che fosse necessario dirlo, che la meta era vicina.

Giunsero a un punto in cui due impervie colline rocciose si toccavano, formando una stretta "V". Attraverso il varco videro il cielo rosso e la palla infuocata del sole calante che brillava come un segnale di pericolo.

Il Ralad si fermò di colpo, appoggiandosi a un masso. Era pallido e i piccoli occhi erano spenti per il terrore.

– Manus, il lago è... –. Lief non parlava da tanto tempo che la voce uscì stridula. Deglutì un po' di saliva, poi ritentò. – Il lago è oltre queste rocce?

Manus annuì.

– Allora non sei tenuto a proseguire. Ci hai guidato fin qui, e non ti chiedevamo altro. Torna pure a casa – gli disse Barda.

Tuttavia Manus serrò le labbra e scrollò la testa. Poi raccolse una pietra per scrivere su un masso:

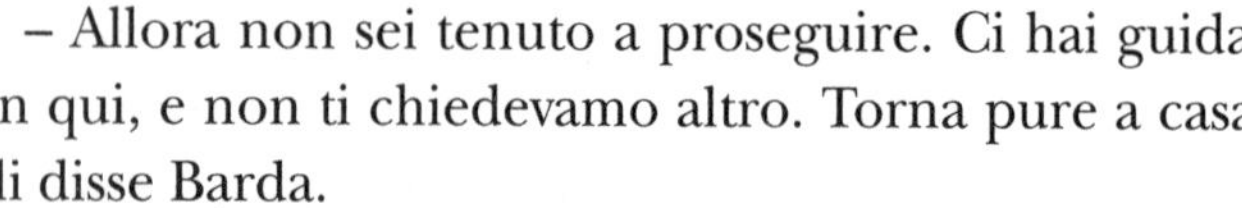

Stavolta Lief non fu costretto ad aspettare che Barda traducesse. Aveva già visto quel messaggio. «Mi avete salvato due volte dalla morte. La mia vita è vostra.» I tre compagni iniziarono a protestare ma non riuscirono a fargli cambiare idea. Anzi, i loro inviti parvero rafforzare la decisione del Ralad. Alla fine si avviò, girandosi bruscamente e quasi mettendosi a correre nel varco tra le rocce. Pochi istanti dopo era scomparso. Gli altri non poterono fare altro che seguirlo.

Affrontarono la stretta gola in fila indiana, cercando di non perdere di vista Manus. E quando arrivarono in fondo al passo lo videro: sotto di loro si stendeva un lago cupo, circondato da sponde di spesso fango grigio crivellato da cunicoli. Al centro, da uno scoglio melmoso sgorgava l'acqua che sgocciolava incessante nel bacino.

Oltre il lago svettavano picchi spogli e aguzzi, coperti di creta, simili a spettri, circondati da una coltre di nebbia fitta e minacciosa, che evidentemente dava il nome al lago.

Quello era un luogo di amarezza, dolore e morte.

Lief sentì una stretta al petto. Il Lago delle Nebbie era davvero un luogo terrificante.

Manus guardò l'orrore di cui sentiva parlare da sempre, la dimostrazione della malvagità e del rancore di Thaegan, la catastrofe che aveva indotto il suo popolo a ribellarsi.

– La Cintura è calda? Sente la presenza della gemma? – mormorò Barda.

Lief fece segno di no.

Manus li guardò incuriosito. Aveva sentito quello che si erano detti a bassa voce.

«È venuto fin qui con noi. Dobbiamo rivelargli qualcosa sulle nostre intenzioni» pensò il ragazzo.

– Stiamo cercando una pietra che dovrebbe essere nascosta da queste parti. Ma è un segreto. Se la troviamo non devi dirlo a nessuno, qualunque cosa succeda – spiegò al Ralad.

Manus annuì con la mano sul cuore.

Scesero fino al fango che attorniava il lago.

– Non mi fido di questa melma – mormorò Jasmine, memore delle sabbie mobili.

– C'è solo un modo per scoprirlo – replicò Barda, facendo un passo. Affondò fino alle caviglie nel liquame, senza altri danni.

Gli altri lo seguirono con cautela. Abbandonati i bagagli, avanzarono insieme verso la riva del lago, lasciando impronte profonde. Lief si accovacciò per sfiorare l'acqua con la punta delle dita. Immediatamente la Cintura si scaldò e il cuore gli balzò in gola.

– La pietra è vicina, dev'essere sott'acqua – bisbigliò.

Sentendo prudere una caviglia abbassò meccanicamente la mano per grattarsi. Le sue dita toccarono quella che sembrava una gelatina viscida. Diede un'occhiata, noncurante, e lanciò un grido di orrore e disgusto. La caviglia era coperta di enormi vermi pallidi, che si stavano già gonfiando e scurendo per il sangue che gli succhiavano. Il ragazzo cominciò a scalciare come un pazzo per scrollarseli di dosso.

– Fermo! – gridò Jasmine, spiccando un balzo per afferrargli il piede. Con una smorfia nauseata, iniziò a staccare una per una quelle bestie sguscianti, gettandole lontano.

I corpi rigonfi si sparpagliarono tutto intorno. Lief si sentì rivoltare lo stomaco vedendo altre bocche, altri predatori striscianti di ogni forma e misura, scattare dalla brodaglia per afferrarli al volo.

D'un tratto il fango brulicò di esseri viscidi, serpeggianti, sinuosi, che scivolavano lentamente fuori dalle tane per contendersi i vermi e insinuarsi intorno ai piedi dei viaggiatori.

Jasmine non era più in grado di aiutare Lief.

Non avevano speranza. Tra poco sarebbero stati... divorati vivi!

Filli lanciò un grido angosciante. Kree piombò dal cielo per staccare gli animali dalle braccia di Jasmine, dibattendosi mentre quelle creature gli si avvolgevano intorno alle zampe e alle ali, tirandolo verso terra.

Poi, all'improvviso, come in seguito a un segnale convenuto, le creature s'immobilizzarono e cominciarono a scavarsi una tana nella superficie del fango. Nel giro di pochi secondi sparirono tutte.

Cadde un silenzio spaventoso.

Jasmine, tremante, iniziò a massaggiarsi freneticamente le gambe, le braccia e i vestiti, come se sentisse ancora addosso quelle bestie striscianti.

Ma Lief rimase immobile, gelato dallo stupore. – Cos'è successo? Come mai...?

– Forse non gli piace il nostro sapore – rispose Barda con una risatina incerta, mentre si girava per aiutare Manus caduto in ginocchio nel fango.

In quel momento Lief vide una scia di bolle avvicinarsi dal centro del lago.

– Barda! Jasmine! – urlò, ma l'avvertimento gli era appena uscito di bocca che l'acqua si aprì e un'enorme, orripilante creatura sbucò dagli abissi.

La bocca spalancata, gremita di denti affilati, era un unico gorgo di vermi, acqua e melma. Dalla schiena e dai fianchi spuntavano spine acuminate e scintillanti, dalla carne si levavano aculei sottili e aguzzi.

Il mostro si avventò contro i quattro compagni, scagliandosi sulla riva con un ruggito che gelò il sangue di Lief.

Sapeva che era Soldeen.

14
Soldeen, l'orribile mostro

Fece un passo indietro, cercando di sguainare la spada. Poi il ragazzo capì che le vittime prescelte del mostro erano Manus e Barda, che, caduti a terra, stavano cercando di allontanarsi nel fango.

Ma Soldeen già si avvicinava, le terribili fauci si chiudevano e si aprivano a scatti come un'enorme trappola.

Senza nemmeno sapere cosa stava facendo, Lief schizzò in avanti lanciando un urlo e affondò la spada nel grosso collo spinoso.

L'arma gli fu strappata di mano appena Soldeen si girò, e rimase appesa vibrante alla cotenna viscida. Per il mostro la lama era poco più di uno spillo, una puntura di vespa, però non era abituato ad attacchi del genere. Quindi adesso era arrabbiato, oltre che affamato.

Si avventò contro Lief con la bocca spalancata. Il ragazzo lo scansò, ma inciampò sulle bisacce che erano rimaste dove le avevano lasciate pochi minuti prima.

Cadde a terra, incapace di muoversi. Sentì Barda e Jasmine che gridavano terrorizzati, gli urlavano di alzarsi, di scappare.

Ma era troppo tardi. E non aveva più la spada, nulla con cui proteggersi da quelle tremende fauci, da quelle zanne acuminate. Tranne...

Girandosi di scatto afferrò una borsa per la cinghia e la lanciò con tutta la forza che aveva dritta nelle fauci spalancate, in piena gola.

Soldeen scattò all'indietro, cercando di respirare, scuotendo il testone a destra e a sinistra. La coda si agitò, trasformando l'acqua in una schiuma fangosa. La spada si staccò dal collo, andando a conficcarsi nel fango accanto a un piede di Lief.

Il ragazzo l'afferrò, balzò in piedi e si mise a correre, gridando ai compagni di seguirlo. Sapeva che avevano a disposizione solo pochi secondi per darsi alla fuga, poi Soldeen avrebbe ingoiato o sputato la bisaccia.

Soltanto quando raggiunse le rocce si voltò. Soldeen stava scivolando nel Lago delle Nebbie, scompariva nei suoi abissi fangosi.

Scese il buio. Rimasero sulle alture rocciose, poco propensi ad allontanarsi dal lago anche se temevano un altro attacco dai suoi abissi tenebrosi.

I quattro compagni si rannicchiarono, tenendosi stretti, spartendosi le coperte rimaste e un pasto bagnato che sapeva di fango, con i nervi a fior di pelle per i continui fruscii.

Quando spuntò la luna piena, cercarono di discutere, di fare piani, di decidere il da farsi. Se c'era una pietra in un punto imprecisato del fondale fangoso sotto quell'acqua sporca, come fare a trovarla?

Potevano tornare a Raladin a recuperare gli attrezzi per dragare il lago, ma per quell'operazione ci sarebbero voluti mesi e nessuno di loro s'illudeva di riuscire a sopravvivere tanto a lungo. Soldeen, le creature del fango e Thaegan li avrebbero sistemati a dovere.

Due di loro avrebbero potuto tentare di attirare il mostro sulla riva, mentre gli altri si tuffavano dalla sponda opposta. Ma in cuor loro sapevano che era un piano destinato al fallimento. Soldeen avrebbe subito sentito i movimenti in acqua e sarebbe tornato indietro ad aggredirli.

Cadde il silenzio.

L'impresa sembrava disperata. Ricordandosi che il topazio era al massimo della potenza con la luna piena, Lief vi posò sopra la mano. La mente gli si schiarì e le speranze crebbero, ma non gli venne nessuna grande idea... solo un pensiero fisso. Dovevano vincere a tutti i costi la sensazione di essere già sconfitti, o non ce l'avrebbero mai fatta.

Avevano bisogno di qualcosa che infondesse speranza.

Si girò verso il Ralad, seduto a capo chino, le mani tra le ginocchia.

– Manus, suona il flauto, portaci in posti meravigliosi ed epoche di pace.

Manus lo guardò sorpreso, poi rovistò nella bisaccia per prendere il flauto di legno. Esitò un istante, ma alla fine lo portò alle labbra e iniziò a suonare.

La musica cominciò a diffondersi nell'aria morta. Il flauto parlò di acque cristalline, di uccelli che cantavano, di bambini che giocavano allegri...

A Lief sembrò di essersi tolto un peso dal cuore, e vide la speranza sul viso dei compagni. Stavano ricordando il senso della loro battaglia.

Chiuse gli occhi per ascoltare meglio la musica. Perciò non vide la scia di bolle che saliva pigra sulla superficie del lago mentre qualcosa si avvicinava in silenzio alla riva.

Poi di colpo la musica tacque. Lief aprì gli occhi, guardando stupito Manus. Gli occhietti erano sbarrati e velati dal terrore. Lief si girò lentamente per vedere cosa stesse guardando.

Era Soldeen.

L'acqua fangosa colava dal dorso del mostro mentre lui si scavava una trincea nella melma. Era enorme, molto più grande di quanto avevano pensato in un primo tempo. Se fosse partito all'attacco li avrebbe raggiunti in un attimo e stritolati tutti tra le fauci terribili.

E invece non attaccò, ma li guardò come se aspettasse qualcosa.

– Indietro! – bisbigliò Barda. – Indietro. Adagio…

– NON MUOVETEVI!

Quell'ordine perentorio li impietrì.

I quattro lo guardarono terrorizzati. Non credevano alle loro orecchie. Invece il mostro parlò di nuovo, puntando gli occhietti di fuoco su Manus.

– SUONA! – gli ordinò.

Manus costrinse labbra e dita a muoversi. Finalmente la musica riprese, all'inizio incerta e flebile, poi sempre più energica.

Soldeen chiuse gli occhi. Era immobile, per metà fuori dall'acqua, una statua sempre più orrenda man mano che la fanghiglia si seccava sulla sua pelle.

Lief si sentì sfiorare una gamba. Manus lo incalzava col piede e lanciava segnali con gli occhi. Stava dicendo: «Potete scappare. Scalate le rocce, superate il passo, adesso che è distratto».

Lief esitò.

Jasmine gli rivolse un cenno impaziente. «Vai! Hai la Cintura. Salvati almeno tu, altrimenti tutto è perduto» gli comunicò la sua espressione seria.

Troppo tardi.

Soldeen aveva riaperto gli occhi e stavolta stava fissando Lief.

– Perché mai sei venuto in questo luogo proibito? – ringhiò.

Lief si inumidì le labbra. Cosa poteva rispondere?

– Non azzardarti a mentire, perché me ne accorgerei – lo ammonì il mostro.

La musica del flauto parve esitare, poi si fermò perché Manus era rimasto senza fiato.

– SUONA! – ruggì Soldeen senza distogliere lo sguardo. Il Ralad obbedì.

Lief prese una decisione. Sollevò il mento e disse con voce limpida sopra il dolce suono dello strumento: – Siamo venuti a cercare una pietra che per noi ha un significato speciale. È stata gettata dal cielo in questo lago, più di sedici anni fa.

– Conosco quella pietra. Sapevo che un giorno qualcuno sarebbe venuto a cercarla – sibilò la bestia.

Lief si costrinse a continuare, anche se aveva un groppo alla gola. – Sai dove si trova?

– La custodisco io. È il mio premio, l'unica cosa in questo posto solitario e desolato che mi consoli dal mio sconforto. Credi che ti permetterei di prenderla senza avere nulla in cambio?

– Dimmi un prezzo! – intervenne Barda. – Se è nelle nostre possibilità lo pagheremo. Andremo a cercare tutto quello che...

Soldeen sibilò, e parve sorridere.

– Non c'è bisogno che andiate a cercare il riscatto. Vi darò la pietra in cambio di... un compagno – disse con voce suadente, girandosi verso Manus.

15

La strega Thaegan

Lief sentì un brivido corrergli lungo la schiena. – Non possiamo... – cominciò a protestare.

– Dammi il piccolo uomo – insistette Soldeen. – Mi piace la sua faccia e anche la musica che suona. Entrerà nel lago con me, per venire a sedersi sullo Scoglio del Pianto. Suonerà per me nei giorni interminabili e nelle notti solitarie. Allevierà il mio dolore finché vivrà.

Lief sentì che Jasmine restava senza fiato. Manus si era alzato per avviarsi lentamente verso il mostro.

– No, Manus! – gridò Barda, afferrandolo per un braccio.

Il Ralad, pallidissimo ma a testa alta, si divincolò dalla stretta del gigante di Del.

– Vuole unirsi a me. Lasciatelo venire – sibilò Soldeen.

– No! È disposto a sacrificarsi per noi, ma non glielo permetteremo! – strillò Jasmine, afferrando Manus per l'altro braccio.

– Datemelo, o vi ucciderò tutti – ringhiò Soldeen, rizzando gli aculei sulla schiena. – Vi farò a pezzi e le vostri carni saranno divorate dalle creature del fango.

Lief si sentì montare in corpo una rabbia incontenibile. Spiccò un balzo per bloccare la strada a Manus, mentre Barda e Jasmine si piazzavano ai lati. – Allora fallo! – gridò sguainando la spada. – Ma così ucciderai anche il tuo nuovo compagno!

– VEDREMO! – tuonò Soldeen, scattando in avanti. Lief si preparò all'assalto, ma all'ultimo istante il mostro scattò di lato come un serpente e i tre aculei simili a spade che aveva sotto gli occhi sfiorarono il braccio del ragazzo, stracciandogli la camicia e impigliandosi nel mantello.

Il mostro scrollò la testa e Lief fu sollevato da terra. Per due terrificanti secondi rimase sospeso a mezz'aria, cercando di respirare mentre i lacci del mantello lo strangolavano.

Sentiva un rombo nelle orecchie e aveva un velo rosso davanti agli occhi. Sapeva che stava per svenire. Non poteva slacciarsi il mantello.

Poteva fare solo una cosa.

Con l'ultimo briciolo di forza che gli restava si allungò ad afferrare un aculeo.

Immediatamente sentì allentarsi il laccio soffocante attorno al collo. Col fiato corto, si sollevò a cavalcioni della spina e strisciò fino a raggiungere l'occhio della bestia.

Aveva la camicia a brandelli e tremava al solo contatto della cotenna scivolosa di Soldeen contro la pelle nuda. Eppure rimase attaccato, tenendosi stretto, la spada ben salda nelle mani.

– Trascinami nel fango e affogami se vuoi, Soldeen. Ma nel frattempo i miei amici fuggiranno, e prima di morire riuscirò ad affondarti la spada nell'occhio, te lo giuro.

Il mostro restò immobile.

– Soldeen, lascialo andare. Manus ha già sofferto moltissimo, e solo adesso è libero. È venuto fin qui per aiutarci. Noi non cederemo. Non l'avrai mai, costi quel che costi!

– Tu... moriresti per lui – grugnì alla fine la bestia. – Lui... morirebbe per voi. E tutti fareste qualsiasi cosa... per la causa. Ricordo... mi sembra di ricordare... un tempo in cui anch'io... tanto tempo fa. Tanto tempo fa...

Abbassò le palpebre e scosse il capo.

– Mi sta... succedendo qualcosa – muggì. – Ho il cervello... in fiamme...Vedo... immagini di un'altra epoca, un altro luogo. Cosa mi avete fatto? Una stregoneria?

Soltanto allora Lief si rese conto che la Cintura di Deltora e il topazio erano arrivati a contatto con la pelle del mostro.

Gli occhi di Soldeen scintillarono ai raggi della luna, non più occhi di belva insaziabile bensì di creatura dilaniata da un dolore insostenibile. A un tratto Lief ricordò gli occhi dorati del guardiano del ponte e comprese.

– Aiutaci, Soldeen. Lascia libero Manus e dacci la pietra. In memoria di quel che eri. In memoria di quel che hai perso.

Gli occhi angosciati s'incupirono, poi parvero scagliare lampi.

Lief trattenne il fiato. I suoi tre compagni, storditi e terrorizzati, si aggrapparono alle rocce. Non osavano muovere un dito.

– Sì – rispose la creatura.

Lief si sentì addosso lo sguardo degli amici mentre Soldeen scivolava nel lago allontanandosi dalla riva. Sapeva che la sua vita era appesa a un filo. Soldeen poteva cambiare idea da un momento all'altro, gettarlo in acqua, aggredirlo in preda al furore.

Poi sentì qualcosa che gli fece dimenticare ogni paura e dubbio. La Cintura di Deltora si stava scaldando contro la pelle. Sentiva che c'era un'altra pietra vicina, molto vicina.

Soldeen aveva quasi raggiunto lo Scoglio del Pianto. L'acqua aveva scavato e modellato la sua superficie. Sotto la luce gentile della luna sembrava una donna a capo chino per il dolore, mentre le lacrime le scorrevano tra le dita. Lief si sentì balzare il cuore in gola quando vide qualcosa tra le mani della donna.

Era un'enorme gemma d'un rosa opaco.

– Prendila – sibilò Soldeen.

Forse si stava già pentendo, perché girò il testone dall'altra parte come se non sopportasse la vista di Lief che allungava la mano per raccogliere la pietra.

Non c'era alcun dubbio che fosse una delle preziose gemme che cercavano, perché la Cintura era tanto rovente che i vestiti fradici di Lief fumavano.

Però il ragazzo non si ricordava di una pietra rosa nella Cintura. Questa era rosa e sembrava impallidire mentre lui la guardava.

Oppure era cambiata la luce? Una nube sottile aveva coperto la luna, che adesso brillava dietro un velo. Perfino le stelle si erano offuscate. Lief rabbrividì.

– Che c'è? – grugnì Soldeen.

– Nulla! Ho preso la pietra. Torniamo indietro – si affrettò a dire il ragazzo.

Si girò per lanciare un segnale a Barda, Jasmine e Manus, ancora fermi presso le rocce, e vide che alzavano le braccia al cielo e lanciavano grida di trionfo.

«Lo smeraldo è verde» pensò Lief mentre Soldeen si girava per tornare a riva. «L'ametista è viola, il lapislazzuli blu scuro con puntini d'oro simili a stelle, l'opale è di tutti i colori dell'arcobaleno, il diamante trasparente come ghiaccio, il rubino rosso...»

Il rubino...

Gli vennero in mente alcune parole, nitide come se avesse sotto gli occhi la pagina del libriccino azzurro, *La Cintura di Deltora.*

Il grande rubino, simbolo della felicità, rosso come il sangue, impallidisce in presenza del male, o quando sta per abbattersi una calamità...

«Il rubino è rosso, e impallidisce in presenza del male. E il rosso più pallido non è forse il rosa?»

La pietra preziosa che aveva in mano era il rubino, svuotato del suo colore dalla malvagità di cui il lago era intriso. Una cosa era certa: in quegli ultimi secondi era impallidito ulteriormente e adesso era più spento del palmo della sua mano.

Lief si sentì travolgere da un terrore incontrollabile.

– Soldeen! – gridò. – Dobbiamo...

Ma in quel momento il cielo fu squarciato da una saetta. Con un frastuono terribile, da quello squarcio nel buio scaturì una nube di fetido fumo giallo, che smosse la melma del lago e impregnò l'aria di vapori densi e soffocanti. E in mezzo al fumo apparve una figura imponente dai riflessi verdastri, con capelli d'argento che svolazzavano intorno al bel volto ghignante, come se godessero di vita propria.

– Thaegan! –. Sembrò che l'intero lago muggisse il suo nome, che ogni creatura, e perfino la roccia, si facesse piccina e cominciasse a tremare.

Quando la strega puntò il mignolo sinistro contro Soldeen, dal polpastrello scaturì un raggio di luce gialla che colpì il mostro in mezzo agli occhi.

Soldeen gridò, iniziando a dibattersi negli spasimi dell'agonia. Lief fu disarcionato, e il grande rubino gli schizzò di mano. Il ragazzo lanciò un grido inorridito, cercando di afferrarlo al volo mentre precipitava verso le acque agitate del lago.

La gemma iniziò la parabola discendente. Lief, che stava agitando le braccia nella schiuma melmosa, ormai a corto di fiato, la vide sparire in un profondo crepaccio nello Scoglio del Pianto.

– Non l'avrai mai! – gridò Thaegan, con la voce incrinata dal furore. – Hai osato penetrare nelle mie terre! Hai liberato una mia creatura e hai piegato al tuo volere un'altra! Hai ucciso due figli miei, facendoti beffe del mio potere! Ti ho seguito, ho sentito il tuo odore, e adesso vedrai cosa ti aspetta!

Quando la strega sollevò di nuovo la mano, Lief si sentì trascinare verso la riva. L'acqua fetida gli entrò in bocca e nel naso. Lief fu gettato a riva quando stava per affogare. Nuotò nel fango e nella schiuma, accorgendosi a stento che Barda, Jasmine e Manus gli stavano correndo incontro.

I suoi compagni lo rimisero in piedi e iniziarono a trascinarlo verso le rocce.

Ma Thaegan era già arrivata a sbarrargli la strada. – Non puoi sfuggirmi, non scapperai mai – sibilò.

Barda le si avventò contro, puntando la spada in direzione del cuore. – Thaegan, una goccia del tuo sangue! – urlò. – Solo una goccia e sarai distrutta! –. Ma la strega fece una risata stridula mentre la lama deviava ancora prima di toccarla. Barda fu scagliato all'indietro e finì lungo disteso nel fango. Kree gracchiò mentre Jasmine prendeva il posto dell'uomo, solo per essere respinta con violenza ancora maggiore.

I quattro amici sguazzarono impotenti nella fanghiglia, cercando di rimettersi in piedi.

Thaegan sorrise.

Lief ebbe un attacco di nausea quando vide il bel viso della strega mutare come se fosse caduta una maschera che celava l'orrore sottostante.

– Adesso ti trovi dove meriti! Ai miei piedi, a strisciare nel fango – sibilò la strega.

Kree gracchiò ancora e le volò incontro, cercando di colpirla con le ali. Thaegan si voltò, quasi lo notasse per la prima volta, gli occhi accesi dalla bramosia.

– Kree, non avvicinarti a lei! – gridò Jasmine, disperata.

Thaegan rise, poi si girò verso i tre: – Conserverò l'uccello nero per il mio piacere, ma voi… voi non conoscerete mai il suo dolore.

Scoprendo i denti, squadrò le sue vittime con occhi trionfanti e colmi di odio.

– Diventerete parte del mio regno. Dimenticherete tutto ciò che vi era caro. Striscerete nel fango e nella melma insieme a Soldeen, nauseati dalla vostra stessa bruttezza, nutrendovi di vermi nel freddo e nel buio, per sempre.

16

Battaglia per la libertà

Ridendo sguaiatamente, Thaegan sollevò il pugno sinistro sopra la testa: la mano scintillò, verde e cristallina come il vetro.

Kree tentò una picchiata inutile e disperata intorno al capo della strega. I quattro cercarono di scappare. Divertita da quello spettacolo, Thaegan drizzò il mignolo, pronta a colpire. La punta bianca come avorio brillò nel buio.

Come una freccia nera Kree sbucò dal fumo, colpendo e colpendo ancora col becco aguzzo il polpastrello. La strega lanciò un urlo di rabbia, stupore e dolore, poi si scrollò di dosso l'uccello. Ma il sangue rosso scuro sprizzava già dal polpastrello ferito, gocciolando lento al suolo.

Thaegan sgranò gli occhi incredula. Il suo corpo fu scosso da un brivido, avvizzì, divenne giallo come il fumo che le vorticava intorno. Il volto, una macchia indistinta e orripilante, si sciolse sotto lo sguardo inorridito delle sue vittime. Quindi, con un sibilo assordante, Thaegan iniziò a sgretolarsi, ad avvizzire come un frutto marcio abbandonato al sole.

Lief, ancora con la faccia nel fango, nascose la testa tra le braccia per evitare quella visione agghiacciante, per soffocare quel suono terribile. Sentì Soldeen muggire nel lago alle sue spalle, in un grido di trionfo... o di terrore. Quindi la terra iniziò a tremare e a sollevarsi con un rombo sordo. Onde gelide gli sferzarono la schiena. Le acque gonfie del lago si stavano abbattendo sulla riva.

Temendo di finire risucchiato negli abissi, il ragazzo si trascinò in avanti, strisciando freneticamente nella schiuma. Le sue dita toccarono la roccia, e con un ultimo sforzo si issò fuori dal gorgo di fango sulla terra ferma, a cui si aggrappò ansante.

Poi, di colpo, tutto si fermò.

Lief sollevò il capo. Barda e Manus erano stesi a pochi passi, pallidi ma vivi. Jasmine era accovacciata un po' più in là, con Kree sul polso e Filli tra le braccia. Nel punto in cui prima si trovava Thaegan era rimasta solo una chiazza gialla.

La strega era morta. Kree l'aveva ferita nell'unico punto del suo corpo che non fosse protetto, il polpastrello del mignolo che usava per le magie.

Tuttavia le sorprese non erano finite. Stava per succedere qualcosa, Lief lo sentiva. Le nuvole erano scomparse e la luna piena irradiava una luminosa luce argentata. L'aria sembrava scintillare. E che silenzio! Come se la Terra fosse rimasta col fiato sospeso.

In attesa...

Lief si voltò adagio per guardarsi alle spalle. La burrasca aveva quasi svuotato il lago, che adesso era ridotto a una spianata d'acqua bassa che brillava sotto la luna. Una moltitudine di creature viscide si era arenata a grappoli ai bordi del bacino.

Soldeen era rimasto sullo Scoglio del Pianto, immobile, la testa levata verso il cielo. Stava guardando la luna come se non l'avesse mai vista prima. Emise un lungo sospiro sussurrato, poi semplicemente... svanì.

Al suo posto comparve un uomo alto e dorato con una gran chioma di capelli color bronzo.

Lo Scoglio del Pianto tremò, spaccandosi in due. Le metà si polverizzarono in una fine nube scintillante da cui spuntò una donna. Era dorata al pari dell'uomo, ma aveva i capelli neri come la notte. In mano reggeva un'enorme gemma rossa.

Lief barcollò. Avrebbe voluto gridare, lanciare un'esclamazione di gioia, ma non riuscì a produrre alcun suono, limitandosi a fare da spettatore mentre l'uomo e la donna si prendevano per mano e gli venivano incontro sull'acqua.

Tutto cominciò a cambiare sotto i loro piedi. La terra si asciugò al loro passaggio, poi si coprì d'erba e di fiori. I ceppi nodosi e le rocce nude divennero alberi di tutte le specie, la nebbia si dissolse e la creta si staccò a falde dalle alture, liberando torri svettanti, palazzi e fontane meravigliose. Il dolce suono cristallino delle campane si diffuse nell'aria.

Tutto intorno al lago le viscide creature striscianti cambiavano aspetto. Dal suolo spuntavano figure dorate, ancora intorpidite dal lungo sonno, che piangevano e ridevano contemporaneamente. Gli uccelli arruffavano le piume prima di spiccare il volo, cantando la propria allegria, gli insetti ronzavano, animali di ogni specie si guardavano intorno e saltellavano nell'erba.

Lief sentì i passi dei tre compagni che si avvicinavano.

– Possibile che sia vero? – bisbigliò.

– No, stiamo tutti facendo lo stesso sogno – disse una vocina allegra e sconosciuta. Quando si girò vide Manus che gli sorrideva.

– Manus, ma tu… parli!

Gli si era incrinata la voce per lo stupore.

– Ma certo! Con la morte di Thaegan sono stati spezzati tutti i suoi incantesimi – gli spiegò il piccolo uomo, tutto contento. – Gli abitanti di Raladin e D'Or non saranno gli unici da queste parti che avranno motivo di essere grati al vostro valoroso uccello nero, credetemi.

Kree, appollaiato sul polso di Jasmine, gracchiò con fierezza.

– E grati a voi –. La voce bassa e pacata riusciva nuova a Lief, eppure aveva qualcosa di familiare. Quando si girò, il ragazzo incrociò il fermo sguardo grigio come l'acciaio dell'uomo che era stato Soldeen.

– Ci siamo già incontrati come nemici, adesso finalmente ci incontriamo da amici – disse lui, mentre il suo sguardo si faceva più dolce. – Sono Nanion, e lei… è la mia Signora, Ethena. Siamo i sovrani di D'Or e ti siamo debitori della libertà.

La donna sorrise. La sua bellezza era paragonabile a un luminoso cielo d'estate. Lief batté le palpebre, abbagliato, poi si accorse che Ethena gli tendeva il rubino dai riflessi di un rosso profondo.

– Mi pare che lo stessi cercando – disse.

Lief annuì e accettò la pietra. La Cintura intorno alla vita diventò rovente e il ragazzo cominciò subito a slacciarsela. Poi si fermò, visto che Manus, Nanion ed Ethena lo stavano osservando.

– Con noi il tuo segreto, sempre che sia un segreto, sarà al sicuro – lo rassicurò Manus.

– Sì, per cento anni abbiamo vissuto una mezza vita che era peggio della morte, la nostra terra era desolata e le nostre anime prigioniere. Grazie a te siamo liberi, non potremo mai sdebitarci – confermò Ethena.

L'uomo rivolse un cenno a Lief, che si tolse la Cintura e la posò per terra.

Manus rimase a bocca aperta.

– La Cintura di Deltora! – esclamò Nanion con voce soffocata. – Ma... com'è possibile, tanto lontano da Del? E dove sono le Sette Pietre? Qui ne vedo solo una!

– Due – lo corresse Lief mentre incastonava il rubino nel medaglione accanto al topazio, dove brillò contro l'acciaio levigato. Il simbolo della felicità. Ethena e Nanion si erano avvicinati. I loro volti dorati sembravano pallidi sotto la luna. – Allora è successo ciò che temevamo – mormorò la donna. – Ciò che aveva promesso Thaegan prima di spedirci nel buio. È arrivato il Signore dell'Ombra. Deltora è perduta, per sempre.

– No, non per sempre! – gridò Jasmine. – Anche D'Or sembrava persa per sempre!

Nanion la guardò, stupito da tanta foga. Poi sorrise: – Hai ragione. Nessuna causa è perduta finché resta un uomo coraggioso a difenderla.

Lief sollevò la Cintura e l'indossò. Era più pesante... abbastanza da riempirgli il cuore di felicità.

Il rumore delle grida e delle risate salì dalla vallata. La popolazione aveva visto Nanion ed Ethena, e stava accorrendo.

La donna posò gentile una mano sul braccio di Lief: – Resta un po' con noi. Qui potrai riposare e rimetterti in forze per il viaggio che ti attende.

Lief si girò verso Barda e gli altri, e lesse sui loro volti quello che già sapeva.

D'Or era bella, ma...

– Grazie, ma ci stanno aspettando... a Raladin – disse.

Si salutarono, poi Ethena e Nanion andarono incontro alla loro gente. I quattro compagni di avventure scalarono le rocce, attraversarono il passo e si accinsero a tornare da dove erano venuti.

«Qualche giorno di riposo, racconti, risate e musica, insieme a persone amiche e poi... un altro viaggio, un'altra avventura» pensò Lief.

Avevano trovato due pietre. La terza li stava aspettando.

Terzo Libro

La Città dei Topi

1
Undici strani lupi

Stanchi e con i piedi doloranti, Lief, Barda e Jasmine erano diretti verso la leggendaria Città dei Topi.

Non sapevano nulla della loro meta, se non che era un luogo abbandonato da molto tempo. Ma erano sicuri che una delle Sette Pietre della Cintura di Deltora fosse nascosta da quelle parti.

Avevano marciato di buon passo tutto il giorno e adesso desideravano solo trovare un posto dove fermarsi a riposare. Purtroppo la strada correva in mezzo a una spianata invasa dai rovi, perciò sostare lì era fuori discussione.

Per ritrovare le forze, Lief posò la mano sulla Cintura nascosta sotto la camicia e sfiorò le due pietre, il topazio e il rubino, conquistate a prezzo di enormi pericoli.

La popolazione di Raladin, presso cui i tre viaggiatori si erano fermati nelle ultime settimane, non era al corrente del motivo del loro viaggio. Manus, il Ralad che con loro aveva conquistato il rubino, aveva giurato di non rivelare nulla. Ma tutti sapevano che erano stati loro a uccidere la malvagia strega Thaegan, alleata del Signore dell'Ombra, e che due dei tredici figli di Thaegan erano morti.

Era stato difficile lasciare quel popolo così gentile. Ma era ora di riprendere il viaggio.

– Sono stanca – si lamentò Jasmine, interrompendo le riflessioni di Lief.

Come al solito, sulla sua spalla era rannicchiato Filli, l'animaletto dai grandi occhi.

Invece Kree, il corvo, svolazzava tra i cespugli a caccia d'insetti, senza perdere mai di vista la padrona.

– Là davanti c'è qualcosa! – gridò Barda indicando un punto sul ciglio della strada.

Incuriositi e speranzosi, corsero tutti e tre in quella direzione e trovarono un cartello che spuntava dai cespugli spinosi.

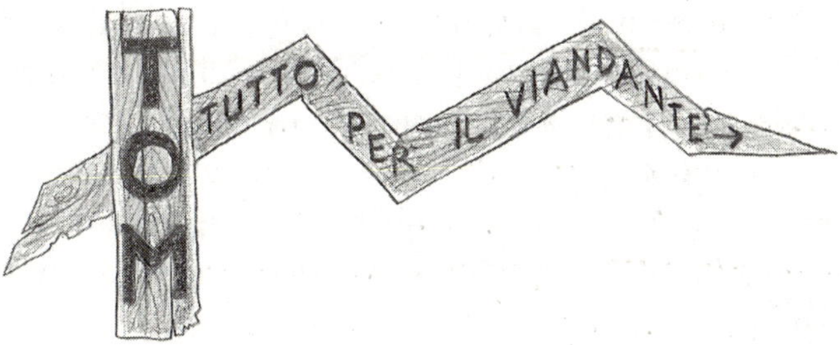

– Che cosa significa? – sussurrò Jasmine.

– Sembra l'insegna di una bottega – rispose Lief.

– Cos'è una bottega?

Lief la guardò stupito, poi ricordò che la ragazza non era mai uscita dalle Foreste del Silenzio e tante cose per lei erano nuove.

– Una bottega è un posto dove si comprano e si vendono le merci – spiegò Barda. – Cibi, bevande, vestiti e tante altre cose...

Jasmine lo guardò perplessa: non capiva. Lei mangiava ciò che cresceva sugli alberi e beveva l'acqua dei torrenti.

Proseguirono parlando a bassa voce, cercando di dimenticare la stanchezza. Presto scese il buio, perciò accesero una torcia per guidare i loro passi, anche se sapevano che sarebbe stata visibile dal cielo. L'idea di poter essere individuati non era piacevole. Forse in quel momento le spie del Signore dell'Ombra stavano pattugliando i cieli.

Circa un'ora dopo, Jasmine si fermò.

– Ci stanno seguendo, e sono parecchi – bisbigliò.

Anche se non avevano sentito nulla, Lief e Barda non chiesero spiegazioni. Ormai avevano imparato che i sensi della ragazza erano molto più sviluppati dei loro.

– Sanno che li precediamo. Si fermano quando ci fermiamo noi e ripartono quando noi ripartiamo – aggiunse Jasmine, prendendo la fiaccola dalle mani di Barda.

Lief sollevò la camicia per controllare il rubino incastonato nella Cintura. Il cuore gli balzò in gola quando vide, alla luce della fiaccola, che la gemma rosso scuro era diventata di un rosa sbiadito.

Anche Barda e Jasmine stavano guardando la pietra: sapevano che il rubino impallidiva in prossimità di un grave pericolo.

Il messaggio era chiaro.

– Chi ci segue ha cattive intenzioni – bofonchiò Barda. – Chi sono? Forse Kree potrebbe...

– Kree non è un gufo! – lo interruppe Jasmine. – Non può vedere al buio.

La ragazza si chinò, posò un orecchio a terra e ascoltò con attenzione. – Per lo meno non sono Guardie

Grigie – bisbigliò alla fine. – Sono troppo silenziosi, e non marciano a tempo.

– Sarà una banda di predoni. Forse aspettano di attaccarci quando saremo addormentati. Torniamo indietro e battiamoci!

Lief aveva già la mano sull'elsa della spada. Cos'era mai una banda di straccioni in confronto ai mostri che avevano affrontato e sconfitto?

– Una strada in mezzo a sterpi spinosi non è il luogo più adatto per ingaggiare battaglia, Lief – lo dissuase Barda. – E non possiamo nemmeno nasconderci per tendere un agguato. Dobbiamo proseguire, cercare un punto più favorevole.

Ripresero il cammino, a passo più svelto. Lief continuava a guardarsi alle spalle, ma vedeva solo ombre. Passarono accanto a un albero secco.

– Stanno accelerando – disse Jasmine con voce affannata.

Poi lo sentirono. Un lungo ululato che faceva ghiacciare il sangue nelle vene.

Filli, aggrappato alla spalla di Jasmine, emise un lamento terrorizzato.

Un altro ululato, e un altro ancora.

– Lupi! – sibilò Jasmine. – Non possiamo distanziarli. E ci sono quasi addosso! –. Estrasse altre due fiaccole dallo zaino e le accese. – Hanno paura del fuoco – disse, dandole a Lief e a Barda. – Dobbiamo affrontarli. Non diamogli mai le spalle.

– Dovremmo procedere a ritroso? Ridicolo! – tentò

di scherzare Lief. Jasmine non sorrise, e nemmeno Barda, che stava fissando l'albero secco ormai distante.

– Si sono scatenati appena abbiamo superato quell'albero. Perché? – sussurrò. – Non sono lupi normali.

– Tenetevi pronti – li ammonì Jasmine.

Aveva già il pugnale in mano.

Lief e Barda sguainarono la spada, poi si fermarono in attesa.

Accompagnato da un coro di ululati agghiaccianti, dal buio sbucò un mare di fiammelle gialle: gli occhi dei lupi.

Jasmine agitò la torcia davanti a sé. Lief e Barda la imitarono.

Le belve continuarono ad avanzare ringhiando.

Mentre si avvicinavano, Lief capì che non erano lupi normali. Erano enormi, coperti di pelo ispido a strisce gialle e marrone. Le labbra contratte lasciavano scoperte le zanne, e le fauci spalancate non erano rosse bensì nere come il carbone.

Li contò. Erano undici. Per qualche strano motivo quel numero gli diceva qualcosa, anche se non sapeva cosa. Cominciò ad arretrare insieme a Barda e Jasmine, agitando freneticamente la torcia. Ma le belve continuavano ad avanzare.

Lief pensò: «Non sono lupi normali… e sono undici».

– Barda! Jasmine! Non sono lupi. Sono…

Non riuscì a finire la frase. La trappola che era stata preparata per loro scattò e in un attimo si ritrovarono intrappolati in una grande rete.

2
Carne arrosto

I tre viaggiatori, colti di sorpresa, dondolavano a mezz'aria, tanto stretti nelle maglie della rete da non riuscire a muovere neppure un dito.

Le torce e le armi erano cadute a terra quando era scattata la trappola.

Kree volava intorno al luogo dell'imboscata, gracchiando disperatamente.

Non poteva fare nulla per aiutarli.

La rete era appesa a un albero che cresceva a lato della strada.

Era un albero vivo, e il ramo che reggeva la rete era piuttosto robusto, troppo grosso per spezzarsi.

Più in basso i lupi ululavano trionfanti. Lief li guardò. Alla luce delle fiaccole cadute a terra il ragazzo vide i loro corpi che si trasformavano.

Dopo pochi secondi undici orrendi mostri ghignanti si riunirono sotto l'albero.

Erano spaventosi.

Alcuni erano grandi, altri piccoli, alcuni coperti di peli, altri no: erano verdi, marrone, bianco sporco, gialli, perfino rossi. Uno aveva sei tozze zampe.

Lief sapeva che erano i figli di Thaegan, la strega. Ricordò a memoria la parte della filastrocca che citava i loro nomi...

Hot, Tot, Jin, Jod,
Fie, Fly, Zan, Zod,
Pik, Snik, Lun, Lod
e il tremendo Ichabod.

Jin e Jod erano morti, affogati nella loro trappola di fango, perciò rimanevano solo undici dei tredici mostri. Ma erano tutti lì.

Si erano riuniti per dare la caccia ai nemici che avevano ucciso la madre, il fratello e la sorella.

Cercavano vendetta.

Alcuni dei mostri cominciarono a strappare i rovi, ammucchiandoli sotto la rete.

Altri, raccolte le torce, danzavano in tondo, cantilenando:

Tanto fuoco bello tosto
è per fare un buon arrosto!
Or ridete ed ammirate
le loro ossa spezzate!
Tanto fuoco bello tosto
è per fare un buon arrosto!

– Ci vogliono arrostire! – grugnì Barda, cercando di muoversi. – Jasmine, riesci a prendere il secondo pugnale?

– Credi che sarei ancora qui dentro se potessi? – fu la risposta secca della ragazza.

I mostri gettarono le fiaccole sul mucchio di rovi e subito i tre prigionieri sentirono il calore del fuoco e l'odore acre del fumo. Nel giro di pochi minuti i rovi verdi si sarebbero asciugati, e non appena la rete avesse preso fuoco i prigionieri sarebbero stati avvolti dalle fiamme.

Lief trasalì. Qualcosa di morbido gli aveva toccato la guancia.

Era Filli. L'animaletto era riuscito a staccarsi dalla spalla di Jasmine e adesso stava passando attraverso la rete. «Almeno lui può scappare» pensò Lief. Invece Filli non si arrampicò sull'albero, come il ragazzo si sarebbe aspettato. Rimase aggrappato alla rete e si mise a rosicchiarla con accanimento. Lief capì che stava tentando di creare un buco abbastanza grande da far passare anche gli altri.

Era un tentativo coraggioso, ma quanto ci avrebbero messo quei dentini a rosicchiare una rete tanto robusta? Troppo tempo.

Da terra arrivò un ululato di rabbia. Lief guardò giù, spaventato. I nemici avevano già scoperto Filli? No, non stavano guardando i prigionieri, si stavano fissando in cagnesco l'un l'altro.

– Due zampe per Ichabod! – ruggì il più grosso, battendosi il torace rossiccio. – Due zampe più una testa vuole Ichabod.

– No, no! Non è giusto! Fie e Fly dicono di no! – ringhiarono due creature verdognole scoprendo i denti scuri.

– Stanno litigando per accaparrarsi le nostre parti più succulente. Non posso crederci! – esclamò Barda.

– Che si azzuffino pure. Così a Filli resta più tempo – bisbigliò Jasmine.

– Dividiamoci la carne! – strillarono i due mostri più piccoli. – Hot e Tot dicono di fare parti uguali.

Fratelli e sorelle ringhiarono minacciosamente gli uni contro gli altri.

– Che sciocchi. Non sanno che non riusciranno mai a dividerci in parti uguali! – esclamò a un tratto Lief, fingendo di parlare con i compagni.

– Sei impazzito? – sibilò Jasmine.

Ma Lief continuò a parlare. Si era accorto che i mostri lo stavano ascoltando. – Noi siamo tre e loro undici! Non puoi dividere tre in undici parti uguali. È impossibile!

Il ragazzo sapeva che era un tentativo rischioso. I mostri potevano alzare gli occhi verso di lui e vedere anche Filli.

Ma dopo qualche momento notò che invece avevano iniziato a bofonchiare riuniti in capannelli, scrutandosi furtivi l'un l'altro.

– Se fossero solo in nove potrebbero dividerci in tre e avere un pezzo ciascuno, ma così… – gridò.

– Parti uguali! – strillarono Hot e Tot.

Ichabod balzò loro addosso facendo cozzare le teste con uno schianto poderoso. I due mostri caddero a terra privi di vita.

– Bene, adesso avrete parti uguali. Siamo rimasti in nove – ringhiò Ichabod.

Intanto il fuoco aveva cominciato a scoppiettare. Il fumo salì fino alla rete, scatenando un accesso di tosse in Lief.

Filli era riuscito a praticare un forellino e adesso lo stava allargando. Ma aveva ancora bisogno di tempo.

– Lief, si sono dimenticati un particolare – intervenne Barda ad alta voce. – Se ci dividono in tre le parti non saranno ancora uguali. Insomma, io sono il doppio di Jasmine. Chi si ritrova un terzo della ragazza ci rimarrà male. Lei andrebbe divisa in due.

– Sì, ma così sarebbero solo otto pezzi con nove bocche da sfamare – ribatté Lief.

Guardò di sottecchi Zan, il mostro a sei zampe, il quale annuì pensieroso prima di abbattere la povera Fie, che crollò a terra.

Fly, squittendo furibondo per l'aggressione alla gemella, balzò sulla schiena di Zan, tentando di morderlo. Zan lanciò un ruggito, poi si scrollò di dosso il peloso fratello, che precipitò sulla gemella infilzandosi nelle sue corna.

Improvvisamente si scatenò una rissa generale, tutti contro tutti. La battaglia proseguì a lungo. Quando Filli ebbe concluso il suo lavoro e i tre compagni riuscirono a sgusciare dalla rete per salire sull'albero era rimasto vivo un solo mostro: Ichabod.

Circondato dai cadaveri dei fratelli si fermò accanto al falò ululando e battendosi il petto in segno di trionfo. I tre amici erano liberi, ma il terribile mostro poteva alzare gli occhi da un momento all'altro...

– Dobbiamo coglierlo di sorpresa – sussurrò Jasmine, estraendo il secondo pugnale dallo stivale. – È l'unica possibilità.

Senza dire altro balzò su Ichabod, colpendolo alla schiena.

Il mostro crollò sul fuoco con un tonfo assordante.

Lief e Barda scivolarono giù dall'albero.

– Cosa state aspettando? Sbrigatevi! – gridò Jasmine, lanciando loro le spade.

Corsero come il vento lungo il sentiero, incuranti delle buche e del buio. Alle loro spalle Ichabod ululava per la rabbia e il dolore mentre strisciava fuori dalle fiamme e cercava di inseguirli zoppicando.

3
Tutto per il viandante

Continuarono a correre, senza fiato per lo sforzo e con le orecchie tese per sentire i rumori alle loro spalle.

Sapevano che se Ichabod si fosse trasformato di nuovo in animale li avrebbe raggiunti senza problemi. Ma non lo sentirono arrivare.

«Forse non riesce a trasformarsi quando è ferito» pensò Lief, ma non osò fermarsi o rallentare il passo, come non osarono farlo i suoi compagni.

Alla fine arrivarono a un punto in cui il sentiero incrociava un torrente.

– Questo è il confine delle terre di Thaegan – disse Barda ansimante. – Vedete? Dall'altra parte non ci sono più rovi. Ichabod non ci seguirà.

Sguazzarono nell'acqua con le gambe deboli per la stanchezza.

Sull'altra sponda il sentiero proseguiva tra cespugli e giovani alberi, che crescevano su un soffice tappeto d'erba pieno di fiori.

Camminarono per un po' lungo la strada battuta, poi si staccarono dal sentiero per stendersi al riparo di un boschetto. Dormirono, con un cuscino d'erba sotto la testa.

Quando si svegliarono il sole era alto e Kree li stava chiamando.

Lief si sgranchì e sbadigliò. Aveva i piedi in fiamme e non c'era un muscolo del suo corpo che non fosse indolenzito.

– Avremmo fatto meglio a restare svegli a turno. È

pericoloso credersi al sicuro con il confine così vicino – brontolò Barda.

– Eravamo stanchi. E poi c'era Kree a fare la guardia –. Jasmine stava già esplorando i dintorni del boschetto.

Posò la mano su un tronco, poi inclinò il capo per ascoltare. Sopra la sua testa le fronde stormirono.

– Gli alberi dicono che spesso su questa strada passano dei carri – tradusse alla fine. – Carri pesanti, trainati da cavalli. Però oggi non c'è niente in arrivo.

Prima di ripartire mangiarono un po' del pane, del miele e della frutta regalati dai Ralad, poi si avviarono pigramente.

Dopo un po' incrociarono un altro cartello che indicava la direzione per la bottega di Tom.

– Spero che Tom abbia qualcosa per i piedi infiammati – borbottò Lief.

– Il cartello dice TUTTO PER IL VIANDANTE – gli ricordò Barda. – Quindi troverai quel che cerchi. Non ne dubito. Ma ricordiamoci che dobbiamo comprare solo lo stretto indispensabile. Abbiamo pochi soldi.

Jasmine li guardò di sfuggita.

Non disse nulla, ma Lief si accorse che aveva accelerato il passo.

La ragazza era curiosa di vedere la prima bottega della sua vita.

Un'ora dopo, oltre una curva, videro una sagoma metallica che spuntava da un boschetto, una specie di saetta con enormi lettere su un lato.

Proseguirono perplessi. Avvicinandosi notarono che gli alberi erano disposti a ferro di cavallo intorno ai lati e lungo il retro di uno strano edificio in muratura. La sagoma metallica affondava esattamente nel mezzo del tetto a punta, come se la casupola fosse stata colpita da un fulmine. Era chiaramente la bottega di Tom, anche se a una prima occhiata somigliava più a una locanda che a un emporio. Tra l'edificio e la strada si stendeva uno spiazzo abbastanza grande da accogliere numerosi carri, con qualche abbeveratoio in pietra pieno d'acqua per gli animali. Di fianco al portone c'era un'ampia vetrina, su cui era scritto in rosso il nome del proprietario, a lettere cubitali.

– A questo Tom piace che la gente sappia come si chiama – ironizzò Barda. – Benissimo, allora. Andiamo a vedere cos'ha in serbo per noi.

Attraversarono lo spiazzo e andarono a sbirciare la vetrina. Era piena di cappelli, cinture, libri, calzettoni, otri, giacche, corde, pentole, padelle e tante altre cose. Al centro spiccava un cartello giallo.

La campanella appesa alla porta tintinnò quando entrarono, ma non comparve nessuno. Si guardarono intorno, battendo le palpebre nella penombra: la bottega sembrava buia dopo l'accecante luce del sole. Gli scaffali, separati da stretti corridoi, andavano dal pavimento al soffitto ed erano carichi di ogni mercanzia. Sul fondo videro un banco polveroso pieno di libri mastri, bilance e quella che sembrava una cassa. Dietro il banco, altri scaffali, una porta e un cartello:

VIANDANTI!

SCEGLIETE CON ATTENZIONE

NON SI CAMBIA LA MERCE,
NON SI RIMBORSA,
NON SI ACCETTANO RECLAMI.

– Tom è un tipo che si fida – commentò Barda, guardandosi intorno. – Insomma, avremmo potuto rubare quel che ci pareva e andarcene indisturbati.

Per dimostrare la sua affermazione allungò la mano verso una piccola lanterna posata sullo scaffale più vicino. Ma quando cercò di sollevarla, la lampada non si mosse. Il gigante di Del rimase a bocca aperta. Alla fine, mentre Lief era piegato in due dal ridere e Jasmine lo guardava con gli occhi sbarrati, Barda rinunciò alla dimostrazione. Ma quando cercò di staccare la mano non ci riuscì. Tirò più forte, ma le sue dita sembravano incollate.

– Amico, desideri una lanterna?

Trasalirono tutti e tre, e si girarono di scatto. Dietro il banco era spuntato un tipo alto e magro con un berretto tondo in testa, le braccia conserte e l'enorme bocca atteggiata a un sorriso di scherno.

– Cosa sarebbe *questa*? – protestò Barda, indicando la lanterna con la mano libera.

– La dimostrazione che Tom è uno che *non* si fida – rispose l'uomo dietro il banco, con un sorriso ancora più largo. Abbassò una mano, forse per premere un pulsante sotto il ripiano, e di colpo la mano di Barda fu libera. – Bene, cosa può mostrarvi il vostro Tom? E soprattutto, cosa può *vendervi*? – chiese il bottegaio fregandosi le mani.

– Ci serve un buon pezzo di corda robusta – rispose Lief, vedendo che Barda non apriva bocca. – E anche qualcosa per i piedi infiammati, se ce l'ha.

– Certo che ce l'ho. TUTTO PER IL VIANDANTE. Non hai visto l'insegna?

Tom prese da uno scaffale un rotolo di corda sottile.

– Questa è di gran lunga la migliore – disse. – Leggera e robustissima. Tre monete d'argento ed è tua.

– Tre monete d'argento per un pezzo di corda? – sbottò Barda. – Ma è un furto!

Il sorriso di Tom rimase immutato. – Non è un furto, amico mio, sono affari. Dove la trovate altrimenti una corda come questa? – rispose serafico.

Tenendone stretto un capo, il bottegaio lanciò il resto in alto con uno scatto del polso. La corda si srotolò come un serpente, andando ad avvolgersi intorno a una trave del soffitto. Tom le diede uno strattone per dimostrarne la robustezza, poi fece scattare di nuovo la mano per sciogliere il nodo. La corda gli ricadde in mano e si riavvolse in un gomitolo perfetto.

– È solo un trucco – grugnì Barda, contrariato.

Ma Lief era stregato. – La prendiamo – disse tutto eccitato, ignorando la gomitata di Barda nelle costole e il cipiglio di Jasmine.

Tom si fregò le mani. – L'ho capito subito che sei uno che sa riconoscere un affare. Bene, cos'altro posso mostrarvi? Non siete costretti ad acquistare nulla, naturalmente.

Lief si guardò intorno entusiasta. – Tutto! Vogliamo vedere tutto! – esclamò.

Tom era raggiante. Invece Jasmine sembrava a disagio. Quella bottega soffocante dal soffitto basso non le piaceva, e non gradiva nemmeno Tom. – Filli e io vi aspettiamo fuori con Kree – disse, poi si girò e uscì.

L'ora seguente volò mentre Tom mostrava a Lief calzettoni imbottiti per i piedi doloranti, telescopi che vedevano dietro l'angolo, piatti autopulenti e cerbottane che soffiavano bolle di luce. E poi macchine che predicevano il tempo, rondelle bianche che sembravano di carta ma si gonfiavano e si trasformavano in pagnotte se bagnate con un po' d'acqua, un materasso che stava sospeso da terra, perline per accendere il fuoco e cento altre invenzioni stupefacenti.

Presto Barda dimenticò i suoi sospetti e iniziò a fare domande. Quando Tom finì la presentazione dei suoi prodotti, anche il gigante di Del era conquistato, e disposto quanto Lief ad acquistare tutte le meraviglie che si potevano permettere. Lì dentro c'erano tante cose fantastiche, che avrebbero reso il loro viaggio più facile, sicuro e comodo.

Alla fine Tom incrociò le braccia e sorrise.

– Allora, vi ho fatto vedere tutto. Adesso cosa vi vendo?

4
Questione di soldi

Molte delle mercanzie di Tom, come il materasso volante, costavano troppo per le magre finanze di Lief e Barda. Ma c'erano anche un sacco di cose che i due amici potevano permettersi. Il problema era scegliere.

Alla fine, oltre alla corda autoavvolgente, decisero di prendere un pacco delle rondelle bianche che si gonfiavano diventando pagnotte, un barattolo di una polverina che rendeva potabili tutte le acque e qualche calzettone imbottito. Il pacco era penosamente piccolo e a malincuore avevano dovuto rinunciare a merci interessanti, come le palline per accendere il fuoco e la cerbottana che soffiava bolle di luce.

– Peccato non avere più soldi! – esclamò Lief.

– Beh, forse potremmo fare un affare. Io compro, oltre a vendere – disse Tom, lanciando un'occhiata eloquente alla spada di Lief.

Il ragazzo scosse il capo con decisione. Per quanto desiderasse le mercanzie di Tom, non avrebbe mai ceduto la spada fabbricata da suo padre.

Tom si strinse nelle spalle e proseguì con aria indifferente: – Bello il tuo mantello.

Lief sorrise. – È un mantello che rende praticamente invisibile chi lo indossa e ci ha già salvato la vita più volte. Temo che non sia in vendita nemmeno questo – rispose.

Tom sospirò: – Peccato.

In quel momento la campanella della porta tintinnò e uno sconosciuto entrò nel negozio. Era alto come

Barda e altrettanto muscoloso, con lunghi capelli neri spettinati e una folta barba nera. Sulla sua guancia correva una cicatrice, che spiccava sulla pelle abbronzata.

Lief si accorse che Jasmine aveva seguito il nuovo arrivato fermandosi vicino alla porta, la mano sul pugnale. Lo sconosciuto rivolse un secco cenno di saluto a Lief e Barda, prese un tratto di corda autoavvolgente da uno scaffale e si avvicinò al banco impolverato.

– Quanto? – chiese bruscamente a Tom.

– Per lei, signore, una moneta d'argento – rispose il bottegaio.

Lief sgranò gli occhi. A loro Tom aveva detto che costava *tre* monete d'argento. Fece per protestare, ma sentì la mano di Barda sul polso. Quando alzò la testa vide che gli occhi del compagno erano fissi sul bancone: lo straniero aveva tracciato un segno nella polvere.

Il simbolo segreto della Resistenza al Signore dell'Ombra! Quello che avevano visto tracciato sui muri mentre andavano al Lago delle Nebbie! Disegnandolo sul bancone lo straniero aveva lanciato un segnale a Tom, che aveva risposto abbassando il prezzo della corda.

L'uomo gettò una moneta in mano al negoziante, cancellando il segno con la manica.

– Ho sentito certe voci su strani fatti accaduti al Lago delle Nebbie, anzi, in tutto il territorio dall'altra parte del ruscello. Sembra che Thaegan sia morta – disse.

– Davvero? – rispose Tom, indifferente. – Non saprei. Sono solo un povero negoziante e non so nulla di queste cose. Da quel che mi risulta i cespugli spinosi sulla strada sono fitti come prima.

L'altro sbuffò. – I rovi non sono frutto di magia, ma di un secolo di miseria e incuria. Io li chiamo "le spine del re di Del".

Lief si sentì mancare. Tracciando il segnale segreto lo sconosciuto aveva dimostrato la sua opposizione al Signore dell'Ombra, eppure odiava i re e le regine di Deltora e attribuiva a loro la colpa dei guai del paese.

Il ragazzo sapeva di non poter replicare. Lo sconosciuto gli passò davanti e uscì.

– Chi era? – sussurrò Barda a Tom.

– Non lo so... – rispose seccamente il bottegaio. – Nell'emporio di Tom l'unico nome che si può pronunciare è quello di Tom.

Lief sentì tintinnare di nuovo la porta: era Jasmine che usciva. Adesso che il pericolo era passato aveva deciso di tornare all'aria aperta.

Forse Tom capì che i due clienti avevano notato il segno sul banco, perché improvvisamente prese il barattolo delle palline per il fuoco e la cerbottana di luce e le aggiunse agli altri acquisti. – Non mi dovete niente. Tom è sempre felice di aiutare i viaggiatori, come avrete senza dubbio capito – spiegò mentre gli altri lo guardavano stupiti.

– I viaggiatori della parte giusta – lo corresse Barda con un sorriso.

Tom inarcò le sopracciglia, come se non avesse capito, e allungò la mano per incassare.

– Signori, sono lieto di esservi stato utile – disse quando gli consegnarono i soldi. Contò velocemente le monete, annuì, poi le ripose nella cassa.

– E l'omaggio? Il cartello in vetrina dice... – intervenne a quel punto Lief.

– Ah, certo, il regalo –. Tom si chinò sotto il banco. Quando si rialzò, aveva in mano una scatoletta di stagno che porse al ragazzo.

– Se non chiedi non avrai. Non è il vostro motto, signori? Beh, è anche il mio – disse.

Lief esaminò la piccola scatola, che sembrava antica. Sull'etichetta sbiadita si leggeva:

– Cos'è? – chiese stupefatto.

– Le istruzioni sono sul retro...

Tom s'interruppe di colpo sentendo un rumore e uscì di corsa dalla porta di servizio.

Nella fretta la lasciò aperta, perciò Lief e Barda lo seguirono. Con loro sorpresa, scoprirono che la porta dava su un campetto recintato da uno steccato bianco, invisibile dalla strada per via degli alberi alti. Videro tre cavalli grigi e Jasmine che li accarezzava, con Filli appollaiato sulla spalla.

Tom corse verso lo steccato gesticolando. – Non tocchi i cavalli, signorina, la prego! Sono preziosi – gridò.

– Non stavo facendo niente di male! – strillò Jasmine, indignata, ritirando la mano.

– Cavalli! Se solo avessimo dei cavalli il nostro viaggio sarebbe molto più rapido – sussurrò Barda a Lief.

Lief annuì. Non aveva mai cavalcato in vita sua, e di sicuro neanche Jasmine, ma potevano imparare in fretta. – È disposto a venderceli? – chiese quando arrivò vicino a Tom. – Potremmo restituirle tutto ciò che abbiamo comprato... pensa che basti?

Tom gli rivolse un'occhiata tagliente.

– Niente scambi, niente rimborsi, niente reclami! Questa è la regola!

Lief sentì una fitta di delusione.

– Che cosa sta dicendo? Cos'è questa storia dello scambio? – chiese Jasmine.

– Signorinella, i suoi amici vorrebbero delle bestie da cavalcare – le spiegò come se fosse una bambina. – Ma non vogliono darmi niente in cambio. Hanno già speso tutti i loro soldi in altre cose. E... – aggiunse guardando la spada e il mantello di Lief – ...non vogliono vendermi nulla.

Jasmine aveva capito. – Allora forse ho io qualcosa da scambiare. Possiedo molti tesori.

Cominciò a frugare nelle tasche, estraendo una piuma, una funicella intrecciata, qualche pietruzza, un secondo pugnale e il pettine sdentato proveniente dal suo nido nelle Foreste del Silenzio. Tom la guardò sorridendo e scrollando il capo.

– Jasmine! – disse Lief, imbarazzato. – Nessuno di quegli oggetti è...

Poi rimase a bocca aperta, e Barda con lui. Tom sbarrò gli occhi.

Jasmine aveva estratto un sacchetto da cui stava facendo cadere numerose monete d'oro.

5
L'affare dei pasticciati

Passato il primo momento di stupore, Lief ricordò. «È ovvio, Jasmine nelle Foreste del Silenzio ha depredato molte Guardie Grigie.» Aveva visto il mucchietto d'oro e argento nel nido sull'albero, ma non si era accorto che la fanciulla l'avesse preso con sé quando si era unita a loro.

Alcune monete rimbalzarono per terra.

Barda corse a raccoglierle, mentre Jasmine non le degnò nemmeno di un'occhiata. Aveva gli occhi fissi su Tom. Forse non sapeva nulla dell'arte della compravendita, ma sapeva riconoscere l'avidità quando ce l'aveva di fronte.

– Ti piacciono? – gli chiese.

– Altroché, signorina, mi piacciono parecchio – disse Tom, cercando di mantenere un minimo di contegno.

– Allora possiamo fare uno scambio?

Sul viso del bottegaio spuntò una strana espressione, una smorfia, come se la cupidigia stesse combattendo contro un altro sentimento. Come se stesse valutando i rischi.

– Non posso vendere i cavalli, li ho... promessi ad altri. Però... ho qualcosa di meglio. Se volete accomodarvi – disse alla fine.

Li accompagnò fino a una stalla ai margini del campo. In un angolo c'erano tre creature decisamente strane, impegnate in quel momento a masticare biada. Erano grandi più o meno come cavalli, ma avevano un collo lungo, testine minuscole, orecchie strette e cascanti e, dettaglio ancor più strano, solo tre zampe, una grossa sul davanti e due più sottili dietro. Erano chiazzate di nero, bianco e marrone, e al posto degli zoccoli avevano piedi enormi e pelosi, con due grosse dita ciascuno.

– E questi cosa sarebbero? – chiese Barda.

– Sono dei pasticciati – replicò Tom. – Magnifici esemplari di razza. Destrieri degni di un sovrano. Il massimo per lei e per i suoi compagni.

Barda, Lief e Jasmine si guardarono interdetti. L'idea di cavalcare invece di scarpinare era decisamente allettante, ma quei pasticciati erano così strani...

– Si chiamano Noodle, Zanzi e Pip – aggiunse Tom, dando una pacca sull'ingombrante posteriore di ciascun animale mentre li presentava. Le bestie continuarono imperturbabili a mangiare.

– Sembrano abbastanza docili. Ma sanno correre? Sono veloci? – chiese Barda.

– Veloci? – esclamò Tom, levando gli occhi al cielo. – Amico mio, sono veloci come il vento! E sono anche forti, più di qualsiasi cavallo. E leali... oh, la loro lealtà è leggendaria. E poi mangiano quasi di tutto e amano sgobbare. I pasticciati sono destrieri di prima scelta da queste parti. Ma sono rari. Rarissimi.

– Quanto vuole? – domandò Lief di colpo.

Tom si fregò le mani. – Facciamo ventuno monete d'oro per tutti e tre?

– Facciamo quindici? – ribatté Barda.

Tom parve scandalizzato. – Quindici? Per questi superbi animali che mi sono cari come se fossero figli miei? Derubereste così il povero Tom?

Il volto di Barda rimase impassibile. – Quindici – ripeté.

– Diciotto! E vi aggiungo selle e briglie. Posso essere più onesto di così?

Barda consultò con lo sguardo i compagni, che annuirono con convinzione.

– Va bene – concluse. – Affare fatto.

Tom recuperò selle e briglie, poi li aiutò a caricare i bagagli e fece uscire le bestie dalla stalla. I pasticciati si muovevano con una strana andatura ballonzolante, prima la zampa davanti poi le due posteriori insieme.

I tre grandi cavalli grigi li guardarono allontanarsi. Lief provò una punta di rimpianto: nella foga della contrattazione con Tom si era dimenticato dei puledri. Quanto sarebbe stato bello partire con loro invece che con quelle strane creature ciondolanti!

«Non importa» si disse, dando dei colpetti al dorso maculato di Noodle. «Ci abitueremo. Sono convinto che ci saremo affezionati a voi, prima della fine del viaggio.»

In seguito si sarebbe ricordato di quelle parole... con molta amarezza.

Arrivati davanti alla bottega, Tom tenne le redini mentre i tre amici montavano in groppa alle loro cavalcature.

Dopo una breve discussione, Jasmine prese Zanzi, Lief prese Noodle e Barda prese Pip, anche se c'era poco da scegliere visto che le tre bestie erano assolutamente identiche.

Le selle s'incastravano dietro il collo del pasticciato, mentre le sacche andavano dietro. Era una sistemazione abbastanza comoda, ma Lief era ugualmente sulle spine.

– Tenete le redini ben strette – consigliò Tom. – All'inizio i pasticciati possono essere un tantino vivaci. Dovete dire "vai" quando volete che partano e "stop" quando volete che si fermino. Parlate forte perché sono un po' duri d'orecchio, e legateli bene quando vi fermate, per evitare che scappino.

I tre amici annuirono.

– Un'altra cosa – aggiunse Tom contemplandosi le unghie. – Non vi ho chiesto dove state andando perché non voglio saperlo. Però vorrei darvi un consiglio, che vi suggerisco caldamente di seguire. A circa mezz'ora da qui arriverete in un punto dove la strada si biforca. Dovrete assolutamente prendere il sentiero di sinistra, anche se sarete tentati di fare il contrario. E ora... buon viaggio!

Assestò a Noodle una sonora pacca di commiato. – Vai! – gridò, e il pasticciato scattò in avanti, con Pip e Zanzi subito dietro. Kree gracchiò volando sulle loro teste.

– Ricordatevi, le redini sempre tirate e il sentiero di sinistra! – gridò Tom.

Lief si aggrappò alle briglie. Noodle stava accelerando.

Il ragazzo non era mai stato per mare, dal momento che il Signore dell'Ombra aveva proibito l'accesso alla costa a tutti i cittadini di Del prima che lui nascesse. Però immaginava che tenersi aggrappato a un pasticciato in corsa fosse un po' come andare in barca in un oceano in tempesta.

Dopo una decina di minuti gli animali rallentarono il ritmo a un trotto uniforme.

Adesso Noodle ricordava a Lief il cavalluccio a dondolo che aveva da bambino, non più una barca beccheggiante.

«Non è così difficile, anzi, è facile!» pensò orgoglioso e soddisfatto. Cos'avrebbero detto i suoi amici se l'avessero visto?

La strada larga permetteva ai compagni di procedere affiancati. Cullato dal dondolio, Filli si mise a dormire nella tasca della giacca di Jasmine, mentre Kree volava libero e tranquillo, scendendo ogni tanto in picchiata per acchiappare un insetto. Jasmine era persa nei suoi pensieri, mentre Barda e Lief chiacchieravano rilassati.

– Stiamo facendo parecchia strada – disse Barda con una punta di soddisfazione. – Questi pasticciati sono cavalcature eccellenti. Che strano non avere mai saputo della loro esistenza! A Del non ne ho mai visti.

– Tom ha detto che sono piuttosto rari – rispose Lief. – Gli abitanti di queste parti li tengono senza dubbio per sé.

Jasmine parve sul punto d'intervenire, poi strinse le labbra e tacque, scura in volto.

Proseguirono per un po' senza parlare, poi la fanciulla chiese: – Questo posto dove stiamo andando, la Città dei Topi… cosa ne sappiamo?

– Solo che è cinta da mura, sembra deserta e sorge nell'ansa di un corso d'acqua, il Fiume Largo – rispose Barda. – I viaggiatori l'hanno vista solo da lontano e non ho mai sentito di qualcuno che sia riuscito a entrarvi.

– Forse perché tutti quelli che sono entrati non sono riusciti a tornare indietro. Ci hai pensato? – chiese cupa Jasmine.

6
Un brutto risveglio

Barda disse: – La Città dei Topi... quando iniziò l'invasione del Signore dell'Ombra qualcuno vide un Ak-Baba, uno degli enormi uccelli che hanno rubato le pietre della Cintura, nel cielo sopra la città. Siamo sicuri che una delle pietre sia nascosta da quelle parti.

– Quindi dobbiamo andare laggiù anche se non sappiamo nulla di quello che ci troveremo. E per di più non possiamo fare un piano – disse Jasmine, in tono polemico.

– Non avevamo un piano nemmeno per il Lago delle Nebbie né per le Foreste del Silenzio, però ce l'abbiamo fatta. E questa volta succederà la stessa cosa – rispose Lief.

– Che parole coraggiose! Ma forse ti sei dimenticato che nelle Foreste c'ero io ad aiutarvi, io che ci sono nata, e al Lago delle Nebbie avevamo Manus a farci da guida. Stavolta è diverso.

Lief si irritò a quelle parole e vide che anche Barda era seccato, ma non replicò.

I tre compagni proseguirono in silenzio.

Poco più avanti il sentiero si biforcava, come aveva annunciato Tom. Videro due frecce: una indicava a destra e l'altra a sinistra.

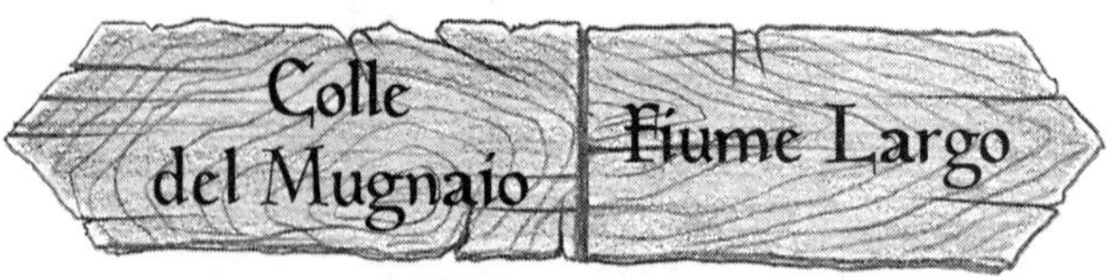

– Fiume Largo! – gridò Lief. – È quello su cui si trova la Città dei Topi! Che fortuna!

Il ragazzo stava già tirando la testa di Noodle verso destra, tutto eccitato.

– Cosa fai, Lief? Dobbiamo prendere la strada di sinistra. Ricorda cos'ha detto Tom – protestò Jasmine.

– Ma non capisci? Tom non poteva certo immaginare che saremmo andati verso la Città dei Topi, quindi ci ha messo in guardia. Ma in realtà è proprio la strada che cerchiamo. Forza! – replicò Lief spronando Noodle.

Barda e Pip lo stavano già seguendo. Anche Jasmine, seppur contrariata, lasciò che Zanzi li seguisse.

Il sentiero era ampio quanto il precedente e ben battuto, anche se scavato dai solchi lasciati dalle ruote dei carri. Non si vedevano alberi morti o campi secchi, ma dovunque crescevano frutti e bacche e le api ronzavano intorno ai fiori.

In lontananza, sulla destra, si scorgevano colline viola velate dalla foschia, e sulla sinistra il verde di una foresta. La strada davanti a loro si snodava come un pallido nastro, e l'aria era dolce e fresca. I pasticciati sbuffavano allegri, accelerando il passo.

– Si divertono – disse Lief, dando dei colpetti sul collo di Noodle.

– E io pure – rispose Barda. – È fantastico viaggiare finalmente in una terra che non sia stata devastata.

Superato un boschetto, notarono che dalla strada principale se ne staccava una secondaria che saliva verso le colline viola.

Di colpo Noodle emise uno strano latrato e allungò il collo, tirando le redini. Anche Pip e Zanzi erano nervosi, e iniziarono a scattare in avanti.

– Cosa gli è preso? – gridò Lief sbatacchiando sulla sella, mentre il vento gli sferzava il viso.

– Non lo so! – ansimò Barda. Stava cercando di trattenere Pip, che però non sembrava farci caso, e accelerò ancora, la testa protesa in avanti e la bocca spalancata.

Jasmine strillò quando Zanzi allungò il collo strappandole le briglie di mano, poi scivolò lungo un fianco della bestia, e per qualche terribile secondo Lief temette che finisse disarcionata. La ragazza riuscì a gettare le braccia intorno al collo dell'animale rimettendosi dritta in sella.

Le bestie impazzite arrivarono al bivio e svoltarono, avviandosi a tutta velocità verso le colline.

Lief, con la voce roca a forza di gridare, vide le colline che si avvicinavano in una macchia indistinta. In mezzo a tutto quel viola si scorgeva del nero. Strinse gli occhi, aguzzò lo sguardo per cercare di vedere di cosa si trattasse. Era più vicino, sempre più vicino...

Poi, senza preavviso, Noodle si bloccò di colpo e Lief fu sbalzato dalla sella.

Quando rinvenne gli facevano male le gambe, la schiena e anche la testa. Cercò di aprire gli occhi. Con grande sforzo riuscì a sollevare le palpebre: su di lui incombeva una sagoma rossa senza volto. Tentò di gridare, ma dalla gola gli uscì solo un lamento strozzato.

– Questo è sveglio – disse una voce.

Una mano con una tazza d'acqua si avvicinò. Lief sollevò il capo per bere. Era assetato. Lentamente cominciò a capire dove si trovava: era sdraiato vicino a Barda e Jasmine sul pavimento di una grande sala. Lungo le pareti di pietra erano accese numerose torce, che proiettavano ombre guizzanti senza riuscire a scaldare l'aria gelida. In un angolo vide un enorme camino, pieno di ciocchi spenti.

L'odore di fumo si mescolava all'irresistibile profumo di una zuppa. Forse il pavimento era stato appena lavato perché le pietre su cui Lief era disteso sembravano umide e non si vedeva un granello di polvere.

La stanza era piena di gente dalla testa rasata, vestita con aderenti abiti neri e pesanti stivali dello stesso colore. Tutti, timorosi e affascinati, fissavano i tre sconosciuti stesi al suolo.

L'imponente figura rossa che aveva spaventato Lief entrò di nuovo nel suo campo visivo.

Stavolta il ragazzo capì che era un uomo vestito di rosso da capo a piedi. Le mani erano guantate e la testa avvolta in un velo che copriva la bocca e il naso, lasciando liberi solo gli occhi. Un lungo frustino di cuoio intrecciato appeso a un polso sfiorava il pavimento a ogni suo passo.

L'uomo notò che Lief si stava riprendendo, e che lo guardava. – *Kuanorat* – sussurrò sfiorandosi il corpo con le mani, dalle spalle alle anche. Doveva essere un saluto.

Lief voleva essere sicuro che, chiunque fosse quella gente, capisse che era un amico. Si mise faticosamente seduto, cercando di imitare il gesto di saluto dell'uomo in rosso.

Dalla folla salì un mormorio, poi tutti fecero scivolare le mani dalle spalle ai fianchi ripetendo – *Kuanorat, kuanorat, kuanorat*… – finché tutto il salone echeggiò di saluti.

Lief li guardò perplesso e intontito.

– Che… che posto è questo?

– Ti trovi a Norat, straniero – rispose la figura in rosso, con la voce soffocata dal panno che copriva bocca e naso. – Qui i visitatori non sono graditi. Perché siete venuti da noi?

– Noi… non volevamo venire qua – rispose Lief. – Ma le nostre cavalcature ci hanno portato fuori strada.

Anche Jasmine e Barda stavano rinvenendo e vennero subito dissetati.

La figura in rosso si girò per salutarli come aveva fatto con Lief, poi parlò di nuovo: – Vi abbiamo trovati svenuti fuori dai nostri cancelli, con tutti i vostri averi sparpagliati intorno – disse in tono gelido e diffidente. – Non abbiamo visto cavalli.

– Saranno scappati – rispose irritata Jasmine. – Non ci siamo certo buttati a terra da soli con tanta violenza da perdere i sensi!

L'uomo in rosso levò minaccioso il frustino. – Tieni a freno la lingua, impura, e parla con rispetto! Sei al cospetto di Reece, il primo dei Nove Akkalah-Rat!

Jasmine fece per replicare, ma Barda la precedette. – Ti porgo le nostre scuse, mio signore Akkalah-Rat. Siamo stranieri e ignoriamo i vostri costumi.

– I Nove Akkalah-Rat obbligano il popolo al rispetto delle regole della pulizia, del dovere e della vigilanza. Per questo la città è sicura. *Kuanorat* – spiegò Reece con voce monotona.

– *Kuanorat* – ripeté la folla in un sussurro, mentre tutti i presenti chinavano il capo calvo.

7
Strane usanze

Jasmine si rimise in piedi, osservando stizzita il salone. La folla vestita di nero rumoreggiò, scostandosi da lei come se i suoi vestiti laceri e i capelli scarmigliati rischiassero di contaminare qualcuno.

– Dov'è Kree? – chiese la ragazza.

Reece si girò verso di lei. – È un vostro compagno?

– Kree è un uccello, un uccello nero – si affrettò a spiegare Lief, alzandosi in piedi insieme a Barda.

– Jasmine, sarà fuori che ti aspetta – bisbigliò Barda per tranquillizzarla. – Adesso stai buona. Filli sta bene, vero?

– Sì, ma si è nascosto sotto la giacca e non vuole uscire. Questo posto non gli piace per niente e neanche a me – sibilò la ragazza.

Barda si rivolse a Reece facendo un profondo inchino. – Siamo grati per l'ospitalità che ci avete offerto, ma con il vostro permesso riprenderemmo il cammino – dichiarò ad alta voce.

– Prima dovete mangiare – obiettò Reece scrutando i volti degli ospiti, quasi sfidandoli a rifiutare l'invito. – Il cibo è già stato benedetto dai Nove. E quando è stato benedetto dev'essere mangiato subito. *Kuanorat.*

– *Kuanorat* – fece eco la folla riverente.

Prima che Barda potesse replicare, iniziarono a suonare i gong e i due grandi portoni in fondo alla sala si spalancarono su un enorme salone. Otto alte figure vestite di rosso come Reece aspettavano ferme a lato della soglia, quattro per lato.

Gli altri Akkalah-Rat.

Dai loro polsi penzolavano lunghi frustini di cuoio.

A Lief doleva la testa. Non aveva mai avuto meno appetito in vita sua, e soprattutto in quel momento desiderava con tutte le sue forze essere altrove, ma era evidente che *quelli* li avrebbero lasciati andare solo dopo pranzo.

Attraversarono svogliati il salone dei banchetti, pulito come l'altra sala e illuminato da centinaia di fiaccole. L'enorme stanza era ingombra di tavoli spogli allineati in lunghe file. Ogni posto era apparecchiato con una coppa e un piatto, ma niente sedie né posate. Evidentemente la gente di Norat mangiava con le mani e stando in piedi.

In fondo al salone una serie di scalini portava a una piattaforma rialzata, sulla quale troneggiava un tavolo. Lief immaginò che lì mangiassero gli Akkalah-Rat.

Reece mostrò ai tre ospiti il loro tavolo, un po' in disparte, poi raggiunse gli altri Akkalah-Rat, che come previsto si erano seduti al tavolo sulla piattaforma, girati verso la folla.

Quando ebbe preso posto fra gli otto, Reece sollevò le mani guantate e si rivolse alla sala. – *Kuanorat!* – gridò, strofinandosi dalle spalle alle anche.

– *Kuanorat!* – fece eco la folla.

Contemporaneamente, tutti gli Akkalah-Rat si tolsero il panno che copriva la bocca e il naso, e i gong suonarono di nuovo.

Numerosi valletti in nero entrarono portando enormi vassoi coperti.

– Non riesco a pensare a un modo più scomodo per mangiare! – bisbigliò Jasmine. Era la più bassa, e il tavolo le arrivava al mento.

Una cameriera si avvicinò ai tre amici e posò il vassoio sul tavolo con mani tremanti. I suoi occhi azzurri sembravano spaventati.

– Non ci sono bambini a Norat? Tutti i tavoli sono così alti... – le chiese Lief.

– I bambini mangiano per conto loro, nella sala dell'addestramento – rispose la cameriera a bassa voce. – Devono imparare le sacre usanze prima di essere abbastanza grandi per sedersi nel salone. *Kuanorat.*

Quando tolse il coperchio dal piatto di portata, Lief, Jasmine e Barda rimasero senza fiato. Il vassoio era diviso in tre scomparti. Il più grande conteneva salsicce e altre carni infilate su spiedini di legno insieme a verdure di ogni forma e colore. Il secondo era pieno di sformati appetitosi e morbidi panini dolci. Il terzo era colmo di frutta essiccata, tortini glassati di rosa coperti di fiori di zucchero e strani pasticcini rotondi.

Barda sollevò un dolcetto per osservarlo stupito. – Possibile che sia... cioccolato? –. Se lo ficcò in bocca e chiuse gli occhi. – Sì! – mormorò. – Non ne mangio da quando ero guardia di palazzo! Da più di sedici anni!

Lief non aveva mai visto cibi tanto raffinati e d'un tratto, a dispetto di tutto, gli venne una fame incredibile. Afferrò uno spiedino e iniziò a masticare la carne e la verdura. Che delizia... Non aveva mai assaggiato nulla del genere.

– Che buono – mormorò alla cameriera a bocca piena. La giovane lo guardò soddisfatta ma un po' perplessa. Era chiaro che era abituata ai cibi di Norat.

La cameriera allungò una mano titubante per liberare il tavolo dal pesante coperchio. Mentre lo posava sul vassoio con dita tremanti, urtò un panino, facendolo rotolare sul tavolo e cadere per terra.

La ragazza lanciò un grido di terrore tanto potente da lacerare i timpani. E in quello stesso istante dal tavolo sopraelevato arrivò un urlo di rabbia.

– Cibo sprecato! Raccoglietelo! Prendete la colpevole! Prendete Tira! – ruggirono gli Akkalah-Rat all'unisono.

Molti commensali dei tavoli vicini si voltarono. Uno scattò a raccogliere il panino caduto, tenendolo alto sopra la testa, altri afferrarono la povera Tira, che continuò a gridare mentre la trascinavano verso il tavolo sopraelevato.

Reece si spostò presso i gradini, impugnando la frusta. – Tira ha lasciato cadere del cibo. Il cibo caduto è il Male. *Kuanorat.* Il Male dev'essere scacciato con cento colpi di frusta. *Kuanorat* – salmodiò con voce monotona.

– *Kuanorat!* – fece eco la folla. Guardavano tutti Tira che singhiozzava, accasciata ai piedi di Reece. Questi alzò il frustino...

– No! Non punitela! Sono stato io! È colpa mia! – sbottò Lief, precipitandosi verso la ragazza.

– Tua? – tuonò Reece, abbassando il frustino.

– Sì, sono stato io a far cadere il cibo. Mi dispiace –. Sapeva che era avventato prendersi la colpa, ma non poteva sopportare che la ragazza fosse punita tanto duramente.

Gli altri Akkalah-Rat si stavano consultando. Quello più vicino a Reece si spostò per parlare in privato al primo sacerdote. Ci fu un momento di pausa, turbato solo dai singhiozzi di Tira. Poi Reece si rivolse a Lief.

– Sei straniero e impuro. Non conosci i nostri costumi. I Nove hanno deciso di risparmiarti il castigo – disse, con voce tagliente. Era evidente che non approvava la decisione, ma era stato messo in minoranza.

Lief tornò al suo tavolo lasciandosi sfuggire un sospiro di sollievo mentre Tira fuggiva incespicando dalla sala. Barda e Jasmine accolsero a sopracciglia inarcate il ritorno dell'amico. – C'è mancato poco – bofonchiò l'uomo.

– Valeva la pena di correre il rischio – rispose spavaldo Lief, anche se gli batteva ancora forte il cuore per lo scampato pericolo. – C'erano ottime possibilità che non punissero uno straniero...

Jasmine si strinse nelle spalle. Aveva staccato un boccone di verdura da uno spiedino e tentava di convincere Filli a mangiare. – Conviene andarsene di qua al più presto. Questa gente è molto strana. Chissà quali altre assurde leggi... Ah, Filli, eccoti qua!

Tentato dal bocconcino, l'animaletto salì sulla spalla dell'amica per afferrare con le zampe un pezzetto di verdura.

Dal tavolo sopraelevato arrivò un rumore soffocato. Quando Lief alzò gli occhi vide che gli Akkalah-Rat indicavano Jasmine inorriditi.

Tutti si girarono verso gli ospiti. Ci fu un attimo di silenzio attonito, poi tutti scapparono verso l'uscita lanciando grida terrorizzate.

– Il Male! – tuonò la voce di Reece dalla piattaforma. – Gli impuri hanno portato il Male nelle nostre sale. Stanno cercando di distruggerci! Guardate! La creatura le sta strisciando sul corpo! Uccidetela! Uccidetela!

Come un sol uomo i Nove Akkalah-Rat scesero dalla piattaforma per avventarsi su Jasmine, usando i frustini per farsi largo tra la folla in preda al panico.

– Ma è Filli! Hanno paura di Filli – disse Barda.

– Uccidetelo! – sbraitavano gli uomini in rosso, ormai vicinissimi.

Barda, Lief e Jasmine si guardarono intorno disperati. Presso entrambi i portoni si accalcava la folla che cercava di uscire.

– Corri, Filli! Scappa! Nasconditi! – gridò terrorizzata Jasmine, gettando l'animaletto a terra. Filli scattò. La folla spaventata urlava alla sola vista di Filli, incespicava, cadeva e molti venivano calpestati. Alla fine la creaturina riuscì a infilarsi in un varco e sparì.

Ma i tre amici erano in trappola.

8
Il processo e la punizione

I grandi ciocchi di legno nel camino del salone erano stati accesi, e la loro fiamma proiettava una luce spettrale sui volti dei prigionieri.

Lief, Barda e Jasmine erano lì da ore, mentre gli altri cercavano inutilmente Filli. I truci Akkalah-Rat erano rimasti a sorvegliarli, con facce sempre più scure e severe a ogni minuto che passava.

I tre amici, stanchi e silenziosi, attendevano il loro destino. Era inutile discutere, protestare, arrabbiarsi o implorare. Portando a Norat un animaletto peloso avevano commesso il più grave dei crimini.

Alla fine Reece ruppe il silenzio.

– Non possiamo aspettare oltre. Il processo deve cominciare.

Quando risuonò un gong la folla iniziò a sfilare dentro il salone, disponendosi ordinatamente di fronte ai prigionieri.

Lief notò che Tira, la ragazza che aveva salvato dal castigo, era in prima fila. Cercò di incrociare il suo sguardo, ma la fanciulla abbassò subito gli occhi.

Reece parlò ad alta voce per essere sentito da tutti: – Per colpa di questi impuri, il male si è infiltrato a Norat. Hanno violato la nostra legge più sacra. Sostengono di averlo fatto per ignoranza. Io credo che mentano e che quindi meritino la morte. Ma altri fra i Nove credono alle loro parole, e vogliono condannarli al carcere. Perciò sarà la Coppa Sacra a decidere.

I tre amici si consultarono con lo sguardo. Che nuova pazzia era quella?

Reece prese dallo scaffale sopra il camino un calice d'argento lucente.

– La Coppa rivela la verità. *Kuanorat.*

– *Kuanorat* – sussurrò la folla di spettatori.

Poi Reece mostrò due carte, ciascuna con una parola.

VITA MORTE

Si girò verso i prigionieri. – Uno di voi estrarrà una carta dalla Coppa. Chi sarà? – chiese con occhi sfavillanti.

I compagni esitarono, poi Lief si fece avanti: – Io – disse.

Reece annuì. – Girati verso il pubblico.

Lief obbedì.

A quel punto Reece si girò, posando la mano guantata sulla Coppa.

Il ragazzo vide che la cameriera stava seguendo i movimenti di Reece con estrema attenzione, poi d'un tratto gli occhi azzurri della ragazza si spalancarono per lo stupore. Tira lanciò un'occhiata a Lief, muovendo le labbra senza emettere alcun suono.

Il ragazzo si sentì avvampare in volto mentre leggeva le parole sulle sue labbra.

«*Su tutte e due c'è scritto* MORTE.»

Reece aveva sostituito la carta VITA con un'altra MORTE nascosta nella manica o nel guanto.

L'alta figura in rosso si girò di nuovo verso il giovane prigioniero tenendo alta la Coppa. – Scegli! – ordinò sprezzante.

Lief non sapeva che cosa fare. Se avesse rivelato che la Coppa conteneva due carte con la scritta MORTE non gli avrebbero mai creduto. Nessuno avrebbe dato peso alla sua parola contro quella del primo Akkalah-Rat di Norat. E poi, se messo alle strette, Reece avrebbe sempre potuto sostituire le carte.

Lief infilò le dita sotto la camicia per toccare il topazio della Cintura. L'aveva aiutato altre volte a trovare la risposta giusta. E adesso? Il calice d'argento, illuminato dal fuoco del camino, mandava riflessi rossastri.

Fiamma. Fuoco...

Col cuore che batteva all'impazzata, Lief allungò la mano, infilò le dita nel calice e scelse una carta. Poi, veloce come un lampo, finse di incespicare all'indietro e lasciò cadere la carta tra le fiamme, dove prese fuoco e si consumò in pochi secondi.

– Chiedo scusa per la mia goffaggine – gridò il ragazzo sopra le esclamazioni inorridite del pubblico. – Ma possiamo capire facilmente quale carta ho estratto controllando quella rimasta nella Coppa.

Reece rimase immobile, schiumante di rabbia e di sbigottimento, mentre un altro Akkalah-Rat gli toglieva la Coppa di mano, estraeva la carta rimasta e la sollevava verso il pubblico.

– La carta rimasta dice MORTE: il prigioniero ha estratto la carta VITA. La Coppa ha parlato – sentenziò.

– Portateli nelle segrete – tuonò allora Reece. – Vivranno là per sempre, pentendosi del male che hanno fatto.

Gli altri otto Akkalah-Rat circondarono Lief, Barda e Jasmine per scortarli fuori dalla sala. Lief si girò per cercare Tira tra le figure in nero, ma non la vide.

Mentre stavano uscendo dal salone, sentirono la voce di Reece che tuonava ancora una volta per parlare al popolo.

– Continuate le ricerche della creatura che ha corrotto la nostra città – ordinò. – Dovete trovarla e ucciderla prima del tramonto.

Lief guardò Jasmine. La fanciulla non aprì bocca ma il suo viso era pallido. Stava pensando a Filli, braccato e terrorizzato.

Gli Akkalah-Rat spinsero i prigionieri in un labirinto di corridoi ben illuminati e lungo una scala a chiocciola. L'odore acre del sapone aleggiava ovunque, e tutto appariva pulito e disinfettato.

In fondo agli scalini si apriva un ampio spazio con porte di metallo lungo tutte le pareti, ognuna provvista di uno spioncino per passare il vassoio del cibo. L'Akkalah-Rat che apriva la fila spalancò una porta, poi fece entrare i prigionieri.

Dopo aver dato un'occhiata alla cella buia, priva di finestre, Jasmine iniziò a opporre resistenza. Anche Lief e Barda si dibatterono, ma fu tutto inutile. Non avevano armi, nessuna protezione contro i frustini che sferzavano loro il viso, braccia e gambe. La porta della cella si chiuse con fragore.

I tre la tempestarono di pugni, ma gli Akkalah-Rat erano già lontani.

– Torneranno – disse scoraggiato Barda. – Dovranno portarci cibo e acqua. Non possono lasciarci qui a morire.

Ma le ore passarono, lunghe e terrificanti, e non venne nessuno.

Erano scivolati in un sonno inquieto quando sentirono grattare alla porta. Lief balzò giù dalla branda, subito seguito da Jasmine e Barda. Lo spioncino era stato aperto. Dall'altra parte erano comparsi gli occhi azzurri di Tira.

– Il primo Akkalah-Rat ha fatto sapere che solo lui può portarvi acqua e cibo – sussurrò la giovane cameriera. – Ma... io temevo che se ne fosse... dimenticato. Avete mangiato? Avete acqua da bere?

– No! – rispose Lief sottovoce. – Tira, sai bene che non si è affatto dimenticato. Reece vuole che moriamo qua dentro.

– Impossibile! La Coppa vi ha regalato la vita – fu la risposta sgomenta.

– A Reece non importa nulla della Coppa! Tira, apri la porta! Facci uscire! – sibilò Barda.

– Non posso! Non oso! Avete portato il Male, e non abbiamo ancora catturato la sua fonte. Adesso dormono tutti tranne i cuochi di notte. Solo per questo motivo sono riuscita a sgattaiolare fin qua senza essere notata. Al mattino la caccia riprenderà –. Gli occhi della ragazza erano dilatati per il terrore.

– Nel posto da cui veniamo quegli animali sono innocui. Filli è il piccolo amico di Jasmine – spiegò Lief. – Non volevamo recarvi danno portandolo qui. Ma se non ci fai uscire, siamo condannati.

Come tutta risposta sentirono solo un lamento soffocato.

– Aiutaci, ti prego! Per favore, Tira! – la supplicò Lief.

Ci fu una pausa di silenzio, poi gli occhi sparirono. Un attimo dopo i prigionieri sentirono scivolare il chiavistello.

La porta si spalancò, e finalmente i tre amici poterono uscire dalla cella.

Tira, pallidissima, offrì loro dell'acqua che i tre bevvero avidamente. La ragazza non rispose quando la ringraziarono: era convinta di avere commesso un errore imperdonabile. Ma quando vide le bisacce dei prigionieri accatastate in un angolo si lasciò sfuggire un'esclamazione: – Ci ha detto che le avevano portate nella vostra cella!

– Chi l'ha detto? – chiese Barda.

– Il primo Akkalah-Rat. Ha detto di avervele portate personalmente.

– Come vedi non è vero – sbottò Jasmine.

Salirono la scala in silenzio. Il corridoio di sopra era deserto, ma si sentivano voci lontane.

– Dobbiamo uscire dalla città – sussurrò Barda. – Da che parte si passa?

– È impossibile uscire – disse Tira. – Il portone sulla collina è sbarrato. I braccianti che lavorano nei campi vengono accompagnati fuori la mattina e riportati dentro la sera. Da Norat non può uscire nessun altro, pena la morte.

– Ci deve pur essere un'altra strada! – fece Lief.

Tira esitò, poi scrollò il capo. Ma Jasmine aveva notato l'indugio, e insistette: – A cosa stavi pensando? Diccelo!

Tira si inumidì le labbra. – Pare che… ecco… si dice che il Foro sbuchi nel mondo esterno. Ma…

– Cos'è questo Foro? Dov'è? – chiese Barda.

– È presso le cucine – rispose Tira rabbrividendo. – Ci gettano il cibo che non ha superato il controllo. Ma è… proibito.

– Portaci là! Subito! – esclamò Jasmine.

9

Le cucine di Norat

Strisciarono come ladri lungo i corridoi e alla fine si trovarono davanti a una porticina metallica.

– Di qui si va alle cucine. Ci entrano solo gli Akkalah-Rat e gli addetti alla pulizia – mormorò Tira.

– Cercate di non fare rumore – bisbigliò la ragazza. – Se camminate adagio non ci noteranno. I cuochi di notte sono molto occupati perché hanno parecchio da fare prima dell'alba.

Quando Tira scivolò oltre la porta, i tre la seguirono, rimanendo sbalorditi dalla scena che si presentò ai loro occhi.

Erano sbucati su una stretta passerella metallica. Molto più in basso si stendevano le enormi cucine di Norat, illuminate a giorno, vastissime, grandi quanto un villaggio e piene di gente al lavoro. Erano tutti vestiti di bianco.

Alcuni pulivano le verdure o tagliavano la frutta, altri impastavano, cuocevano, mescolavano il contenuto delle pentole che bollivano sulle grandi stufe. Migliaia di torte si stavano raffreddando, in attesa di essere glassate e decorate, centinaia di sformati venivano estratti dai forni colossali. Da un lato, una squadra impacchettava il cibo nelle scatole o lo infilava negli appositi barattoli.

– Ma... non sarà così tutti i giorni e tutte le notti? – fece stupefatto Lief. – Quanto mangiate a Norat?

– Solo una piccola parte del cibo può essere mangiata – sussurrò Tira. – Una gran parte di quanto viene cotto non supera l'ispezione e viene scartata –. La ragazza sospirò. – I cuochi sono figure rispettate, vengono addestrati fin dalla fanciullezza, ma non vorrei essere una di loro. Sforzarsi tanto e fallire continuamente è una continua fonte di amarezza.

Avanzarono lungo la passerella, osservando affascinati l'attività nella sala sottostante. A un tratto Tira si fermò, abbassandosi di colpo.

– Akkalah-Rat! – bisbigliò.

Due figure in rosso stavano entrando nelle cucine.

– È un'ispezione – spiegò Tira.

Gli Akkalah-Rat, le mani dietro la schiena, puntarono subito verso quattro cuochi. Decine di barattoli di frutta sciroppata, scintillanti come gioielli, erano stati allineati su un banco in attesa dell'esame.

I sacerdoti passarono in rassegna la fila di vasetti, guardandoli con attenzione. Arrivati in fondo si voltarono per ripartire da capo, stavolta indicandone alcuni che i cuochi posarono su un altro banco.

A fine ispezione, sei barattoli di frutta sciroppata erano stati separati dal resto.

– Sono quelli che verranno benedetti per essere mangiati – spiegò Tira. – Il resto sarà buttato –. Guardò con simpatia i cuochi che, con le spalle curve per la delusione, gettavano i barattoli scartati in un grosso bidone metallico.

Lief, Barda e Jasmine li fissarono stupiti. Quella frutta sembrava deliziosa.

– Che vergogna! – brontolò Lief, arrabbiato, mentre gli Akkalah-Rat si spostavano in un altro settore delle cucine. – A Del la gente muore di fame, combatte per qualche briciola. E qui buttano il cibo.

Tira scosse il capo. – Non è cibo buono – insistette. – Gli Akkalah-Rat capiscono quando il cibo è impuro. Con le loro ispezioni proteggono il popolo dalle malattie. *Kuanorat.*

Lief aveva voglia di ribattere. Anche Jasmine era rossa per la rabbia. Ma Barda fece loro segno di trattenersi, di tacere. Aveva ragione: l'appoggio di Tira era fondamentale, non bisognava contrariarla. Quella giovane non era tenuta a sapere come andavano le cose nel resto del Regno di Deltora. Conosceva solo il suo paese, e le leggi con cui era cresciuta.

Proseguirono in silenzio.

– Il Foro è dietro quella porta – disse Tira a bassa voce quando ebbero raggiunto l'estremità opposta della passerella. – Ma...

S'interruppe per accovacciarsi di nuovo, facendo segno agli altri di imitarla. I quattro cuochi della frutta sciroppata sparirono oltre la porta con un bidone pieno dei barattoli scartati.

– Vanno a gettarlo nel Foro – sussurrò Tira.

Qualche secondo dopo i cuochi ricomparvero e tornarono subito alle loro faccende. La ragazza e i tre compagni scesero gli scalini, passarono accanto agli scaffali carichi di pentole e padelle e infine scivolarono oltre la porta.

Sbucarono in una stanzetta spoglia. Sulla loro sinistra c'era una porta verniciata di rosso. Di fronte, sulla parete opposta alle cucine, una grata sbarrava l'accesso tondo e buio del Foro.

– Dove conduce quella porta rossa? – chiese Barda.

– Alle stanze dei Nove. Si dice che dormano a turno, e passino di qua quando è l'ora dell'ispezione – bisbigliò Tira, guardandosi apprensiva oltre la spalla. – Adesso ci dobbiamo lasciare. Vi ho accompagnato perché me l'avete chiesto, ma possono sorprenderci da un momento all'altro.

Lief, Barda e Jasmine si avvicinarono al Foro per guardare oltre la grata. Intravidero l'inizio di una galleria cilindrica strettissima, che scendeva verso il basso perdendosi nel buio più totale. Dalle sue profondità proveniva un lungo boato attutito.

– Cosa c'è là dentro? – domandò Lief.

– Non lo sappiamo. Solo gli Akkalah-Rat possono entrarci senza pericolo – rispose Tira.

– Così vi dicono! – replicò sprezzante Lief.

Ma la ragazza scosse il capo. – Ho visto due persone che avevano cercato di scappare dalla città attraverso il Foro. Sono tornate indietro morte stecchite, con le mani coperte di vesciche e la schiuma sulle labbra –. Tira rabbrividì. – Dicono che sono morti per il terrore.

Il rombo sordo risuonò di nuovo nella galleria. I tre fuggiaschi sbirciarono nel buio senza riuscire a vedere niente.

– Tira, sai per caso dove sono finite le nostre armi? Le spade... e i pugnali? – chiese Barda in tono pressante.

– Sono alla fornace. Domani le fonderanno per produrre nuovi utensili per la cucina.

– Vai a prenderle, per favore! – la pregò il gigante di Del.

Tira fece segno di no. – Non posso! – bisbigliò. – È proibito toccarle, e per voi ho già commesso crimini tremendi.

– Vogliamo soltanto andarcene di qua – esclamò Lief. – Che danno può fare alla tua gente? E nessuno saprà che sei stata tu ad aiutarci.

– Reece è il primo dei Nove. La sua parola è legge.

– Reece non merita la tua lealtà – ribatté infuriato Barda. – Hai visto con i tuoi occhi che mente, inganna e si fa beffa delle vostre leggi! Se qualcuno si merita di morire è lui!

Aveva esagerato. Tira arrossì, sbarrò gli occhi, poi si girò per rientrare di corsa nelle cucine. La porta le si chiuse alle spalle.

Barda sospirò. – L'ho spaventata. Dovevo tenere a freno la lingua! Adesso che facciamo?

– Ci arrangeremo –. Imperturbabile, Lief sollevò la grata posta all'imboccatura del tunnel. – Se gli Akkalah-Rat possono entrare qua dentro senza problemi, lo faremo anche noi...

Si girò verso Jasmine, che però fece un passo indietro scuotendo il capo. – Non posso. Pensavo di trovare Filli qui ad aspettarmi, ma non lo vedo. Non lascerebbe mai Norat senza di me, e io non posso andarmene senza di lui – protestò la ragazza.

– Jasmine! Non abbiamo tempo da perdere! Devi smetterla! –. Lief era esasperato.

Lei lo guardò con i suoi limpidi occhi verdi: – Non vi chiedo di rimanere. Avete cominciato questo viaggio senza di me, e potete proseguire in due –. La ragazza distolse lo sguardo. – Forse… è meglio così, perché…

Non riuscì a completare la frase perché in quel momento la porta rossa che si trovava alle sue spalle si spalancò per far passare Reece, con gli occhi accesi di furia ed esultanza.

Prima che Jasmine potesse muovere un muscolo, l'uomo in rosso l'afferrò con un braccio possente e la sollevò da terra.

– Bene, ragazzina, vedo che il mio udito non m'ingannava – le ringhiò nell'orecchio. – Grazie a quale stregoneria siete riusciti a evadere dalla cella?

Lief e Barda fecero per intervenire, ma il frustino li respinse.

– Spie! – gridò Reece. – A questo punto la vostra malvagità è provata. Siete scappati e penetrati di nascosto nelle nostre cucine: quando il popolo lo saprà, sarà lieto di vedervi morire.

Jasmine cercò di liberarsi, ma la presa dell'uomo era d'acciaio.

– Ragazzina, non puoi sfuggire. Gli altri otto stanno per entrare da quella porta. E i tuoi amici moriranno prima di te.

Poi iniziò a frustare Lief e Barda, spingendoli verso il Foro.

10
Le tenebre del Foro

Lief ne era certo: dentro il Foro si annidava un tremendo pericolo, altrimenti Reece non avrebbe esibito quel sorrisetto di trionfo mentre spingeva i prigionieri verso l'imboccatura della galleria.

Barda e Jasmine erano giunti alla medesima conclusione. La ragazza strillava, aggrappandosi alle vesti del sacerdote in rosso, mentre Barda teneva le braccia intorno alla testa per proteggersi dai colpi.

La frusta schioccò minacciosa accanto alle orecchie di Lief che barcollò all'indietro. Quando schioccò di nuovo, il sangue tiepido colò sul collo e sulle spalle del ragazzo.

Le tenebre del Foro gli si spalancavano davanti...

Poi nella stanzetta risuonò un tonfo metallico. E d'un tratto lo schioccare della frusta cessò.

Lief si girò.

Tira era in piedi accanto al corpo accasciato di Reece, gli occhi vitrei per la paura. Alle sue spalle la porta delle cucine era spalancata. La giovane cameriera impugnava ancora il manico della grande padella che aveva abbattuto sulla testa del nemico.

Lief, Barda e Jasmine corsero a recuperare le loro armi.

– Barda! –. Jasmine indicò la maniglia della porta rossa, che si stava muovendo.

Il gigante di Del si buttò contro il battente per tenerlo chiuso, e Jasmine gli corse accanto per aiutarlo.

– Fuggi, Tira! – le disse Lief.

Lei lo guardò a occhi spalancati, senza muoversi, perciò il ragazzo la spinse verso la cucina, chiudendole la porta alle spalle con il chiavistello. Lief si girò appena in tempo per vedere Barda e Jasmine che finivano gambe all'aria mentre la porta si spalancava. Corse ad aiutare gli amici mentre nella stanzetta irrompevano tre Akkalah-Rat.

Gli occhi dei sacerdoti lanciavano lampi assassini. Quando poi videro il loro capo esanime si avventarono sul nemico gridando e schioccando le fruste.

I tre fuggiaschi furono costretti ad arretrare. Lief lanciò un grido di rabbia quando una frusta si arrotolò intorno alla lama e gliela strappò di mano.

Un attimo dopo sentì schiantarsi a terra anche la spada di Barda. Ormai la loro unica difesa erano i due pugnali di Jasmine. I sacerdoti continuarono ad avanzare, costringendoli in un angolo, le fruste che fischiavano all'unisono come una macchina di morte.

– Basta! – strillò Jasmine a pieni polmoni. – Non vogliamo farvi nessun danno. Vogliamo solo andarcene di qui!

Gli assalitori non diedero segno di avere sentito e continuarono l'assalto. Ma qualcuno aveva udito. Dalla porta rossa irruppe un esserino coperto di pelo, che squittiva tutta la sua gioia.

– Filli! – esclamò Jasmine.

Gli Akkalah-Rat si misero a urlare terrorizzati, facendosi da parte mentre l'animaletto sgattaiolava in mezzo a loro per saltare sulla spalla della ragazza.

Fu solo un attimo di distrazione, ma a Barda bastò. Il colosso si avventò con un urlo sulle due figure in rosso più vicine, sbattendole contro la parete. Le teste cozzarono contro la dura pietra e i due crollarono a terra svenuti. Quando Lief tentò una piroetta per sferrare un calcio al terzo Akkalah-Rat l'uomo perse l'equilibrio e Lief afferrò fulmineo la padella per atterrarlo definitivamente.

I due amici, ansanti, si girarono verso Jasmine, che stava cullando Filli.

– Ci ha salvato! – esclamò. – Com'è coraggioso! Si era perduto, ma mi ha sentito ed è arrivato di corsa. Povero Filli. Quanta paura avrà avuto, e che pericolo ha corso!

– *Lui* ha avuto paura e ha corso un pericolo! – sbottò Barda. – E noi, allora?

– Cosa facciamo adesso? – intervenne Lief. – Dove possiamo scappare?

– Nella galleria. Non abbiamo altra via d'uscita – rispose Barda cercando la spada.

Lief guardò il Foro. – Reece era convinto che ci avrebbe ucciso.

– Se possono sopravvivere gli Akkalah-Rat, perché noi no? I sacerdoti sono robusti, e bravi guerrieri, ma non hanno poteri magici.

– Dovremmo indossare le loro vesti – propose Jasmine. – Non credo che sia un caso se si vestono diversamente dagli altri e sono gli unici che possono entrare nel Foro.

Barda annuì lentamente. – Buona idea. I nostri abiti ci identificano come stranieri. Non potremmo mai uscire dalla città attraverso il cancello principale. Ma forse così…

Non persero tempo, e iniziarono subito a spogliare i nemici.

Si rivestirono in fretta, infilandosi le vesti rosse sopra i loro abiti, gli stivali sopra le scarpe. Gli Akkalah-Rat rimasero immobili.

– Non sembrano più molto pericolosi – commentò Jasmine mentre si avvolgeva il drappo rosso intorno alla testa e verificava che Filli fosse al sicuro sotto il colletto.

Nonostante la fretta e l'ansia, Lief sorrise. I vestiti dei sacerdoti erano grandi per lui e per Barda, ma sembravano addirittura immensi per Jasmine. I guanti non erano un problema, essendo di materiale elastico, ma era improbabile che riuscisse a camminare dentro gli enormi stivali rossi.

Jasmine risolse subito il problema. Corse verso il corpo di Reece e gli sfilò i guanti, con cui imbottì la punta delle calzature.

Reece si lamentò, la sua testa rasata si mosse sul suolo duro.

– Si sta svegliando – disse Jasmine. Era impegnata a infilarsi gli stivali, ma estrasse subito il pugnale.

– Non ucciderlo! – gridò Lief.

Jasmine lo guardò sorpresa. – Perché no? Lui lo farebbe se fosse al mio posto.

Lief scosse la testa.

In quel momento Barda lanciò un'esclamazione.

– Guardate qua! – disse.

Sul collo di Reece spiccava una vecchia cicatrice da ustione: la sua forma era ben nota.

– È stato marchiato con il segno del Signore dell'Ombra! Eppure abita qui, libero e potente. Cosa significherà? – chiese Lief.

– Significa che a Norat le cose non sono quello che sembrano – rispose serio Barda, spostandosi presso i corpi degli altri sacerdoti. Su tutti trovò il marchio d'infamia dell'Ombra.

Gli occhi dei tre fuggiaschi scattarono sulla maniglia della porta della cucina.

Qualcuno la stava scuotendo. Qualcuno cercava di entrare.

– Devono avere completato un'altra ispezione, e i cuochi vengono a gettare un secondo bidone di cibo – sussurrò Jasmine.

I cuochi iniziarono a gridare e a battere i pugni contro la porta. Reece si lamentò. Si stava svegliando.

Barda schizzò in piedi.

– Ce lo portiamo dietro, lo costringeremo a spiegarci come sfuggire a quello che ci aspetta dentro il passaggio. E in ogni caso, un ostaggio è sempre utile.

Trascinarono Reece verso l'imboccatura del Foro, spingendolo nel buio. Poi, uno per volta, gli strisciarono dietro.

Non avevano tempo per arrovellarsi su cosa li aspettava là sotto.

11

Il prezzo della libertà

Lief si calò con cautela lungo il tunnel, tenendo Reece per una caviglia con una mano, mentre con l'altra si teneva alle pareti della galleria per non perdere l'equilibrio.

Non era facile, dal momento che la pietra era coperta da una sottile patina di muschio viscido. Lentamente il tunnel si strinse.

Più giù si intravedeva un filo di luce, un tenue bagliore troppo chiaro per essere un riflesso della luna. Lief capì che presto sarebbero arrivati in fondo alla discesa.

– State pronti! – gridò ai compagni.

In quello stesso istante, senza preavviso, Reece iniziò a dimenarsi, a gridare e a scalciare. Lief perse la presa e vide il corpo del sacerdote precipitare in fondo alla discesa.

Ma Reece non si fermò in quel punto, anzi, continuò ad avanzare.

Per non perderlo di vista, Lief si lasciò cadere lungo l'ultimo tratto e raggiunse il fondo in pochi istanti.

Più avanti la galleria si allargava. Dal soffitto proveniva una luce soffusa, e il rombo sordo che avevano sentito all'imboccatura del tunnel adesso era fortissimo. Il pavimento non era più di dura pietra, ma sembrava morbido, bitorzoluto... si muoveva! Come Reece, Lief fu trascinato via... dal pavimento!

Il sacerdote era qualche metro più avanti. Il ragazzo si riprese in fretta, iniziò a corrergli dietro e in pochi secondi gli fu addosso.

I loro corpi sbatterono contro la parete laterale. Lief sentì il suolo ruvido sotto di sé, terra che non si muoveva. Reece inarcò la schiena, lanciò un grido disperato, poi rimase immobile. A quel punto Lief capì che la parte centrale della galleria era un tappeto semovente guidato da qualche macchinario invisibile, e che Reece era morto. In maniera misteriosa, proprio come aveva descritto Tira.

Poi sentì gridare: Barda e Jasmine gli stavano correndo incontro.

– Buttatevi di lato! La passatoia mobile è solo nel mezzo! – urlò.

Gli amici seguirono il suo consiglio, incespicarono un po' quando i loro piedi toccarono la terra ferma, e infine rimasero a bocca aperta per l'orrore quando gli arrivarono vicino e videro il cadavere di Reece.

– Co… cosa gli è successo? – balbettò Barda.

Le mani e la cima del cranio rasato del sacerdote erano sporche di muschio rosso e piene di ripugnanti vesciche, le labbra erano coperte di schiuma, il viso bluastro.

– Veleno! – bisbigliò Jasmine. Si guardò intorno nervosamente.

Con un dito tremante, Lief indicò la testa e le mani del morto.

– È il muschio nella galleria… credo… credo che basti toccarlo con la pelle nuda per morire. Così è successo a Reece. Quando si è svegliato ha capito subito dov'era finito, ma ormai era troppo tardi.

I tre amici guardarono il corpo rattrappito. – Non immaginavo che togliendogli i guanti e il velo l'avremmo ucciso – mormorò Jasmine colpita.

– Non potevi saperlo – replicò Barda. – Solo gli Akkalah-Rat sanno che non corrono rischi nel Foro, e questo perché hanno i guanti e il velo –. Poi aggiunse con una smorfia: – I nostri vestiti sono coperti di muschio. Come faremo a toglierceli?

Lief ci aveva già pensato.

– Credo che il veleno del muschio sia mortale solo da fresco – spiegò.

– Spero proprio che tu abbia ragione – concluse Barda.

Sentirono un rumore. Quando si voltarono videro un bidone che scivolava nello scarico e finiva sulla passatoia mobile.

– Ho chiuso la grata sperando che i cuochi non capissero che eravamo scappati dal Foro, e sembra che abbia funzionato – disse Jasmine.

– Per adesso – ribatté Barda. – Ma quando avranno controllato le stanze degli Akkalah-Rat, capiranno che questa era l'unica via di fuga. Dobbiamo trovare subito l'uscita.

Saltarono di nuovo sulla passatoia mobile e iniziarono a correre.

Poco dopo videro una luce, sentirono l'aria fresca sul viso e udirono delle voci. Si sentivano in sottofondo anche strani rumori, che a Lief sembravano familiari anche se non riusciva a identificarli.

Un attimo dopo comparve una cancellata, aperta. La passatoia mobile si fermava lì. Davanti all'uscita c'era un mucchio di bidoni. Si sentì il richiamo di un rapace.

Era quasi l'alba.

Arrivarono tre alte figure che recuperarono un bidone a testa e sparirono immediatamente.

– Erano Akkalah-Rat! Avete visto? – mormorò Jasmine.

Lief annuì perplesso.

Erano proprio tre sacerdoti. Ma cosa ci facevano col cibo gettato? E cos'era quel rumore? L'aveva già sentito, ma dove?

I tre compagni si avvicinarono e dopo pochi passi si fermarono di colpo.

Gli Akkalah-Rat stavano caricando i bidoni su un carro e altri due aspettavano, già carichi. Tra le stanghe di ogni carro sbuffava allegro… un pasticciato!

– Stanno portando via i bidoni! E usano i pasticciati! – sussurrò Lief.

Jasmine scosse il capo. – Non credo che siano i nostri. Gli somigliano, ma le macchie sono diverse –. Guardò dietro l'angolo del cancello e s'irrigidì. – C'è un intero pascolo di pasticciati. Saranno una ventina!

– I nostri devono essere lì in mezzo – disse Barda. – Ma non salirei più su un pasticciato nemmeno se ne andasse della mia pelle.

– Allora cosa dovremmo fare, secondo te? – brontolò Jasmine.

Barda e Lief si guardarono perplessi. Stavano pensando la stessa cosa.

– La paglia tra i bidoni è molto fitta, credo che potremmo nasconderci là sotto – disse Lief.

– E Kree? Come farà a sapere dove sono finita? – protestò Jasmine.

Come tutta risposta da un albero arrivò uno stridio. Il viso di Jasmine s'illuminò di colpo. – Eccolo! – bisbigliò.

Gli Akkalah-Rat tornarono a prendere altri bidoni, perciò i fuggitivi furono costretti a nascondersi. Ma appena le figure in rosso si allontanarono con il pesante carico, tre ombre sfrecciarono su uno dei carri.

Gli amici rimasero immobili, mentre i sacerdoti terminavano il lavoro.

– Era l'ultimo? – sentirono chiedere da una voce di donna.

– Sembra di sì – rispose un'altra voce. – Pensavo che ne sarebbero arrivati altri. Avranno avuto qualche problema in cucina. Ma non possiamo fermarci ancora, se non vogliamo far tardi.

«Tardi? Tardi per cosa?» si chiese Lief.

Quando gli Akkalah-Rat montarono sui carri si sentì un cigolio. Poi tre voci gridarono «Vai!» e il carro si avviò con uno scossone.

Lief, Barda e Jasmine prevedevano di saltare giù dal carro appena arrivati a distanza di sicurezza dalla città, ma i pasticciati galoppavano tanto forte che non osavano saltare. Se l'avessero fatto, si sarebbero rotti certamente l'osso del collo...

– Dovremo aspettare che si fermino – sussurrò Jasmine. – Non possono andare molto lontano.

Ma i minuti diventarono ore, e il sole spuntò in cielo prima che finalmente i carri si fermassero. E quando guardò fuori attraverso la paglia, Lief rimase sconvolto nel vedere dov'erano arrivati. Erano tornati alla bottega di Tom, e un plotone di Guardie Grigie stava sopraggiungendo a passo di marcia.

12
Gli affari sono affari

I carri cigolarono quando i carrettieri balzarono a terra.

– Siete in ritardo! – brontolò il comandante delle Guardie.

– Non potevamo fare altrimenti – rispose impassibile un Akkalah-Rat. Lief sentì un tintinnio, forse il rumore dei pasticciati liberati dai finimenti.

Poi un suono di zoccoli, probabilmente quelli dei cavalli grigi nel campo dietro l'emporio.

– Buongiorno, signori e signora Akkalah-Rat. Che bella giornata! – gridò la voce di Tom.

– Bella giornata per essere in ritardo! – brontolò la Guardia.

– Ci penso io, caro amico. Provvedo io al cambio delle bestie. Vai pure a ristorarti. La strada per Del è lunga – fece Tom.

Lief rimase a bocca aperta. Il cibo non veniva affatto buttato, e quei carri andavano a Del!

Improvvisamente capì.

Tutto quadrava. Da secoli i carri salivano verso la reggia di Del, carichi di cibi pregiati. Anche se in città la gente non aveva da mangiare, gli inquilini del palazzo non pativano la fame.

Nessuno aveva mai saputo da dove arrivasse il cibo. Ma adesso a Lief era chiaro. Arrivava da Norat. I cuochi sfacchinavano notte e giorno per realizzare manicaretti succulenti, ma solo una piccola parte del loro lavoro era destinata alla popolazione, il resto veniva portato alla reggia di Del.

Gli Akkalah-Rat tradivano la loro gente. E Tom, che fingeva di essere un oppositore dell'Ombra, in realtà era amico delle Guardie Grigie. Lief fu travolto da una crisi di rabbia. Ma Barda stava pensando a problemi più immediati.

– Dobbiamo scendere dal carro! – sussurrò. – Adesso che le Guardie sono sparite. Lief, vedi qualcosa?

– Non vedo un accidente!

Altro tintinnio di finimenti. Kree gracchiò da un punto imprecisato ma vicino.

– Che strano. Quell'uccellaccio nero ci ha seguito sin da Norat – disse un Akkalah-Rat.

– Sul serio? – replicò pensieroso Tom.

I tre fuggitivi si irrigidirono sotto lo strato di paglia. Tom aveva già visto Kree.

Lo avrebbe riconosciuto?

Il bottegaio si schiarì la voce. – A proposito, devo darvi pessime notizie. Vi toccherà tornare a Norat a piedi. Le bestie fresche che vi avevo riservato per il viaggio di ritorno mi sono state rubate… da alcuni viaggiatori!

– Lo sappiamo! – rispose un sacerdote in rosso, piuttosto arrabbiato. – Dovevi stare più attento. Ieri pomeriggio abbiamo trovato le bestie che cercavano di tornare al pascolo dietro la collina, dopo avere sbalzato dalla sella gli stranieri davanti al nostro cancello.

– Gli stranieri hanno portato il male nelle nostre case. Sono scampati alla morte, e adesso languono nelle nostre segrete – aggiunse un altro Akkalah-Rat.

– Sul serio? – fece di nuovo Tom a bassa voce, poi parve diventare più allegro. – Ecco! Adesso questi poveri pasticciati sono liberi. Se voi li portate nel campo io finisco di attaccare i cavalli alla stanga, poi forse vorrete bere qualcosa con me, prima di ripartire.

Quando gli Akkalah-Rat si furono allontanati con i pasticciati, Tom parlò di nuovo, come se si stesse rivolgendo ai cavalli. – Se per caso qualcuno vuole scendere inosservato da un carro per nascondersi tra gli alberi accanto alla bottega, direi che questo è il momento più adatto. Adesso il povero Tom è solo.

Il messaggio era chiarissimo. I tre compagni scivolarono goffamente fuori dalla paglia e si misero a correre verso gli alberi.

Tom non alzò nemmeno il capo.

Lief, Barda e Jasmine dal loro nascondiglio osservarono il bottegaio che raccoglieva tranquillamente la paglia caduta dal carro. La rimise a posto, poi si avviò verso gli alberi con le mani in tasca e si chinò a strappare dell'erba, come se la volesse portare ai cavalli.

– Ci hai venduto dei pasticciati che non erano tuoi! – lo rimproverò Barda, a bassa voce.

– Oh, beh, il povero Tom non resiste al richiamo dell'oro – mormorò l'uomo senza alzare la testa. – Lo ammetto. Ma è stata tutta colpa vostra, non mia, caro amico. Se aveste preso il sentiero di sinistra, come vi avevo consigliato, le bestie non avrebbero mai sentito l'odore di casa. Potete prendervela solo con voi stessi per i guai che avete avuto.

– Forse, ma almeno noi siamo stati solo sciocchi – disse amareggiato Lief. – Mentre tu sei un bugiardo. Fingi di essere contro il Signore dell'Ombra, e intanto nutri i suoi lacchè. Sei amico delle Guardie Grigie.

Tom si girò verso l'insegna che svettava orgogliosa sul tetto.

– Non hai notato, amico mio? – disse. – La scritta è identica sia che tu venga da ovest o da est. È uguale, che tu sia dentro o fuori dalla bottega, che la veda in uno specchio o coi tuoi occhi. E il buon Tom è come il suo nome. Gli affari sono affari.

– Affari? – fece Lief.

– Certo. Io sono sempre lo stesso Tom, non prendo posizione. Non m'interessano le faccende che non mi riguardano. In questi tempi duri è più saggio. E si guadagna di più. Ma adesso vi suggerirei di sbrigarvi a partire. Io tratterrò più che posso i miei buoni amici Akkalah-Rat per regalarvi un discreto vantaggio. Prima però toglietevi quelle vistose vesti rosse, ma non lasciatele qui, vi prego. Non voglio guai.

Detto questo, si girò per tornare presso i carri.

– Sei un imbroglione! – gli sibilò dietro Lief.

Tom si fermò. – Forse, ma un imbroglione vivo… e ricco. Ed è solo grazie a me se oggi non siete morti – mormorò senza girarsi.

I tre amici si sfilarono le vesti rosse e gli stivali, ficcandoli nelle bisacce. Lief schiumava di rabbia. Jasmine lo guardò incuriosita.

– Tom ci ha aiutato – gli ricordò. – Cosa pretendi di più? Quasi tutte le creature pensano solo a se stesse, e lui fa altrettanto.

– Tom è un uomo, non è una creatura, dovrebbe sapere cos'è giusto e cos'è sbagliato! – ribatté Lief.

– Sei proprio sicuro di saperlo, *tu*? – replicò Jasmine.

Lui la guardò. – Cosa intendi dire?

– Non litigate, risparmiate il fiato. La strada da qui al Fiume Largo è lunga – intervenne stancamente Barda, incamminandosi.

– Prima dobbiamo tornare a Norat, spiegare agli abitanti della città che li stanno truffando! – obiettò Lief, correndogli dietro.

– Davvero? E se anche vivessimo abbastanza, cosa improbabile, e se ci credessero, evento ancor più improbabile, e se per qualche miracolo quelli infrangessero tradizioni secolari, ribellandosi agli Akkalah-Rat e rifiutandosi di spedire il cibo… cosa credi che succederebbe?

– I rifornimenti al Signore dell'Ombra s'interromperebbero – rispose subito Lief.

– Certo, e allora lui piegherebbe Norat alla sua volontà con la forza invece che con la menzogna, e setaccerebbe la campagna per cercarci. Non guadagneremmo nulla, e perderemmo molto. Sarebbe un disastro.

Barda allungò il passo.

Lief e Jasmine lo seguirono in silenzio.

13

Il Fiume Largo

Furono quattro giorni di dura marcia, quattro lunghi giorni in cui i tre amici parlarono poco. Ma quando finalmente arrivarono sulle sponde del fiume, capirono che dovevano studiare con estrema attenzione la mossa successiva.

Il corso d'acqua era profondo, e faceva onore al suo nome. Era talmente largo che si vedeva a malapena la sponda opposta. L'enorme distesa liquida si stendeva di fronte a loro come un mare, e non c'era modo di attraversarla.

Semisepolti nella sabbia rinvennero i resti di qualche zattera di legno. Forse, tanti anni prima, in quel punto c'era un traghetto, ma in seguito le zattere erano state abbandonate. E non c'erano alberi per costruire nuove chiatte.

Jasmine osservò a occhi socchiusi: – L'altra riva è molto piatta. È una pianura. E vedo una sagoma scura. Se è la Città dei Topi, ce l'abbiamo proprio di fronte. Dobbiamo soltanto...

– Attraversare il fiume – completò Lief con voce stanca, poi si lasciò cadere sulla fine sabbia bianca e cominciò a frugare nello zaino in cerca di qualcosa da mangiare.

Tirò fuori gli acquisti fatti alla bottega di Tom, gettandoli a terra. Se n'era quasi dimenticato, e adesso li osservava con un certo disgusto: le perline per accendere il fuoco, il pane senza forno, la polvere per depurare l'acqua, le bolle di luce. E una scatola di latta con un'etichetta sbiadita...

Mangia acqua
Usare con cautela

Certo! Il regalo di Tom, senza dubbio un prodotto inutile che il bottegaio non sarebbe mai riuscito a vendere. Sbuffò sprezzante osservando la scatola.

– È troppo lontano per arrivarci a nuoto. Ci toccherà seguire il fiume fino al primo villaggio fornito di barche – stava dicendo Barda. – È un peccato allungare la strada, ma non abbiamo scelta.

– Forse sì – lo contraddisse Lief.

Jasmine e Barda lo guardarono sorpresi. Il ragazzo sollevò la scatola per leggere ad alta voce le scritte sul retro.

Istruzioni:
Spargere i Mangia acqua con parsimonia
quando occorre la terra ferma.

ATTENZIONE!
Dura solo un'ora - Maneggiare con cura
Non ingerire - Conservare in luogo asciutto.

***Nota:** i produttori dei Mangia acqua declinano ogni responsabilità per decessi, ferite, danni o altri incidenti che si possano verificare prima, durante o dopo l'uso di questo prodotto.

– Stai forse dicendo che il contenuto di quella scatolina di latta può prosciugare un fiume? – ironizzò Jasmine.

Lief si strinse nelle spalle. – Non dico nulla. Sto solo leggendo le istruzioni.

– Ci sono più avvertimenti che istruzioni, ma facciamo una prova – disse Barda.

Andarono insieme fino all'acqua, poi Lief aprì la scatoletta. All'interno trovò dei piccoli cristalli poco più grandi di un granello di sabbia. Raccolse un pizzico di polverina e lo gettò nell'acqua. I granelli affondarono.

Non successe altro.

Lief attese qualche secondo, poi si sforzò di sorridere per nascondere la delusione. – Avrei dovuto immaginarlo. Come se Tom potesse regalare qualcosa che...

All'improvviso lanciò un grido e spiccò un balzo all'indietro. Dal fiume stava salendo un ammasso incolore e tremolante. E accanto al primo un altro, e un altro ancora!

– Sono i cristalli! – gridò Barda eccitato. – Stanno risucchiando l'acqua!

E mentre crescevano e si allargavano, si fusero a formare una doppia parete che arginava la corrente. Tutta l'acqua imprigionata in mezzo alle muraglie si prosciugò, lasciando un sentierino pieno di pozze.

Jasmine, Lief e Barda percorsero con circospezione il varco.

Giunti in fondo, Lief gettò in acqua un altro pizzico

di cristalli, e dopo qualche secondo altri ammassi affiorarono in superficie e si aprì un secondo sentiero.

Lief iniziava a temere che i cristalli nella scatoletta si esaurissero prima di arrivare a riva quando la sponda opposta gli si stagliò di fronte. Un attimo dopo il ragazzo aveva di nuovo i piedi sulla terra ferma e si fermò a guardarsi intorno insieme ai due compagni.

La pianura che si stendeva nell'ansa del fiume era circondata dall'acqua su tre lati. Avrebbe dovuto essere fertile e verdeggiante, ma non si notava un solo filo d'erba. Al centro della spianata si stagliava una città le cui torri splendevano d'un rosso cupo agli ultimi raggi del sole al tramonto. Anche da lontano, una sensazione di malvagità e pericolo si sollevava dalla città come un vapore.

I tre si incamminarono in quella direzione. Il cielo si curvava su di loro come una rossa cappa opprimente. Lief non si era mai sentito tanto in pericolo.

Kree stava immobile sulla spalla di Jasmine, mentre Filli era nascosto dentro la giacca. Nemmeno la loro compagnia contribuiva al buonumore della fanciulla, che avanzava sempre più adagio. Quando il sole cominciò a sprofondare oltre l'orizzonte, Jasmine si fermò del tutto.

– Mi dispiace, ma questo posto è così desolato e spoglio che non riesco a sopportarlo – borbottò.

Lief e Barda si guardarono.

– Stavo appunto pensando di fermarmi per la notte – disse Barda. – Dobbiamo riposare, mangiare qualcosa, e non credo che quella città sia un posto in cui entrare di notte.

Si sedettero e tirarono fuori il cibo dalle sacche, ma non avevano legna per il fuoco.

– Penso sia arrivato il momento di mettere alla prova le palline di Tom – disse Lief, che cercava di sembrare allegro. Lesse le istruzioni sul barattolo, poi posò per terra una sferetta e la percosse con la punta della spada. Immediatamente la pallina esplose in una vampata di fiamme. Lief ne aggiunse un'altra, e in pochi istanti scoppiettava un allegro falò.

– Fuoco istantaneo. Incredibile! – disse Barda. – Tom sarà un tipaccio, ma almeno le sue mercanzie valgono il loro prezzo.

Era ancora presto, ma Barda e Lief cominciarono a pensare alla cena. Aggiunsero così qualche goccia d'acqua a una delle rondelle bianche e piatte chiamate Senzaforno e restarono a guardarla mentre si gonfiava diventando una pagnotta, poi tagliarono il pane a fette e lo tostarono per mangiarlo con bacche, noci e miele provenienti da Raladin.

– Che mangiata! – commentò soddisfatta Jasmine. Il calore, la luce e il cibo le avevano sollevato il morale. Guardò la città lontana. La luce rossa stava sparendo dalle torri, e ora la Città dei Topi si stagliava silenziosa, funerea, abbandonata...

Lief batté le palpebre. Gli ultimi raggi di sole gli stavano giocando un brutto scherzo. Per un istante gli era parso che sulla terra intorno alla metropoli deserta si agitasse una distesa d'acqua. Guardò meglio. La terra si stava muovendo davvero. Eppure non c'era un solo filo d'erba che si potesse piegare al vento. Cosa...?

Poi li vide.

– Barda! – disse con voce soffocata. Barda alzò la testa, e fu travolto dall'orrore.

– Cosa c'è? – chiese Jasmine, che si era girata solo in quel momento.

Poi gridò insieme a Barda e balzò in piedi.

Dalla città stava uscendo una marea di topi di fogna, un'ondata che sommergeva l'intera pianura. Erano diretti verso di loro.

14
La notte dei topi

Ratti a migliaia, a decine di migliaia! A un tratto Lief capì come mai la pianura era spoglia. I topi avevano divorato tutto.

Erano creature dell'ombra, ed erano rimasti nascosti tra le rovine della città mentre il sole martellava la spianata. Ma adesso uscivano allo scoperto, correvano verso il cibo spinti da una fame insaziabile.

– Il fiume! – gridò Barda.

Corsero a perdifiato per non essere mangiati vivi. Lief si guardò alle spalle solo una volta, e quella visione bastò a farlo correre ancora più svelto.

I primi ratti avevano già raggiunto il loro fuoco da campo. Le bestie affamate si avventarono sul cibo e sugli oggetti sparpagliati in giro, affondando i denti aguzzi su tutto ciò che trovavano. Ma altri balzarono sui primi, li travolsero e iniziarono a lottare per quelle misere spoglie, squittendo freneticamente.

Intanto altre migliaia proseguivano col naso puntato verso i fuggitivi. Sentivano il loro odore, la loro paura.

Lief correva senza staccare gli occhi dal fiume. Più vicino... sempre più vicino...

Jasmine era accanto a lui, Barda subito dietro. Quando affondò nell'acqua gelida vi si addentrò fin dove possibile, poi si girò verso la riva col mantello che gli galleggiava intorno.

La massa grigia dei ratti raggiunse la sponda, esitò solo un istante poi si precipitò nel fiume.

– Ci inseguono a nuoto! – gridò Barda, tentando di sguainare la spada. – Come facciamo a fermarli?

Jasmine stava già colpendo col pugnale e lanciava grida disumane. Decine di topi morti furono travolti dalla marea dei compagni. Accanto a lei, Barda e Lief facevano sibilare la spada avanti e indietro, ansimando per la fatica.

«Quanto potremo resistere?» pensò Lief. «Tra quanto ci travolgeranno?»

Li aspettava una lunga notte. Fino al nuovo sorgere del sole sulla pianura, i ratti avrebbero insistito nel loro assalto. Sarebbero morti a migliaia, ma solo per essere sostituiti da altre migliaia.

Il sole era calato del tutto oltre l'orizzonte, e la pianura era immersa nel buio. Lief non vedeva più la città, solo il falò che brillava come un faro.

Allora ricordò di avere rimesso nella giacca il barattolo di palline di fuoco.

Staccata la mano sinistra dalla spada, l'affondò nella tasca. Il barattolo era bagnato, ma le perline all'interno sembravano asciutte.

Dopo aver gridato a Barda e a Jasmine di coprirlo estrasse una manciata di palline e la gettò con tutte le sue forze verso i ratti sulla sponda.

Quando le sfere atterrarono ne scaturì un'enorme vampata di fuoco, un bagliore accecante. L'orda di roditori iniziò a squittire, allontanandosi.

Lief lanciò un'altra manciata di sfere e un'altra ancora. Pochi istanti dopo una lunga cortina di fuoco si ergeva sulla riva, e dietro di essa la pianura brulicava di ratti. Ma nel punto in cui stavano Lief, Barda e Jasmine non c'erano più topi. I tre compagni si ritrovarono immersi nell'acqua fino alla vita, stanchi e sconvolti, ma salvi.

E finalmente giunse l'alba. Dietro la parete di fiamme si sentì un calpestio, come lo stormire delle fronde di un bosco. Poi anche quel rumore si spense, e nella pianura fu solo il silenzio.

Lief, Barda e Jasmine risalirono a riva, fradici ma vivi. I ratti erano scomparsi.

Lief corse verso il punto in cui tante ore prima avevano cenato. I due amici lo seguirono in silenzio. Kree volava in cielo. Il rumore delle sue ali risuonava nel silenzio. Era rimasto poco presso le ceneri del falò, a parte i tre vestiti rossi.

Lief si lasciò sfuggire una risatina. – Hanno lasciato le vesti e gli stivali degli Akkalah-Rat. A quanto pare non gli piacciono. Chissà perché.

– Forse portano ancora l'odore del muschio velenoso nel Foro. Noi non lo sentiamo, però non abbiamo l'olfatto fine di un roditore – suggerì Jasmine.

Guardarono i poveri resti del loro bagaglio.

Le fibbie degli zaini, i tappi delle borracce, la cerbottana che soffiava bolle di luce, un paio di bottoni, qualche moneta e la scatoletta con gli ultimi Mangia acqua erano sparpagliati sulla terra arida tra ossa e cenere. La fame dei ratti non aveva risparmiato nulla, non una briciola di cibo, non un pezzo di coperta o un tratto di corda.

– Almeno siamo vivi e abbiamo dei vestiti asciutti da metterci. Non saranno all'ultima moda... ma tanto chi possiamo incontrare da queste parti? – disse Barda, battendo i denti.

Si tolsero gli abiti fradici e indossarono i vestiti e gli stivali rossi dei sacerdoti di Norat, poi, asciutti e al caldo, si sedettero a discutere.

– Il barattolo delle perline è quasi vuoto. Non potremo resistere a un'altra notte nella pianura – disse Barda. – Dobbiamo entrare subito in città. Questi strani indumenti ci proteggeranno, dal momento che i topi li detestano. E poi abbiamo la cerbottana che fa le bolle di luce. Se funziona, potrebbe essere utile.

Presero i vestiti bagnati, raccolsero i pochi oggetti rimasti e si avviarono verso la città.

Lief si sentiva bruciare gli occhi per la stanchezza. Il pensiero dell'esercito dei ratti che strisciava sotto quelle torri lo riempiva di terrore. Come potevano sperare di entrare nella città senza farsi travolgere?

Eppure dovevano. La Cintura di Deltora si stava scaldando: una delle pietre scomparse era di sicuro nascosta dietro quelle mura. La Cintura lo sentiva.

15
Attraverso la Città

Le torri della città svettavano scure e spaventose sulle loro teste. Tanti anni prima i grandi cancelli di metallo erano caduti, corrosi dalla ruggine, e adesso restava soltanto un portone spalancato nella muraglia. Da dentro arrivavano lo scalpiccio furtivo e il fetore dei ratti.

Ma c'era qualcos'altro.

Qualcosa di peggio... la sensazione di un male antico, crudele, terrificante.

Lief, Barda e Jasmine iniziarono a infilarsi i guanti degli Akkalah-Rat e a coprirsi il volto e il capo con il panno rosso che avevano già indossato durante la fuga da Norat.

– Non capisco come abbiano fatto a diventare così numerosi – disse Lief. – Certo, i ratti si moltiplicano in fretta. Ma perché la popolazione della città non ha capito il rischio che correva?

– C'era un influsso malvagio – replicò Barda. – Il Signore dell'Ombra...

– Non potete dargli la colpa di tutto! – esplose Jasmine.

Gli altri due la guardarono sorpresi.

– Sono stata zitta a lungo, ma adesso devo parlare, anche se non vi piacerà ciò che ho da dire – protestò Jasmine. – Lo straniero che abbiamo incrociato nella bottega di Tom, quello con la cicatrice in faccia, parlava dei cespugli spinosi nella pianura. Li ha definiti «le spine del re di Del». E aveva ragione!

I compagni la guardarono in silenzio, e lei proseguì:

– Il Signore dell'Ombra ha governato Deltora solo per sedici anni, ma c'è voluto molto più tempo perché i cespugli spinosi coprissero l'intera pianura. L'incantesimo della strega Thaegan al Lago delle Lacrime è iniziato *cento* anni fa. La gente di Norat vive così da secoli. E questo posto maligno è stato abbandonato dalla sua popolazione nello stesso periodo.

La ragazza tacque, guardando pensierosa verso l'orizzonte.

– Cosa vorresti insinuare? – chiese Barda.

– I re e le regine di Deltora hanno tradito la fiducia riposta in loro. Si sono chiusi nella reggia di Del per vivere nel lusso mentre il paese andava in rovina e il male prosperava.

Lief replicò: – È vero, ma...

– Lo so cosa stai per dire – l'interruppe Jasmine. – Mi hai già detto che sono stati ingannati dai servi dell'Ombra. Ma non credo sia possibile essere tanto sciocchi. Tutta questa storia è una menzogna –. Ormai la ragazza era infuriata: – Noi rischiamo la vita per rimettere insieme la Cintura di Deltora. Perché? Per restituire il potere all'erede al trono, che in questo momento se ne sta nascosto mentre noi corriamo mille pericoli. Ma *vogliamo* sul serio rivedere i re e le regine nella reggia di Del, pronti a mentirci e a sfruttarci come prima?

– Jasmine, un tempo la pensavo come te – disse Lief. – Ma adesso non conta niente interrogarsi sulla vigliaccheria dei re di Deltora e sul valore dell'erede. Non c'è nulla di più importante della liberazione della nostra patria dal Signore dell'Ombra! Per quanto potessero andare male allora le cose a Deltora, almeno il popolo era libero e non viveva nel terrore.

– Certo, ma...

– Non possiamo sconfiggere il Signore dell'Ombra con le armi. Le sue magie sono troppo potenti. L'unica nostra speranza è la Cintura indossata dal vero erede di Adin, il primo re. Perciò non stiamo rischiando la pelle per la famiglia reale, ma per la nostra terra. Non capisci?

Quelle parole fecero effetto. Jasmine tacque e poco per volta il fuoco nei suoi occhi si spense.

I tre amici entrarono in città e s'immersero in un labirinto di ombre, tra pareti vive di rumori. I ratti sciamavano a migliaia dalle crepe delle rovine.

Quando Lief soffiò nella cerbottana, dal tubo scaturirono bolle di luce calda e luminosa che illuminarono il loro cammino come piccole lanterne fluttuanti nell'aria.

I topi scapparono, in preda al panico. I più coraggiosi cercarono di aggrapparsi ai piedi in corsa degli stranieri, ma gli alti stivali li scoraggiarono.

– Questi vestiti sembrano fatti apposta contro i topi. È una bella fortuna averli con noi – disse Barda mentre avanzavano.

– Ed è una bella fortuna anche che Tom ci abbia regalato questa cerbottana – aggiunse Lief. Ma era davvero solo fortuna? Più volte, nel corso del viaggio, il ragazzo aveva avuto l'impressione che i loro passi fossero guidati da una mano invisibile...

Proseguirono staccandosi i topi di dosso. Ogni tanto Lief soffiava nel tubo per far sbocciare nuove bolle di luce, mentre quelle alle loro spalle salivano in alto illuminando le vecchie travi che ancora reggevano i tetti. I ratti non erano riusciti a rosicchiarle, o forse avevano preferito non farlo per evitare che i tetti crollassero, lasciandoli esposti al sole.

La città era un unico immenso edificio, un labirinto di pietra che sembrava non avere mai fine. Non c'era aria fresca, nessuna luce naturale.

Lief pensò che da quelle parti le città sembravano tutte costruite in quel modo. Anche Norat era molto simile.

Dappertutto incontrarono i segni dell'antico splendore: bassorilievi, arcate, immense sale, enormi camini pieni di ceneri, grandi cucine invase dalla polvere.

E ovunque zampettavano i ratti.

Lief inciampò in un oggetto che produsse un rumore metallico. Alcuni topi gli si aggrapparono ai guanti quando il ragazzo si chinò per raccoglierlo.

Era un calice sbalzato, forse d'argento, anche se macchiato e coperto dalla patina degli anni. Mentre lo rigirava in mano il giovane si sentì il cuore pesante, come se l'oggetto gli stesse parlando della gente che era fuggita dalle proprie case tanti anni prima. L'osservò con maggiore attenzione. Gli sembrava familiare.

Ma perché?

– Lief! Muoviamoci, ti prego – brontolò Barda. – Prima che scenda la notte dobbiamo arrivare in un posto sicuro.

– Almeno in un posto privo di topi – aggiunse Jasmine, passandosi le mani con gesti nervosi dalle spalle ai fianchi. I topi che le si erano attaccati alle vesti caddero squittendo.

Lief di colpo capì. – E se troviamo un posto del genere diremo «Qua non ci sono ratti», «Qua no ratti» e sarà una benedizione, un saluto – sussurrò.

– Cosa? – fece Jasmine.

Lui non volle spiegare ma preferì procedere, infilandosi la coppa nella cintura. Dopo ci sarebbe stato tempo per spiegare. Quando fossero stati al sicuro.

Quando…

– Vieni da me, Lief di Del.

Il ragazzo trasalì.

Chi aveva parlato?

– Che c'è, Lief? –. La voce di Jasmine sembrava lontana, anche se la fanciulla era al suo fianco. Lui osservò quegli occhi verdi perplessi, intuendo vagamente che l'amica non aveva sentito nulla.

– Vieni. Ti sto aspettando.

La voce fischiò e formò come un vortice nella mente di Lief, che iniziò a seguire il richiamo con passi bruschi e goffi, senza nemmeno sapere cosa stesse facendo.

Il ragazzo s'infilò nel cuore della città, dove l'aria era irrespirabile.

La Cintura pulsava di calore.

– Lief! –. Sentì Barda che lo chiamava, ma non poteva voltarsi né rispondere. Aveva raggiunto una galleria che finiva con un ampio portale. Dall'interno arrivava un odore nauseabondo di muffa.

Raggiunse il portale. Al di là qualcosa di enorme si agitava nel buio.

– Chi sei? – balbettò.

E la voce sibilante lo colpì come una lama rovente.

– Sono l'Uno. Sono Reeah. Vieni da me.

16
L'onnipotente Reeah

Buio. Male. Terrore.

Tremante, Lief accostò il tubo alle labbra e soffiò. Le bolle luminose salirono verso il soffitto, illuminando quello che un tempo era stato un immenso salone.

Al centro un gigantesco serpente lo aspettava. Le spire del suo corpo lucido, grosso come il tronco di un albero secolare, coprivano il pavimento da un angolo all'altro. Gli occhi erano freddi e colmi di antica malvagità. Sulla testa portava una corona al cui centro brillava una gemma di tutti i colori dell'arcobaleno.

L'opale.

Lief fece un passo avanti.

– *Fermati!*

Lief non capì se quella parola fosse echeggiata solo nella sua mente oppure se il serpente l'avesse sibilata ad alta voce.

Rimase immobile.

Barda e Jasmine lo raggiunsero.

– *Togliti l'oggetto che indossi sotto i vestiti. Gettalo a terra.*

Le dita di Lief si posarono sulla Cintura.

– No, Lief! – sentì sussurrare. Era Barda.

Invece il ragazzo armeggiò con la fibbia, cercando di sganciarla. Tutto gli sembrava irreale e lontano, a parte quella voce ipnotica che gli impartiva ordini.

– Lief! –. La mano decisa di Jasmine gli bloccò il polso.

Lief cercò di liberarsi poi, di colpo, ebbe l'impressione di essersi svegliato da un sogno e abbassò lo sguardo, battendo le palpebre. Aveva posato la mano sul topazio, che gli aveva restituito la lucidità, spezzando l'incantesimo del gigantesco serpente. Accanto al topazio brillava il rubino, non più color rosso sangue ma rosa, indizio di pericolo in agguato.

Il colossale serpente sibilò tutta la sua rabbia. Il ragazzo sentì di nuovo la sua volontà che cedeva, ma premette la mano sul topazio e resistette.

– Perché non attacca? – bisbigliò Jasmine.

Lief lo sapeva.

Si era appena ricordato un passo del libro *La Cintura di Deltora* a proposito del potere del rubino.

Il grande rubino, simbolo della felicità, rosso come il sangue, diventa pallido in presenza del male, o quando la sventura minaccia chi lo indossa. Tiene lontani gli spiriti malvagi, e costituisce un antidoto al veleno del serpente.

– Sente il potere del rubino – rispose.

– Lief di Del, la tua magia è forte, ma non abbastanza per salvarti.

Lief barcollò.

– Dobbiamo conquistare l'opale nella sua corona. Fate qualcosa mentre io cerco di distrarlo! – disse agli amici, allontanandosi.

Il serpente girò il capo per seguire Lief con gli occhi duri e gelidi.

– Come sai come mi chiamo? – gli domandò, sempre stringendo il topazio.

– Possiedo la pietra che mostra il futuro. Sono onnipotente. Sono Reeah, il prescelto dal Padrone.

– E chi sarebbe questo padrone?

– Colui che mi ha dato il regno. Colui che chiamano Signore dell'Ombra.

– Reeah, devi essere qua da molto, molto tempo. E quanto sei grande e meraviglioso!

Il serpente sibilò, sollevando inorgoglito la testa. Come Lief aveva previsto, la sua vanità era pari alle dimensioni colossali.

– Ero un vermiciattolo quando arrivai nei sotterranei della città. Qui abitava una razza di umani piagnucolosi, a quel tempo. Mi avrebbero ucciso, ignoranti e paurosi com'erano, se mi avessero trovato. Ma il Padrone aveva tra loro dei servitori che mi proteggevano, e mi portarono topi per nutrirmi finché divenni sempre più forte.

Lief scorse Jasmine con la coda dell'occhio. Stava scalando una delle colonne che reggevano il tetto. Si costrinse a pensare ad altro. Era essenziale che Reeah rimanesse concentrato su di lui.

– Quali servitori? Chi erano? – chiese.

– Li conosci, portano il marchio. Il Padrone ha promesso loro vita eterna e potere se gli avessero obbedito. Tu indossi le loro vesti per ingannarmi. Ma io non mi faccio raggirare.

– Certo che no! Ti stavo solo mettendo alla prova per vedere se sei davvero capace di leggermi nella mente. Chi altri poteva sapere dove trovare i topi, come allevarli e come tenerli in gabbia? Chi se non gli accalappiaratti della città? È stato un piano ingegnoso.

– Ah, sì, allora c'erano pochissimi ratti. Il mio regno non aveva ancora raggiunto tutto il suo splendore, ma il mio Padrone aveva scelto bene i suoi servi. Allevarono altri topi per me, sempre di più. Finché la città ne fu piena, si diffusero terribili malattie e i viveri si esaurirono. Alla fine il popolo implorò gli accalappiaratti di salvarlo, non sapendo che erano proprio loro la causa di tutto.

Gli occhi maligni del serpente lampeggiarono trionfanti.

– Quindi gli accalappiaratti presero il potere – intervenne Lief. – E dissero che restava solo la fuga.

– Oltre il fiume, per costruire un'altra città. Se ne andarono e io uscii a reclamare il mio regno.

In quel momento, Lief sentì Jasmine avanzare lungo la grande trave che attraversava il soffitto della sala. Camminava agile e leggera come quando era sui rami delle Foreste del Silenzio. Cosa aveva in mente? E Barda dov'era finito?

Il serpente si stava innervosendo, lo sentiva. La lingua guizzava e la testa si piegava verso di lui.

– Reeah! La nuova città si chiama Norat, "no ratti" – gridò il ragazzo. – L'ho vista. La sua popolazione ha ormai dimenticato il passato, ma è ancora terrorizzata dai topi. Adesso gli accalappiaratti si fanno chiamare Akkalah-Rat e fanno rispettare le "loro" sacre leggi. Portano fruste che sembrano code di topo e sono onnipotenti. La gente vive schiava nel terrore e serve il tuo Padrone.

– Hanno avuto ciò che meritavano. Adesso hai raccontato

la tua storia, Lief di Del. La tua penosa magia, le tue armi ridicole e la lingua sciolta mi hanno divertito… per un po'.

Attaccò senza preavviso.

Lief cercò di difendersi con la spada, ma il primo affondo del serpente gli strappò l'arma di mano come se fosse un giocattolo.

– Jasmine! – gridò. Il serpente stava per ripartire all'attacco, le sue immense fauci erano spalancate, le zanne gocciolavano veleno.

– Lief, le sfere! – disse la voce di Barda dall'altra parte della sala. Doveva essere scivolato sin là per aggredire il mostro da dietro.

La coda del serpente scattò e Lief, inorridito, vide Barda schiantarsi contro una colonna e crollare a terra immobile.

Le perle di fuoco!

Cercò disperatamente in tasca, trovò il barattolo e lo gettò con forza contro la bocca aperta del nemico. Ma Reeah era troppo veloce. La testa velenosa scattò di lato. Il barattolo le sfrecciò accanto, andando a sbattere contro un pilastro dove esplose in una palla di fuoco.

Poi rimasero solo Lief e Reeah.

– Sei mio, Lief di Del!

L'enorme testa scese in picchiata, e un attimo dopo il serpente si sollevò trionfante con il corpo di Lief tra le fauci.

– Ti ingoierò. E con te la tua magia.

Fumo… fiamme… il fuoco!

– Il fuoco non ti salverà. Quando ti avrò divorato lo spegnerò con un soffio. Perché io sono Reeah, l'onnipotente. Sono Reeah, l'Unico...

Attraverso una nebbia di dolore e di panico, Lief vide Jasmine in equilibrio su una trave a pochi metri da lui, con la spada in mano. Sollevò il braccio e con un fendente terribile tagliò la gola del serpente.

Lief udì un grido rauco, poi le fauci della bestia si aprirono. Il ragazzo precipitò.

E poi... il nulla.

17
La terza pietra

Aveva sulle labbra un sapore dolce. Lief si agitò, lasciandosi sfuggire un gemito. Rumori indistinti e lontani lo costrinsero a svegliarsi.

Jasmine e Barda erano chini su di lui e lo chiamavano. La ragazza stava avvitando il tappo di un flaconcino. Conteneva il nettare dei Gigli della Vita. Lo aveva salvato, come era già successo a Barda nelle Foreste del Silenzio.

– Sto… sto bene – farfugliò.

Le fiamme scatenate dalle perle di fuoco rombavano lungo le antiche travi. Il gigantesco serpente giaceva al suolo, coperto di ratti. Altri roditori stavano arrivando, e lottavano per cibarsi di lui.

Per centinaia di anni il serpente li aveva sottomessi… ma adesso neppure l'ancestrale terrore per il fuoco riusciva a fermarli.

– Dobbiamo uscire! Fuori! – gridò Barda.

Lief si trovò sulle spalle del gigante di Del. Gli girava la testa. Avrebbe voluto chiedere dov'era la corona, dov'era finito l'opale.

Poi la vide in mano a Barda.

Ancora esanime fu trasportato lungo i corridoi in fiamme. Chiuse gli occhi.

Quando li riaprì, stavano oltrepassando la porta della città. Sentirono uno schianto tremendo. La città stava crollando.

Proseguirono fin quasi al fiume.

– Posso camminare – disse faticosamente Lief.

Barda si fermò. Il ragazzo aveva le gambe molli, ma

riuscì a reggersi in piedi mentre si girava verso la città in fiamme.

– Non avrei mai pensato di rivederti sulle tue gambe – disse Barda allegramente. – Quella caduta provocata da Jasmine è stata...

– Dovevo decidere se farlo cadere o vederlo sparire nella pancia del rettile – protestò la ragazza. – Tu cos'avresti preferito?

Poi porse a Lief la sua spada che scintillava alla luce della luna, la lama ancora scura del sangue di Reeah.

– Jasmine... – iniziò a dire Lief, ma la fanciulla si girò scrollando le spalle, fingendo di coccolare Filli. Lui capì che era imbarazzata dai suoi ringraziamenti.

– Credi che sia sicuro fermarsi qui a riposare? – le chiese. – Visto che mi sono appena rotto tutte le ossa, non credo di essere in grado di attraversare il fiume.

Barda annuì. – Direi che qui è sicuro. Almeno per un po' non vedremo topi –. Poi sorrise, e si passò le mani dalle spalle ai fianchi. – *Kuanorat* – aggiunse.

– Lief, come sapevi che gli abitanti di Norat avevano vissuto nella Città dei Topi prima che te lo dicesse il serpente? – chiese Jasmine.

– Avevo molti indizi – rispose lui con voce stanca. – Ma forse non avrei capito se non avessi trovato questa –. Prese la coppa e gliela porse.

– È identica alla Coppa Sacra di Norat – osservò Barda, prendendola in mano e guardandola pieno di stupore. – Dev'essere stata dimenticata quando gli abitanti sono fuggiti.

Lief sorrise vedendo spuntare il nasino nero di Filli dal colletto di Jasmine.

– Non è affatto strano che Filli li abbia terrorizzati – disse.

– Non sembra un topo! – protestò indignata Jasmine.

– Laggiù odiano tutte le creature piccole e pelose. Dev'essere un terrore inculcato loro dalla nascita – disse Barda.

Lief annuì. – Come il terrore di far cadere il cibo a terra o di lasciare i piatti scoperti, perché attiravano i ratti a centinaia. O la fobia di mangiare cibo guasto, come succedeva spesso in passato. Gli accalappiaratti hanno fatto in modo che il terrore si perpetuasse, per tenere il popolo legato a loro e al Signore dell'Ombra.

– Allora è possibile che un popolo dimentichi il suo passato e segua delle regole sciocche se gli vengono imposte dalla nascita – osservò Jasmine. – Non ci avrei mai creduto, ma adesso l'ho visto con i miei occhi.

Lief capì che iniziava a rendersi conto che i re e le regine di Deltora potevano essere meno colpevoli di quanto pensava.

– Però ricordati che le catene si possono spezzare – aggiunse subito Jasmine, vedendo il suo sorriso. – Tira ci ha aiutato anche se aveva paura –. Fece una pausa. – Spero che un giorno potremo tornare a liberarla. A liberarli tutti, se vorranno.

– Questa è la nostra più grande speranza.

Lief slacciò la Cintura e la posò sulla terra arida.

Poi Barda gli porse la corona con il grande opale.

Quando l'accostò alla Cintura, la gemma si staccò dalla corona e la mente del ragazzo fu invasa di colpo dall'immagine di un deserto sotto un basso cielo nuvoloso. Si vide solo tra le dune senza fine e provò un terrore sconosciuto.

– Avevo dimenticato – disse, cercando di sorridere. – L'opale mostra il futuro. Non sempre è piacevole!

Temendo che gli amici gli chiedessero cos'aveva visto, si chinò per incastonare la gemma nella Cintura.

– L'opale è anche il simbolo della speranza – sussurrò Barda.

Lief annuì, tenendo la mano ben stretta sulla pietra. Si sentì invadere dal potere della gemma e quando sollevò il capo il suo volto sembrava sereno. – Abbiamo il topazio, il rubino e l'opale. E adesso?

– Trovare la quarta pietra, qualunque essa sia, non potrà certo farci correre pericoli peggiori di quelli che abbiamo vissuto finora – osservò Jasmine. – E qualunque rischio incontreremo, lo affronteremo.

Lief sollevò la Cintura e se la mise intorno ai fianchi, calda contro la pelle e un po' più pesante. – Sì, lo affronteremo… insieme! – concluse.

Quarto Libro

Il Deserto delle Sabbie Mobili

1
Ak-Baba in volo

Lief aveva l'impressione di marciare lungo il fiume da un'eternità, e invece era trascorsa solo una notte da quando insieme a Barda e a Jasmine aveva lasciato la Città dei Topi avvolta nelle fiamme.

Si erano tolti le lunghe tuniche rosse e gli stivali che li avevano protetti dai ratti, e adesso il cammino era più agevole.

Ma la fame e la stanchezza, oltre al paesaggio immutabile, facevano sembrare interminabile quel viaggio lungo le acque dell'immenso Fiume Largo. Avevano assoluto bisogno di riposo, ma sapevano di dover andare avanti. Il pennacchio di fumo alle loro spalle costituiva un segnale d'allarme per i nemici, l'indizio che era successo qualcosa di grave nel luogo terrificante dove era stata nascosta la terza pietra della Cintura di Deltora. Se il Signore dell'Ombra avesse capito che la gemma era stata ritrovata, i suoi servi sarebbero immediatamente partiti all'inseguimento dei ladri.

E in quella pianura spoglia li avrebbero trovati in men che non si dica.

Barda avanzava accanto a Lief, a testa bassa. Jasmine era poco più avanti, e ogni tanto sussurrava qualcosa a Filli, rannicchiato sulla sua spalla, senza mai staccare gli occhi dall'orizzonte. Stava aspettando Kree, il corvo, che aveva spiccato il volo allo spuntare dell'alba per andare in avanscoperta.

Era partito ormai da molte ore, e ciò non faceva presagire nulla di buono. Significava che cibo e riparo erano molto distanti. I tre amici non potevano fare altro che avanzare nell'unica direzione possibile, visto che la Pianura dei Ratti giaceva in un'ansa del fiume ed era circondata dall'acqua su tre lati.

Quando Lief alzò il capo notò un puntino nero nell'azzurro del cielo, che diventava sempre più grande. Alla fine Kree, lanciando richiami rauchi, andò ad atterrare sul braccio di Jasmine. La ragazza lo ascoltò impassibile, poi si girò verso Lief e Barda.

– Kree dice che la pianura finisce con una distesa d'acqua larga quasi quanto il fiume.

– Cosa?

Lief si lasciò cadere a terra scoraggiato.

– La pianura sarebbe un'isola? – si stupì Barda. – Impossibile!

– Kree l'ha visto con i suoi occhi – ribatté Jasmine. – La distesa d'acqua è molto larga, ma dice che forse è possibile guadarla. E poi ha notato alcuni banchi di pesci quasi in superficie.

– Pesci! –. Lief aveva l'acquolina in bocca al solo pensiero.

– Quanto dista? – chiese Barda.

Jasmine si strinse nelle spalle. – Kree pensa che potremmo arrivarci domani se viaggiamo anche di notte.

– Faremo così – stabilì Barda, alzandosi faticosamente in piedi. – Al buio, per lo meno, non saremo troppo visibili. Non abbiamo niente da mangiare né un posto per dormire. Perciò a cosa serve fermarsi? Tanto vale proseguire.

All'alba del giorno successivo arrivarono finalmente in fondo alla pianura e si ritrovarono a fissare con occhi arrossati l'accecante spianata d'acqua che bloccava il cammino.

– Non è un canale naturale, le sponde sono troppo dritte e uniformi – osservò Lief.

– È stato scavato da mani umane, molti anni fa, probabilmente come barriera contro i topi – concordò Barda.

Kree svolazzava sopra di loro, gracchiando eccitato.

Senza la minima esitazione, Jasmine affondò un piede in acqua.

– Attenta! – gridò Lief, ma la ragazza proseguì senza girarsi. L'acqua le arrivò alla vita... al petto, poi si fermò. Jasmine proseguì di buon passo verso la sponda opposta.

Gli altri la seguirono immediatamente, iniziando a sguazzare nella corrente fresca.

– Sai, Lief, quando dovevo tirarti fuori dai guai nelle strade di Del pensavo che tu fossi la più impulsiva e pericolosa piccola peste del creato. Devo farti le mie scuse, Jasmine ti fa concorrenza... per non dire che ti batte! – brontolò Barda.

Lief sorrise all'idea. Improvvisamente, qualcosa gli sfiorò una caviglia e il ragazzo trasalì. A quel movimento brusco, numerosi grossi pesci si allontanarono rapidamente da lui.

– Non sono pericolosi! – gridò Jasmine senza girarsi.

– Come fai a saperlo? – rispose Lief. – Potrebbero essere affamati quanto me. E...

S'interruppe sentendo il grido di Kree. Il corvo gli sfrecciò incontro, sfiorò la superficie dell'acqua e riprese quota.

– Qualcosa sta arrivando dal cielo! –. Jasmine era allarmata. – Kree...

L'uccello nero era terrorizzato.

– Cosa succede? –. Lief non capiva.

– Un essere enorme e malvagio si sta avvicinando! – tradusse la ragazza. Poi prese Filli e lo sollevò. – Kree, prendilo! Nascondetevi, presto!

In quel momento Lief scorse un puntino nero all'orizzonte. Dopo pochi secondi riconobbe il lungo collo e le enormi ali.

– Un Ak-Baba! Ha visto il fumo – sibilò Barda.

Lief conosceva gli Ak-Baba, i giganteschi avvoltoi che vivevano mille anni. Suo padre, Jarred, gli aveva raccontato che sette di loro servivano il Signore dell'Ombra. E proprio quei terribili esseri volanti, tanti anni prima, avevano nascosto le Sette Pietre della Cintura di Deltora nei sette luoghi più pericolosi e lontani del regno.

Kree e Filli si erano già allontanati sulla sponda opposta del canale, per mettersi al sicuro nell'erba alta o fra i rami di un albero.

Lief, Barda e Jasmine non avevano modo di nascondersi. Alle loro spalle c'era la pianura che avevano appena attraversato, davanti solo acqua.

L'Ak-Baba procedeva velocissimo e nel giro di pochi istanti sarebbe piombato su di loro: i tre viaggiatori non avevano scampo. Avrebbero potuto nascondersi sott'acqua, ma Lief sapeva che sarebbe stato inutile. Dall'alto l'Ak-Baba sarebbe riuscito a vederli distintamente, come Kree aveva visto i pesci.

– Non ci ha ancora notato – esclamò Barda con voce concitata, – ha lo sguardo fisso sul fumo. Lief, il tuo mantello!

Con movimenti goffi e frenetici delle dita bagnate, il ragazzo sciolse i lacci.

– Giù! – ordinò Barda.

Tutti e tre respirarono profondamente prima di tuffarsi al riparo del mantello, che galleggiò sopra le loro teste, quasi invisibile.

Avevano fatto il possibile. Ma sarebbe bastato a proteggerli dallo sguardo acuto dell'enorme volatile? E per quanto tempo potevano trattenere il fiato? Prima o poi sarebbero dovuti riemergere. E il mostro avrebbe colpito.

Le dita di Lief si strinsero sulla fibbia della Cintura che portava sotto la camicia. Gli emissari del Signore dell'Ombra non dovevano assolutamente trovarla. I polmoni erano allo stremo, Lief doveva respirare.

Qualcosa gli sfiorò la spalla e il ragazzo aprì gli occhi. Intorno a lui nuotavano grandi pesci argentei con gli occhi vitrei spalancati e lo schiaffeggiavano con le pinne e la coda.

A un tratto tutto fu buio: un'ombra enorme copriva il sole.

2
Frutti proibiti

Era sopra di loro. L'ombra dell'Ak-Baba aveva oscurato l'acqua. Lief, in preda al panico, non vedeva più i pesci ma sentiva i loro corpi. Nuotavano a decine sotto il mantello e impedivano ai tre sfortunati viaggiatori di risalire in superficie, spingendoli sempre più in basso...

Lief si sentiva girare la testa.

Cominciò a dibattersi, i polmoni in fiamme per la mancanza di ossigeno. I suoi movimenti diventarono sempre più deboli, la sua mente si staccava dal corpo... stava per perdere conoscenza.

«È così che deve finire?» si chiese. «Dopo tutto ciò che abbiamo affrontato...»

In una sorta di allucinazione vide i suoi genitori, nella loro cucina. Stavano facendo colazione, e forse parlavano di lui e di Barda.

«Non sapranno mai che fine abbiamo fatto. Le nostre ossa giaceranno per sempre in questo fango, e con loro la Cintura di Deltora.»

Poi sentì una serie di rapidi colpi alle gambe e al petto. I pesci lo urtavano, come per spingerlo in superficie. Se prima gli avevano impedito di risalire ora si spostavano, solleciti e svelti. Con uno sforzo immane il ragazzo costrinse le gambe tremanti a muoversi. Affiorò, finalmente, e respirò come non aveva mai fatto in vita sua. Il mantello, avvolto intorno alla testa, gli impediva di vedere. Lo tolse a fatica e vide Barda e Jasmine, ansimanti e sconvolti quanto lui.

Guardò in cielo.

L'Ak-Baba aveva oltrepassato il canale e proseguiva il suo volo sulla pianura verso il pennacchio di fumo che si levava dalla Città dei Topi.

– Meno male, non ci ha visto! Ci è passato sopra – disse tossendo.

– Certo – confermò Jasmine. – Quando ha guardato l'acqua ha visto solo un banco di pesci. Pesci che aveva già visto centinaia di volte. Sono stati molto furbi, i nostri amici pesci, ci hanno nascosto alla perfezione! – disse ridendo.

I pesci nuotavano tranquilli intorno a lei, soddisfatti del loro operato.

– Pensavo che volessero farci annegare – disse Barda. – E invece ci nascondevano. Chi ha mai sentito parlare di un pesce che aiuta un uomo?

– Questi non sono pesci normali – lo informò Jasmine. – Sono vecchi e saggi. Non amano i ratti che hanno trasformato in deserto la pianura. E non amano neppure il Signore dell'Ombra e i suoi servi malvagi.

– Te l'hanno *detto*? – le chiese Lief.

La ragazza scrollò le spalle. – Non sono pesci normali – ripeté. – Se solo li ascoltassi parlerebbero anche a te.

– Dovevo immaginare che non saremmo morti nel fiume – sussurrò Lief dopo qualche istante. – Mentre marciavamo nella pianura, ho sfiorato l'opale e ho avuto una visione: ero solo, perso nel Deserto delle Sabbie Mobili. Se devo morire, sarà laggiù.

Barda e Jasmine gli lanciarono uno sguardo pieno di spavento.

– L'opale mostra ciò che *succederà*? O quello che *potrebbe* succedere? – gli chiese bruscamente il gigante di Del.

Lief scrollò le spalle. Non lo sapeva.

Dalla sponda del canale giunse il richiamo di Kree.

– Meglio muoversi. L'Ak-Baba potrebbe tornare – suggerì Jasmine.

I pesci nuotarono davanti a loro, indicando il percorso da seguire. Quando ebbero raggiunto la sponda opposta, i tre viaggiatori si girarono per ringraziarli con un inchino.

– Amici pesci, vi dobbiamo la vita – disse sottovoce Jasmine, mentre Kree si posava sul suo braccio. – Ve ne siamo immensamente grati.

A loro volta i pesci chinarono il capo poi si allontanarono lentamente, agitando le code come per salutare.

Lief, Barda e Jasmine seguirono Kree verso un grande salice, i cui lunghi rami frondosi sfioravano il terreno. Si addentrarono nel fogliame e sbucarono in una piccolissima radura. Filli, che li stava aspettando, corse verso Jasmine con uno squittio che esprimeva tutto il suo sollievo e la gioia di rivederla.

I tre compagni si lasciarono cadere a terra con un sospiro. Il suolo era coperto da un cuscino di morbide foglie e tutt'intorno a loro i sottili rami del salice mormoravano nella brezza.

– Qui siamo al sicuro – mormorò Jasmine.

E una volta tanto non dovette tradurre le parole dell'albero. Lief e Barda ne percepivano la pace.

Pochi secondi dopo erano tutti profondamente addormentati.

Quando Lief si svegliò era rimasto solo. Gli uccelli cantavano sopra la sua testa. Faceva freddo e la luce era più tenue: il sole stava calando. Doveva aver dormito un giorno intero.

«Dove sono finiti gli altri?» si chiese affacciandosi dalla cortina di rami che lo proteggeva. Solo allora comprese che il sole non stava affatto calando... stava sorgendo. Aveva dormito un giorno e una notte!

Jasmine e Barda erano poco lontani. Forse erano andati in cerca di cibo. Lief sperò con tutto il cuore che avessero trovato qualcosa. Aveva l'impressione che fosse passata un'eternità dall'ultima volta che aveva messo qualcosa sotto i denti.

– Mele! – gridò Barda quando furono più vicini. – Un po' avvizzite, ma dolci e molto nutrienti.

Ne lanciò una a Lief, che vi affondò i denti con avidità e la finì in un attimo, torsolo e buccia compresi.

– L'ultima volta che ho mangiato una mela... –. Lief smise di parlare. Il frutto gli era andato di traverso. L'ultima volta che aveva mangiato una mela era stato a Del, il giorno del suo sedicesimo compleanno. Il giorno in cui aveva dato l'addio all'infanzia, alla sua casa e ai suoi genitori.

Quanto sembrava lontano quel tempo...

Jasmine gli rivolse uno sguardo perplesso e curioso e il ragazzo, cupo, le voltò le spalle. Jasmine era cresciuta da sola nelle Foreste del Silenzio, con Filli e Kree come unica compagnia. I suoi genitori erano stati catturati dalle Guardie Grigie e fin da piccola aveva dovuto affrontare innumerevoli difficoltà. Perciò Lief sapeva che la sua nostalgia doveva sembrarle un segno di debolezza.

– Ladri!

L'urlo improvviso squarciò il silenzio che era caduto fra loro. Si stava avvicinando qualcuno, e quel qualcuno era decisamente arrabbiato.

Aguzzando la vista nella chiara luce dell'alba, Lief vide una vecchietta, infagottata in tanti scialli sovrapposti. I radi capelli scuri erano raccolti in una crocchia in cima alla testa, e il viso era rugoso come una mela appassita e paonazzo di rabbia. L'anziana donna agitava furiosamente un pugno.

– Ladri! Vagabondi! Ridatemele! Ridatemele! – gridava.

I tre compagni la guardarono a bocca aperta.

– Avete rubato le mie mele! Avete sottratto i miei tesori mentre i custodi dormivano. Dove sono? Ridatemele! – strillò ancora.

Senza dire una parola, Jasmine le consegnò le tre mele rimaste e la donna se le strinse al petto, fulminandola con un'occhiata.

– Dove sono le altre? – sbraitò. – Le altre sei? Ogni mela è numerata, e devo rendere conto di ciascun frutto. Altrimenti come faccio a raggiungere la quota? Avete preso nove mele e nove dovete renderne.

Barda si schiarì la gola. – Signora, sono molto spiacente ma non possiamo restituirle. Temo che siano già state mangiate.

– *Mangiate???*

– Noi... noi ci scusiamo. Avevamo molta fame, e... – balbettò Lief.

La vecchia alzò le braccia, scrollò gli scialli e lanciò un tremendo ululato.

Immediatamente fu avvolta da una nube scura e ronzante.

Api. Migliaia di api che sciamavano da sotto gli scialli in attesa dell'ordine di partire all'attacco.

3
La strada per Rithmere

I tre amici trasalirono e fecero un passo indietro. Lo sciame si gonfiò minacciosamente.

– Pensavate di potermi derubare senza problemi, vero? – gracchiò la vecchia. – I miei guardiani sono piccoli ma numerosi, e ben organizzati! A causa di ciò che avete fatto morirete, punti da mille pungiglioni!

Jasmine stava frugandosi affannosamente nelle tasche. Alla fine trovò quello che cercava e allungò la mano. Numerose monete d'oro e d'argento scintillarono alla luce del sole.

– Possono bastare per le sue mele? – domandò.

La vecchia trasalì. – Se avete soldi perché rubate? – chiese, mentre la mano rugosa scattava verso le monete.

– No! –. Lief si lanciò in avanti senza riflettere. – Sono tutti i soldi che abbiamo. Non può prenderli tutti in cambio di qualche mela appassita!

Le api gli si fecero incontro, ronzando minacciose.

– Piano, ragazzo. Più gentile! – lo rimbeccò la vecchia. – I miei guardiani non amano i movimenti bruschi e si arrabbiano facilmente. Perfino io sono costretta a usare il fumo quando prendo il miele dall'Alveare...

Emise un rumore sommesso e la nuvola d'api alle sue spalle sparì. Le piccole creature erano tornate fra le pieghe degli scialli. La donna ripose con scrupolo le monete.

– Che vi serva di lezione! E dite agli altri vagabondi che i prossimi ladri che arriveranno qui non avranno scampo – intimò.

Lief, Barda e Jasmine parvero esitare.

La vecchietta li minacciò aspramente con il pugno. – Andate! Tornate da dove siete venuti – strillò.

– Signora, non siamo arrivati dalla strada. E non siamo ladri – protestò Jasmine.

– Se non siete venuti dalla strada, da dove siete arrivati, allora? – sussurrò la donna, sgomenta. – Quella è l'unica via per raggiungere il mio frutteto. A parte...

Toccò il bordo del mantello di Lief, lo sentì umido e sollevò adagio la testa per guardare la distesa d'acqua e il sottile pennacchio di fumo che ancora si alzava all'orizzonte.

– Chi siete? – bisbigliò terrorizzata. Poi alzò una mano. – No... non voglio saperlo. Andatevene! Se le Guardie Grigie vi vedono qui nemmeno le mie api riusciranno a proteggermi.

– Come facciamo a trovare la strada? – chiese Lief.

La vecchia indicò il frutteto. – Di là. Dalla parte opposta c'è un cancello. Presto! E dimenticate quello che ho detto. Non dite a nessuno che siete passati di qua.

– Ci può contare – le garantì Barda. – E immagino che anche noi potremo contare sul suo silenzio...

La donna annuì. I tre amici attraversarono il prato. Quando raggiunsero gli alberi sentirono un richiamo e si voltarono.

– Buona fortuna, e... attenti alle Guardie! – gridò la vecchia, sollevando un braccio.

– Adesso ci augura ogni bene, – si lamentò Jasmine mentre si incamminavano fra i meli – mentre qualche minuto fa voleva farci pungere a morte dalle sue api.

Barda replicò: – Forse ha ragione di avere paura degli estranei.

– La vecchietta ha parlato di una “quota” da raggiungere – ragionò Lief mentre oltrepassavano il cancello. – Sembra che debba coltivare un certo quantitativo di mele.

– Oppure ricavarne qualcosa – aggiunse Barda, chiudendosi il cancello alle spalle e indicando un cartello inchiodato sul battente.

– Il Succo di mele dell’Ape Regina era una bevanda molto apprezzata dalle guardie e dagli atleti quando stavo alla reggia di Del – proseguì. – È una bevanda magica e portentosa, che dà forza a chi la beve. A quanto pare è qui che viene prodotto, e forse l’Ape Regina è proprio la nostra amica laggiù.

Lief sospirò. – Poteva almeno offrircene un bicchiere prima di mandarci via – concluse sconsolato.

I tre amici, stanchi e abbattuti, si avviarono lentamente lungo il sentiero tortuoso. Sapevano che la meta successiva era il Deserto delle Sabbie Mobili, ma non sapevano ancora come arrivarci. Non avevano denaro, cibo, coperte, bisacce, nulla a parte la mappa che il padre di Lief aveva disegnato per lui, le armi e i pochi cenci stracciati che avevano addosso.

«Abbiamo anche la Cintura di Deltora» rammentò Lief. Ma con tutto il suo potere, e con le tre pietre che brillavano nel loro medaglione, la magica Cintura non poteva offrir loro un buon pasto caldo, né un riparo dalle intemperie.

– L'opale permette di vedere il futuro. Forse può dirci cosa c'è davanti a noi... – disse Jasmine dopo un po'.

Lief non aveva nessuna voglia di toccare la pietra: era ancora ossessionato dalla tremenda visione del Deserto delle Sabbie Mobili. Non voleva ripetere quell'esperienza, per nessuna ragione al mondo.

– Non serve prevedere il futuro per capire che abbiamo bisogno di aiuto – rispose alla ragazza. – Ci servono viveri e un posto dove fermarci. Pensiamo solo a quello, per ora.

Si aspettava che Jasmine protestasse, come accadeva spesso, ma quando si girò si accorse che lei non lo stava neppure ascoltando, concentrata su altri suoni.

– Sento carri e rumore di passi. E anche voci. Là davanti c'è una strada più larga – annunciò alla fine.

Dopo pochi minuti lo stretto sentiero sbucò su uno stradone largo e diritto.

I tre amici guardarono circospetti a destra e a sinistra.

– C'è altra gente che va nella nostra direzione – bofonchiò Barda. – Non mi sembrano pericolosi. Comunque sarebbe più prudente aspettare che siano passati, a scanso di equivoci.

Si nascosero tra gli alberi e videro avvicinarsi un carro circondato da numerosi viandanti, uomini e donne.

Il carro era piuttosto malridotto e il cavallo che lo tirava era vecchio e stanco, ma i passeggeri parlavano e ridevano come se tutto andasse a meraviglia.

Mentre il carro passava Lief sentì ripetere parecchie volte la parola "Rithmere". Probabilmente Rithmere era una cittadina, e quella gente non vedeva l'ora di arrivarci. Si sentì più sollevato.

– Dev'esserci una sagra o una fiera in questa Rithmere – sussurrò.

– Una sagra di questi tempi? – obiettò Barda. – Non posso crederci. Comunque mi sembra di aver capito che Rithmere si trova lungo la strada che porta al Deserto delle Sabbie Mobili. E una città, meglio se grande, ci farebbe comodo.

– Perché? – chiese Jasmine, che preferiva l'aperta campagna.

– In una città possiamo nasconderci tra la folla e guadagnare qualche soldo per procurarci da mangiare. O mendicare.

– *Mendicare?* – ripeté inorridito Lief.

Barda gli sorrise sarcastico. – A volte per una buona causa bisogna passare sopra il proprio orgoglio.

Lief balbettò le sue scuse. Come aveva potuto dimenticare che Barda aveva vissuto per anni travestito da mendicante, a Del?

Quando il carro fu lontano, i tre strisciarono fuori dagli alberi e iniziarono a seguirlo. Dopo qualche metro Lief raccolse da terra un foglietto.

Lief mostrò il volantino ai compagni.

– Ecco la risposta! Ecco la possibilità di guadagnare i soldi di cui abbiamo bisogno, e anche di più. Parteciperemo ai Giochi. E vinceremo! – disse.

4
Persi nella folla

Alcuni giorni dopo, quando finalmente avvistarono Rithmere, Lief non era più così ottimista. Il viaggio era stato lungo e faticoso, e il ragazzo era affamato. In quei giorni aveva mangiato soltanto qualche bacca. I viandanti passati prima di loro avevano letteralmente saccheggiato i cespugli.

La strada era sempre più affollata: erano in molti a marciare verso Rithmere.

I tre amici ascoltarono con attenzione e scoprirono che i Giochi venivano organizzati tutti gli anni ormai da un decennio. Gli atleti in cerca di gloria e di denaro giungevano a Rithmere da ogni angolo del regno. Con un certo sollievo appresero anche che durante i Giochi le Guardie Grigie si facevano vedere molto di rado.

– Sanno che non conviene interferire con una manifestazione tanto amata dalla gente – disse una donna alta dai capelli rossi parlando con il compagno, un gigante dai muscoli d'acciaio che si era fermato per allacciarsi uno scarpone.

L'uomo annuì. – Mille monete d'oro. O anche cento. Pensa come cambierebbero le cose per noi… e per quelli che ci aspettano a casa –. L'uomo si alzò, possente e baldanzoso, lo sguardo fisso sulla città che si stagliava poco lontano. – Joanna, quest'anno arriveremo in finale… come minimo. Lo sento.

– È vero, Orwen, non sei mai stato tanto in forma – affermò la donna con convinzione. – Anch'io ho buone possibilità. L'anno scorso non sono stata abbastanza attenta e mi sono fatta battere da quella megera di

Brianne di Lees. Ma stavolta le cose andranno diversamente, me lo sento.

– Non è colpa tua se Brianne ti ha battuto. È una grande lottatrice, e alla fine ha vinto lei il titolo. E pensa ai sacrifici che la gente di Lees aveva fatto per prepararla – la consolò Orwen.

– Pare che l'avessero trattata come una regina – commentò amareggiata Joanne. – Tutto il cibo possibile e niente lavoro a parte l'allenamento. Erano convinti che lei avrebbe potuto risolvere tutti i loro problemi. E lei cos'ha fatto? È scappata con i soldi appena li ha avuti in mano.

– Beh – rispose cupo il suo compagno, – mille monete d'oro sono una fortuna, cara la mia Joanna. Sono pochissimi i campioni che tornano a casa dopo aver vinto. Nessuno di loro vuole spartire il denaro, perciò scappano per cominciare una nuova vita altrove.

– Ma tu, Orwen, non lo faresti mai. E nemmeno io. Non lascerei *mai* la mia gente in miseria se avessi la possibilità di aiutarla. Mi sentirei una vigliacca. Piuttosto mi butterei nelle Sabbie Mobili.

Joanna e Orwen proseguirono spalla a spalla, più alti di tutta la testa rispetto alla folla.

Quando i due si furono allontanati, Barda si fece serio. – Dobbiamo prendere una decisione importante – disse. – Messi come siamo messi, cioè piuttosto male, affrontare avversari come Joanna e Orwen potrebbe essere una perdita di tempo, per non dire un grosso rischio... non abbiamo possibilità di vincere.

– Dobbiamo tentare – dichiarò Lief.

– Non serve a niente discuterne adesso – intervenne Jasmine, impaziente. – Che partecipiamo ai Giochi o meno, dobbiamo entrare in città e trovare del cibo...

Rithmere brulicava di gente.

Le strade della città erano gremite di bancarelle e il rumore era assordante.

Musici, ballerini, mangiafuoco e giocolieri si esibivano a ogni angolo, con il cappello posato a terra per raccogliere le monete gettate dai passanti. Per attirare l'attenzione alcuni esibivano animali di ogni genere: serpenti, cani, perfino orsi ballerini, oltre a qualche strana creatura mai vista prima.

Il fracasso, gli odori, i colori vivaci, la confusione fecero venire la nausea a Lief, a cui già girava la testa per la fame.

– Ehi, ragazza, dico a te, con l'uccello nero! Vieni qua! Avanti!

Il grido rauco e improvviso fece girare di scatto i tre amici.

Un uomo grasso dai capelli lunghi e unti stava chiamando Jasmine. I tre si avvicinarono, domandandosi cosa volesse.

L'uomo era seduto dietro un tavolino coperto da un panno rosso lungo fino a terra. Contro il muro alle sue spalle c'era un paio di stampelle. Sul tavolo c'erano un trespolo per uccelli, un cesto pieno di uccellini di legno e una grande ruota coperta di immagini sgargianti di uccelli e monete.

– Vuoi guadagnare qualche soldo, ragazzina? – gridò l'uomo sopra il baccano della folla.

Jasmine non rispose e aggrottò la fronte.

– Non può giocare, a meno che sia gratis – rispose Lief ad alta voce.

L'uomo sbuffò. – E io allora come faccio a campare, mio giovane amico? No, no, la mia tariffa è una moneta d'argento per un giro di ruota. Ma in questo momento il gioco è sospeso. Il mio uccello è morto. Non vedi? –. Così dicendo sollevò un piccione morto, facendoglielo dondolare sotto il naso. – È triste, vero? Triste per il povero Beccherello, che ci ha rimesso le penne, e ancor più triste per me. Ho assoluto bisogno di un uccello per girare la ruota. Ho altri due piccioni, ma se vado a prenderne uno perdo il posto e anche gli incassi di mezza giornata. Posso forse permettermelo?

I suoi occhietti si strinsero mentre ispezionava Jasmine dalla testa ai piedi.

Poi gettò per terra il piccione morto, lo spinse sotto il tavolo con un calcio e indicò Kree. – Compro il tuo uccello nero. Quanto vuoi?

5
Vinci e perdi

Jasmine scosse il capo. – Kree non è in vendita – disse, e fece per allontanarsi.

Il ciccione la trattenne. – Non andartene, ragazzina. Abbi pietà del povero Ferdinando – implorò con tono lamentoso.

Kree piegò il capo da un lato per osservarlo, poi balzò sul tavolo e gracchiò energicamente.

– Kree vuole sapere quanto gli dai per una giornata di lavoro.

Il ciccione rise. – Ti parla, eh? – ironizzò. – Non è una cosa che si vede tutti i giorni –. Prese una scatoletta, l'aprì e ne tolse una moneta d'argento. – Digli che gli darò questa se gira la ruota fino al tramonto.

Kree tornò a posarsi sul braccio di Jasmine e lanciò un grido. La ragazza annuì. – Per una moneta d'argento Kree girerà la ruota trenta volte.

– Ma è un furto! – esclamò Ferdinando.

– Questo è il suo prezzo – rispose tranquilla Jasmine.

Il ciccione nascose la faccia tra le mani e scoppiò in lacrime. – Che ragazza crudele! Crudele con un povero sventurato che cerca solo di sbarcare il lunario – piagnucolò. – Morirò di fame, e con me i miei poveri uccelli...

Lief, commosso, intervenne in favore del povero storpio. – Jasmine, forse stai esagerando – le sussurrò in un orecchio. – Non potresti...

– Sta fingendo. Può permettersi dieci volte tanto – replicò lei irritata. – Kree dice che ha una borsa piena di monete appesa alla cintura. È nascosta dal panno che copre il tavolo –. Quando si accorse che la ragazza era irremovibile, Ferdinando smise improvvisamente di singhiozzare. – Devo ammettere che per essere un uccello sa come gestire i propri affari. Mettilo sul bastone – disse seccamente.

– Prima i soldi, se non ti dispiace – intimò Barda.

Il ciccione consegnò a Jasmine la moneta d'argento e Kree volò soddisfatto sul bastone.

– State da parte, voi tre, fate largo ai clienti – disse brusco Ferdinando. – Venite e girate! Una moneta d'argento per un giro di ruota! Ogni giocatore vince un premio! – strillò subito dopo.

Una piccola folla iniziò a raccogliersi intorno al tavolino mentre il ciccione indicava i numeri sulle monete dipinte intorno alla ruota. – Due pezzi d'argento al posto di uno! O preferite tre? O quattro? Sì, signore e signori, ragazzi e ragazze, quattro pezzi d'argento al posto di uno!

La gente cominciò a frugarsi nelle tasche in cerca di monete.

Ferdinando fece girare la ruota. – Perché limitarsi a quattro? – gridò. – Questo è il vostro giorno fortunato! Oggi potreste vincere cinque, sei o perfino *dieci* monete! –. Fece il gesto di strapparsi i capelli e roteò gli occhi. – Dieci monete d'argento in cambio di una! Un premio per ogni giocatore! Perché lo faccio? Devo essere impazzito!

– Forse dovremmo giocarci la nostra moneta. Potremmo raddoppiarla... – sussurrò Lief a Barda.

L'amico gli sorrise con aria di compatimento. – Oppure potremmo perdere, esito più probabile, e ritrovarci con un giocattolo di legno senza valore.

Lief non era convinto, e lo fu ancora meno quando la donna che aveva puntato una moneta sulla ruota ne vinse due.

– Ha battuto l'uccello! – strillò Ferdinando, scuotendo la scatola di latta e consegnando la vincita alla donna. – Oh povero me! –. Si girò verso Kree agitando il pugno. – Mi vuoi rovinare?

La folla scoppiò a ridere. Si fece avanti un altro scommettitore. Kree girò di nuovo la ruota. Il secondo giocatore fu ancora più fortunato e vinse tre monete.

– Questo uccello è una disgrazia! – ululò Ferdinando, disperato. – Cosa faccio adesso?

Da quel momento in poi la folla si accalcava intorno al tavolo, in attesa di giocare.

Kree continuò a girare la ruota. Ma, chissà perché, nessuno ebbe più la fortuna dei primi due giocatori. Sempre più spesso la ruota si fermava sul simbolo dell'uccello, e il giocatore deluso se ne andava portandosi via un misero uccellino di legno.

Il mucchietto di monete nella scatola di latta non smetteva di crescere ma i giocatori, illusi e creduloni, continuavano a tentare la fortuna.

– Non mi stupisce affatto che quello abbia la borsa piena – brontolò disgustata Jasmine. – Perché mai gli regalano i loro soldi? Non si accorgono che lui vince molto più spesso di loro?

– Ferdinando strilla e strepita solo quando qualcuno vince. Chi perde è ignorato e presto dimenticato – le spiegò Barda.

Jasmine era disgustata. – Kree ha fatto ventinove giri – disse. – Un altro ancora e potremo riaverlo indietro. Non voglio continuare. Non mi piacciono Ferdinando e la sua ruota –. Barda e Lief annuirono.

Per quanto avessero un gran bisogno di quattrini, non volevano continuare ad aiutare quell'imbroglione.

Barda indicò uno striscione appeso a una palazzina lungo la strada.

– Forse lì troveremo una stanza – suggerì. – Potremmo lavorare in cambio di vitto e alloggio.

Kree aveva girato la ruota per l'ultima volta. Quando si fermò sul simbolo dell'uccellino, le labbra del poveretto che aveva perso tutto tremarono e lo sconfitto se ne andò in silenzio.

Jasmine si avvicinò al tavolo. – Ferdinando, i trenta giri sono finiti. Adesso dobbiamo andare – disse.

Il ciccione girò gli occhietti avidi verso di lei, scuotendo il capo con foga.

– Non potete – protestò. – L'uccello mi serve. È il migliore che ho mai avuto. Guarda che folla! Non puoi portartelo via!

Fece per afferrare una zampa di Kree, ma il corvo spiccò il volo dal bastone, andando a posarsi sul bordo del tavolo.

– Torna subito qui!

Kree chinò il capo e col becco aguzzo afferrò il panno rosso che copriva il tavolo. Quando lo scostò, prima la folla rimase a bocca aperta, incredula, poi iniziò a gridare rabbiosamente.

– Può fermare e avviare la ruota come gli pare e piace! – urlò qualcuno dei presenti. – Usa i piedi. Vedete? Sta barando!

La massa inferocita avanzò minacciosa. Kree balzò immediatamente sul braccio di Jasmine.

Ferdinando raccolse in fretta e furia la ruota e balzò in piedi rovesciando il tavolo. Gli uccelli di legno e il barattolo di monete finirono per terra, mentre il ciccione si dava alla fuga a velocità stupefacente, inseguito da alcuni dei giocatori truffati.

6
Bacca, Uccellino e Rametto

Incredulo, Lief rimase senza parole. – Ehi, le gambe gli funzionano. Ha lasciato qui le stampelle... eppure corre come il vento! – esclamò.

– Un altro dei suoi trucchi – intervenne Barda. – Spero proprio che lo becchino. Siamo fortunati che non abbiano dato la colpa a Kree prendendosela con noi.

– E meno male che Ferdinando ci ha pagato in anticipo – aggiunse Jasmine, che stava controllando la strada in cerca di monete. Purtroppo il terreno era già stato ripulito dai presenti, quindi riuscì a recuperare solo un uccello di legno che s'infilò in tasca accanto ai suoi altri tesori. Per lei nulla era inutile.

Poco dopo i tre viaggiatori giunsero alla "Locanda dei Campioni". Entrarono in una saletta piccola e buia. Una donna florida, con un vestito verde pisello ornato di pizzi e nastri, si alzò da dietro una scrivania, facendo tintinnare il grosso mazzo di chiavi che portava appeso alla cintura.

– Buongiorno! – esclamò cordialmente. – Sono Mamma Brightly, la locandiera. Mi dovete scusare, ma prima di darvi ospitalità devo chiedervi se parteciperete ai Giochi.

– Vorremmo – rispose Barda senza sbilanciarsi. – Però siamo nuovi di qui e non sappiamo come iscriverci.

– Siete venuti nel posto giusto, questa è la locanda ufficiale dei Giochi. Qui da me potete iscrivervi alla competizione e riposare fino all'apertura delle gare.

Lief, Barda e Jasmine si guardarono.

– Abbiamo solo una moneta d'argento – ammise riluttante Barda. – Speravamo di pagare vitto e alloggio lavorando.

La donna scosse il capo e agitò le mani: – Lavorare? Che sciocchezza! Dovete riposare e rifocillarvi se volete far bene ai Giochi. Se avete solo una moneta d'argento, pagherete una moneta d'argento. Alla Locanda dei Campioni i concorrenti pagano solo ciò che possono permettersi –. Si sedette, prese un grosso libro e afferrò una penna. – Nome e città? – chiese senza tanti preamboli, guardando Barda.

– Ehm... io mi chiamo... Uccellino. Di Boscopoli – balbettò il gigante di Del. La domanda l'aveva colto di sorpresa. I tre avevano già deciso di non usare i propri nomi, ma non avevano ancora avuto il tempo di inventarne di nuovi.

– Non ho mai sentito parlare di questo posto.

– È... a nord. I miei amici... Bacca e... e Rametto... anche loro vengono da Boscopoli, come me.

La locandiera annuì, impegnata a trascrivere e in apparenza soddisfatta.

– E adesso seguitemi, per favore – disse quando ebbe finito, balzando agilmente in piedi.

Le cose procedevano decisamente alla svelta. I tre amici la seguirono in un'altra stanza, dove li aspettavano un'enorme bilancia, una lunga riga e una lavagna di proporzioni considerevoli.

– Per favore, le vostre armi – disse Mamma Brightly, aprendo la credenza. Vedendo che i suoi ospiti esitavano, batté le mani e alzò il tono di voce. – Devo insistere! È proibito portare armi alla Locanda dei Campioni –. I tre ubbidirono controvoglia. – Non temete – aggiunse la donna con voce più serena. – Qui saranno al sicuro, ve le restituirò quando partirete. Adesso... le vostre misure.

Li pesò a turno, poi prese la statura e trascrisse i risultati sul libro, infine tastò i muscoli e controllò con scrupolo mani e piedi, annuendo compiaciuta.

– Cari miei, avete bisogno di cibo e riposo, ma per il resto siete tutti forti e avrete grande successo – disse. – Un'ultima cosa. La vostra specialità. Qual è?

Lief, Barda e Jasmine si guardarono, un po' perplessi.

– Io... io so arrampicarmi – disse alla fine Jasmine con voce esitante. – Sono brava a stare in equilibrio in posti alti, saltare, appendermi...

– Ottimo, Bacca! – disse Mamma Brightly, scrivendo "AGILITÀ" accanto al falso nome della ragazza. Poi si girò verso Barda. – E tu, Uccellino? Fammi indovinare. La tua specialità dovrebbe essere la forza. Sbaglio?

Barda annuì.

– E Rametto? – chiese la locandiera.

Lief si sentì avvampare in volto. Cosa era saltato in mente a Barda di affibbiargli quel nome assurdo? E quale poteva essere la sua specialità? Non sapeva cosa dire.

– Velocità – rispose prontamente Barda. – Il mio amico è molto veloce e può competere con gli atleti migliori.

– Perfetto! Agilità, forza e velocità. Ehi, messi insieme fate proprio una bella squadra. Aspettatemi qui, torno subito.

Mamma Brightly uscì dalla stanza. I tre compagni si guardarono esterrefatti per l'inaudito colpo di fortuna.

– Non c'è da stupirsi che la gente accorra a Rithmere – disse Lief sottovoce. – Mi sorprende che non ci sia tutta Deltora. Vitto e alloggio praticamente gratis... niente male!

– Finché sei disposto a gareggiare – fu la risposta di Barda. – Ho la sensazione che questi Giochi siano più difficili o più pericolosi del previsto.

– Nessuna gara di corsa o di salto può essere più pericolosa di quello che abbiamo passato finora – intervenne Jasmine. – La cosa più difficile sarà ricordarsi i nomi assurdi che hai scelto, Barda.

– Sì – concordò Lief. – Rametto! Non potevi trovare qualcosa di meglio?

In quel momento Mamma Brightly rientrò nella stanza portando con sé tre strisce di tessuto colorato, una verde, una rossa e una azzurra. Legò quella rossa al polso di Barda e la verde al polso di Lief, mentre quella azzurra toccò a Jasmine. Sopra i braccialetti improvvisati erano riportati i loro falsi nomi, oltre a peso e altezza.

– Non toglieteveli mai, nemmeno per dormire – li avvisò. – Vi identificano come concorrenti ufficiali, indicano la vostra specialità e vi danno diritto a cibo, bevande e ingresso ai Giochi. Adesso... credo che vorrete pranzare e riposare dopo il lungo viaggio. La moneta d'argento, prego.

Jasmine gliela consegnò, ricevendo in cambio una chiave. Era la numero 77.

– È la chiave della vostra stanza – spiegò la locandiera. – Un numero fortunato. Non perdetela –. Parve esitare, poi si avvicinò ai tre nuovi ospiti. – Sapete… non lo dico a tutti i concorrenti, ma voi siete nuovi e mi state simpatici – bisbigliò. – Non fidatevi di nessuno, nemmeno se è un amico. E tenete sempre la porta chiusa a chiave, specialmente di notte. Non voglio che succedano… incidenti.

Accostò un dito alle labbra e fece loro segno di seguirla.

Mamma Brightly li accompagnò in una vasta sala da pranzo, dove molti atleti muniti di braccialetti di tessuto rosso, verde e azzurro mangiavano con gusto. Quasi tutti erano enormi e sembravano fortissimi, e c'erano anche alcune donne.

Lief si guardò intorno con aria spavalda, deciso a dimostrare di non essere nervoso o spaventato. Seduti a un tavolo in mezzo alla sala notò Joanna e Orwen, i due colossi incontrati lungo la strada. Poi trasalì: accanto a loro c'era una persona che conosceva.

Era il viandante sfregiato che avevano visto nella bottega di Tom mentre andavano alla Città dei Topi. Gli occhi gelidi dell'uomo erano inchiodati sui nuovi arrivati.

– Carissimi, servitevi pure – disse Mamma Brightly. – Mangiate e riposatevi, dovete essere in forma domani. Ripongo grandi speranze in voi tre! Mi sembrate davvero tipi da finale. E ne ho vista passare di gente, io...

Non si era preoccupata di abbassare la voce. Lief si sentì a disagio notando che gli altri concorrenti non si erano persi una parola. Avevano sentito tutti.

– Adesso devo tornare al mio posto – concluse allegra la donna. – Potrebbero arrivare altri ospiti. Una campana vi avvertirà della colazione domattina, e una seconda campanella vi chiamerà ai Giochi un'ora più tardi.

– Mamma Brightly, – le chiese allora Lief, improvvisamente poco desideroso di restare in quell'ambiente ostile – prima che se ne vada, potrebbe consigliarci le gare a cui partecipare?

– Non lo sapete? Non potete scegliere con chi dovete combattere.

– Combattere? – fu la flebile eco di Lief.

– Combatti contro chi è stato scelto per te e corrisponde alla tua altezza, peso e specialità. Almeno all'inizio. Chiaro che se passi i primi turni ti ritroverai a combattere con avversari di ogni genere –. La locandiera giunse le mani con sguardo rapito: – Queste sono le gare più eccitanti. Agilità contro forza. Velocità contro agilità. Intelligenza contro peso. Grande contro piccolo. A volte durano ore. Due anni fa una finale è durata un giorno e una notte, e che lotta! Lo sconfitto, poveraccio, perse una gamba che era stata maciullata.

7
Guai in vista

Quando Mamma Brightly si fu allontanata, i tre compagni si guardarono l'un l'altro in silenzio.

– Adesso finalmente sappiamo perché non è venuta tutta Deltora a partecipare ai Giochi – disse alla fine Barda. – La gente non ha nessuna voglia di finire maciullata per puro divertimento.

Lief si girò verso il posto dove poco prima era seduto lo sfregiato.

Voleva indicarlo a Jasmine e Barda, ma la sedia era vuota.

L'uomo era sparito.

– Credo che faremmo meglio ad andarcene – disse. – Non possiamo rischiare delle ferite serie solo per raggranellare denaro. Ci procureremo i viveri in un altro modo.

Jasmine scosse il capo. – Io me ne vado solo dopo aver mangiato. Ho una fame da lupi, e anche Filli – annunciò.

Barda e Lief si consultarono con lo sguardo. L'idea di cenare era piuttosto allettante.

– Mamma Brightly ha la nostra moneta d'argento. Dovrebbe bastare per un pasto – bisbigliò il ragazzo.

Era deciso.

Si servirono in abbondanza. Le pietanze erano ottime, e sulla tavola c'erano brocche colme di Succo di mele dell'Ape Regina che bevvero boccale dopo boccale in tutta la sua dolcezza.

Lief sentiva decine di occhi puntati su di lui. Gli altri concorrenti stavano cercando di valutare quanto potesse essere pericoloso.

La sala da pranzo si era quasi svuotata quando ebbero finito di mangiare.

Placata la fame, Lief scoprì di avere un gran bisogno di dormire. Anche gli altri due stavano sbadigliando, pur sapendo che non potevano trattenersi nella locanda. Si alzarono da tavola di malavoglia dirigendosi verso la porta da cui erano entrati.

Barda spinse la porta, che non si mosse d'un millimetro.

Sembrava sprangata dall'esterno.

– Non di là – disse una voce alle loro spalle. – Le camere e le palestre sono dall'altra parte.

Si girarono bruscamente e videro la figura imponente di Orwen.

– Non cerchiamo quelle, vogliamo uscire dalla locanda – rispose seccamente Jasmine, squadrandolo con freddezza.

Il colosso la guardò con espressione assente, poi scrollò la testa.

– Siete concorrenti, non potete uscire.

Lief decise che il gigante doveva essere un po' lento di comprendonio, quindi gli spiegò con voce educata: – Orwen, abbiamo cambiato idea, non vogliamo più partecipare ai Giochi. Vorremmo partire da Rithmere e proseguire per la nostra strada.

Orwen scosse di nuovo il capo. – Non potete cambiare idea. I vostri nomi sono già sul libro. Avete i braccialetti. Avete mangiato e bevuto in sala da pranzo. Non potete uscire.

– Stai dicendo che siamo *prigionieri*? – chiese Barda.

– Noi *vogliamo* restare qua – spiegò lui, convinto. – Non ci sentiamo prigionieri. Però non siamo liberi di entrare e uscire quando ci pare.

Detto questo, se ne andò.

Jasmine si mise a picchiare alla porta come una forsennata, ma non venne nessuno ad aprire.

– Cosa facciamo adesso? – chiese Lief.

– Ce ne andiamo buoni buoni in camera – rispose Barda. – Siamo troppo stanchi e non abbastanza lucidi. Dormiamo, e domani troveremo una soluzione.

Si girò e si avviò verso le scale che portavano alle camere, in cerca della numero 77.

I tappeti smorzavano il rumore dei loro passi. I corridoi erano ben illuminati e tranquilli, eppure man mano che procedevano Lief si sentiva sempre più a disagio. Le porte si aprivano furtive e occhi poco amichevoli li spiavano.

– State calmi, ragazzi. Che quegli sciocchi ci guardino pure. A noi cosa importa? – disse Barda ad alta voce.

– E ci stanno anche seguendo – sussurrò Jasmine. – Li sento. Mamma Brightly non doveva dire quelle cose su di noi. Temo che qualcuno abbia deciso di toglierci di mezzo prima ancora che comincino i Giochi.

Erano arrivati alle porte 65 e 66, più avanti il corridoio svoltava.

– La nostra stanza non può essere lontana. Là dentro saremo al sicuro – sussurrò Lief.

Accelerarono il passo.

Svoltarono l'angolo. La stanza 77 era in fondo al corridoio.

A quel punto si spense la luce.

Kree lanciò un avvertimento.

Nel buio Lief scattò di lato, appiattendosi contro la parete, e sentì un colpo alla spalla.

Udì il grido di Barda, poi un tonfo sordo e un lamento soffocato, seguiti da un rumore di passi in corsa.

Infine il silenzio.

– Lief! Barda! –. Era la voce di Jasmine. – State…

Come era scomparsa, la luce improvvisamente tornò. Lief vide Barda che barcollava, mentre estraeva un foglietto appallottolato dalla tasca.

Alle sue spalle c'era Jasmine, più spettinata del solito. La sua mano destra stringeva il secondo pugnale, quello che di solito teneva nascosto.

La punta era macchiata di rosso.

La fanciulla stava osservando il corridoio. Seguendo la direzione del suo sguardo Lief vide una scia di gocce di sangue color rubino correre lungo il pavimento fino all'angolo.

– Bene! Pensavo di averlo ferito ma non ne ero sicura. Così impareranno che non siamo bersagli facili…

– Ci hanno rubato la chiave – comunicò Barda, contrariato. – Al suo posto hanno lasciato questo –. Mostrò il foglio che aveva in mano.

I tre si guardarono intorno. Il corridoio era silenzioso, le porte tutte chiuse.

– Allora? Che cosa facciamo? – chiese Lief dopo qualche secondo.

– Chiunque sia stato ha commesso un errore – disse Jasmine, a voce abbastanza alta da farsi sentire da chi si trovasse eventualmente nei paraggi. – Adesso non ci ritireremo più dalla competizione.

– E non saremo certo *noi* a rimpiangerlo! – aggiunse Barda con lo stesso volume di voce.

Andarono senza fretta alla porta contrassegnata col numero 77, che si aprì appena Barda girò la maniglia.

Era una camera luminosa, rallegrata da un tappeto

dai colori vivaci, ma la finestra con le sbarre la rendeva molto simile a una cella. Gli unici mobili erano i tre letti con coperte rosso vivo e un piccolo comò.

– Chi ci ha preso la chiave forse pensa che staremo svegli tutta la notte per paura di un attacco – brontolò Lief.

– Allora si tratta di uno sciocco. Dormiremo come ghiri perché non abbiamo paura di nulla – replicò Barda, spingendo il cassettone per spostarlo verso la porta.

Si lasciarono cadere sul letto con un sospiro di sollievo e si addormentarono. Riposarono sicuri sapendo che nessuno poteva entrare senza svegliarli.

Tuttavia, come aveva detto Barda, erano molto stanchi e poco lucidi. Perciò avevano trascurato un particolare. Una chiave serve ad aprire una porta ma anche a chiuderla. Quando il mattino dopo la campanella della sveglia tintinnò e i tre amici spostarono il comò, si accorsero di essere chiusi dentro.

8
Iniziano i giochi

Gridarono e picchiarono a lungo contro la porta, ma non venne nessuno. Alla fine Barda si avventò contro l'uscio con tutte le sue forze sperando di sfondarlo, ma il legno era pesante, la serratura robusta e i suoi sforzi si rivelarono inutili. Alla fine si diedero per vinti e si lasciarono cadere sul letto.

– Siamo stati degli sciocchi a non prevederlo – ansimò Barda.

Jasmine non disse nulla. Lief sapeva che stava cercando di dominare il panico. Per lei essere imprigionata in quel modo era la peggiore delle torture.

– Kree potrebbe passare tra le sbarre? – le chiese il ragazzo. Jasmine scosse il capo, ma quella frase le fece venire un'idea. Prese le coperte dal letto e le infilò attraverso la grata in modo che sventolassero come una bandiera.

La seconda campana suonò. Lief strinse i denti per la rabbia.

D'un tratto sentirono bussare alla porta e scuotere la maniglia, e subito dopo una chiave girò nella toppa. La porta si aprì e comparve Mamma Brightly.

– Stavo uscendo per andare ai Giochi quando ho visto una trapunta sventolare a una finestra! – esclamò. – Non potevo credere ai miei occhi, perciò sono salita di corsa.

I tre compagni le spiegarono cos'era successo. La donna li ascoltò inorridita.

– Oh, quanto mi vergogno che sia successo nella mia

locanda! Spero che l'incidente non rovini la vostra prestazione.

– Ma... non è troppo tardi? – chiese Lief.

Mamma Brightly scosse il capo con decisione. – Affatto! Seguitemi.

Lief, Barda e Jasmine lasciarono Kree e Filli in camera e seguirono la locandiera fino alla sala da pranzo deserta, dove la donna servì loro ottimo cibo, annaffiato da qualche boccale di succo di mele. – Mangiate, mangiate – disse con convinzione. – Dimostreremo al vostro nemico dispettoso che non si scherza con gli atleti preferiti di Mamma Brightly!

Poi li guidò attraverso le palestre, verso il retro della locanda, e lungo una passerella coperta che sbucava nell'arena. La cerimonia d'apertura dei Giochi era ancora in corso e molte teste si girarono verso i nuovi arrivati, che ignorarono occhiate e commenti.

L'arena era un grande spiazzo rotondo coperto di sabbia e attorniato da spalti gremiti di folla.

I concorrenti, tutti riuniti nell'arena, stavano giurando che avrebbero combattuto al massimo delle loro capacità. Tra di loro, facili da individuare per la statura smisurata, c'erano Joanna e Orwen. Videro anche lo straniero sfregiato, che portava intorno al collo uno straccio lacero.

«Che voglia nascondere la ferita lasciata dal pugnale di Jasmine ieri sera?» si chiese Lief, sospettoso. Tutti i suoi timori si erano dileguati e il ragazzo era deciso a dimostrare che non sarebbe stato tanto facile sconfiggerlo.

Fu letta una serie di nomi, a coppie, e le gare cominciarono. Le regole erano semplici. Le coppie combattevano contemporaneamente nell'arena, finché uno dei due contendenti non crollava.

Lo sconfitto veniva portato via e dopo pochi minuti di riposo il vincitore veniva accoppiato con un altro vincitore per combattere di nuovo, perché la resistenza era considerata alla stessa stregua della forza, dell'agilità, della velocità e della furbizia.

I tre amici appresero presto che il concetto di lealtà era estraneo ai Giochi di Rithmere. Nulla era proibito a parte l'uso delle armi.

Il pubblico partecipava con grande entusiasmo, fischiando i perdenti e inneggiando ai più forti. Ogni combattimento era più duro del precedente ma Lief, Barda e Jasmine riuscirono a sopravvivere ai vari scontri. A differenza di quasi tutti i loro avversari erano ormai abituati a lottare per salvarsi la vita. Lief era agile, veloce e furbo, grazie al lungo addestramento nelle pericolose strade di Del. Era ancora giovane, ma grazie al lavoro accanto al padre, nella bottega del fabbro, era forte e robusto.

Fin dall'infanzia Barda si era allenato per diventare guardia di palazzo ed entrare nell'esercito che solo le stregonerie del Signore dell'Ombra erano riuscite a sconfiggere. Per anni aveva combattuto ogni giorno, e anche durante il tempo passato da falso mendicante fuori dalla fucina si era tenuto in forma, seguendo Lief in città e proteggendolo dai pericoli.

E Jasmine? Per quanto fosse piccola e leggera, nessuno aveva affrontato ciò che aveva sopportato lei. Era forte e determinata ma i suoi avversari, vedendola esile e minuta, la sottovalutavano, e questo era un grave errore.

Il sole era quasi al tramonto quando furono annunciati gli otto finalisti, coloro che il giorno dopo avrebbero combattuto gli ultimi incontri.

Tra loro c'erano Barda, Lief e Jasmine, oltre a Joanna e Orwen. Gli altri tre erano un tozzo colosso di nome Glock, una giovane, Neridah, la cui velocità aveva lasciato la folla a bocca aperta, e lo sfregiato, che si chiamava… Destino.

Improvvisamente un pensiero si affacciò alla mente di Lief. – Non immaginavo che saremmo arrivati tutti in finale… e se ci toccherà combattere tra di noi? – disse.

Jasmine lo guardò dritto negli occhi. – Beh, decideremo chi deve vincere e fingeremo di combattere. Come del resto faremo in tutti gli altri incontri di domani. Dobbiamo lasciar vincere i nostri avversari per limitare i danni. Ci siamo già assicurati cento pezzi d'oro a testa, visto che siamo arrivati in finale. È più di quello che ci serve.

Barda iniziò a protestare. – Non sarebbe leale…

– *Leale?* – lo rimbeccò Jasmine. – Cosa c'entra la lealtà? –. Poi si girò verso Lief. – Diglielo che ho ragione!

Lief esitò. Il ricordo della lettera minatoria e della porta chiusa a chiave era ancora bruciante.

– Tutti penserebbero che alla fine abbiamo ceduto alle minacce – disse sottovoce.

Jasmine sbuffò, irritatissima, gli voltò le spalle e se ne andò.

Quella sera i finalisti mangiarono insieme, serviti da Mamma Brightly, tutta sorrisi e complimenti. La sala era semivuota e piena di echi. Gli sconfitti dovevano essere già stati congedati.

Jasmine, ancora arrabbiata, mangiò poco e bevve solo acqua. – Quel Succo di mele dell'Ape Regina è troppo dolce – brontolò. – Solo il pensiero mi fa venire il voltastomaco.

In quel momento l'ostessa agitò un campanello. – Poche parole prima che rientriate nelle vostre stanze, carissimi – disse quando i finalisti furono tutti girati verso di lei. – Stanotte non voglio problemi, perciò chiuderò io le porte delle stanze. Le riaprirò domani, subito dopo la prima campana –. Nella stanza calò il silenzio più assoluto e la donna proseguì: – Dormite bene e rimettetevi in forze. Domani non dovrete mostrare un briciolo di debolezza.

9
Gli otto finalisti

C'era già molta agitazione nell'arena quando vi entrarono, il mattino dopo. Gli spalti erano stipati e il pubblico rumoreggiava.

Gli otto finalisti sollevarono la mano per ripetere il giuramento, poi si fecero avanti uno alla volta per estrarre un foglietto da un cesto.

Quello di Lief era il numero 3. Girandosi verso Barda e Jasmine, vide soddisfatto che il gigante di Del aveva pescato il numero 1 e la ragazza il 4. Perciò almeno per questo turno non si sarebbero affrontati. Ma chi sarebbero stati gli avversari?

In quel momento vide lo sfregiato andare verso Barda tenendo sollevato il foglietto perché tutti potessero vedere il numero 1. Il gigantesco Orwen aveva estratto il numero 4 ed era già accanto a Jasmine, che vicino a lui sembrava minuscola. Glock e Joanna avevano pescato entrambi il numero 2. L'avversaria di Lief era dunque Neridah.

Neridah si guardò le mani, poi studiò il volto di Lief. – Devo confessare che ho una certa paura – gli disse a bassa voce.

Lief la guardò imbarazzato. Il giorno prima aveva imparato che non bisognava sottovalutare le donne, ma Neridah sembrava così dolce... Era alta come lui, ma esile e graziosa come un cerbiatto.

– La... la folla. Dobbiamo... – balbettò.

– Certo! – sussurrò Neridah. – So che dovrei mettercela tutta. E non posso rimproverarti se farai il possibile. Qualunque cosa mi succeda, almeno le mie povere sorelle e mia madre avranno le cento monete d'oro che ho già vinto. Mamma Brightly me l'ha promesso.

– Non temere... – iniziò a dire Lief, ma in quel momento suonò la campana che dava inizio alle gare, e il piede di Neridah scattò rapidissimo. Il colpo al mento lo fece finire lungo disteso.

Il pubblico fischiò e scoppiò a ridere.

Lief si rimise in piedi a fatica. Gli ronzavano le orecchie. Non vedeva più Neridah, che gli girava intorno come una trottola colpendolo ovunque, mentre lui agitava le braccia come un pagliaccio frastornato cercando di colpire la nemica sempre fuori portata.

Lo stava mettendo in ridicolo. Il pubblico sghignazzava. Ma se Neridah era veloce, Lief non era una lumaca. Scattò all'indietro, in modo che la ragazza fosse costretta a restargli di fronte. I due avversari si studiarono con circospezione, poi, senza preavviso, lui si scagliò in avanti afferrandola alla vita e buttandola a terra.

La ragazza cadde semisvenuta al suolo. Lief doveva impedirle di rialzarsi. Con un calcio, o un pugno...

Le lacrime spuntarono negli occhi di Neridah che si dibatteva debolmente sulla sabbia. – Per favore... – sussurrò.

Per una frazione di secondo Lief esitò. E fu sufficiente. Un attimo dopo il braccio dell'avversaria scattò in avanti e la mano gli afferrò la caviglia. Poi il pubblico accolse con un boato il balzo della ragazza, che sollevò il piede di Lief da terra. Il giovane barcollò, crollò sulla sabbia e... non sentì più nulla.

Nel frattempo, Barda e Destino erano impegnati in un accanito corpo a corpo.

Era un incontro equilibratissimo. Barda era più alto, ma Destino aveva muscoli d'acciaio e una volontà ancora più ferrea.

«Chiunque tu sia, Destino delle Colline, la tua vita è stata piena di battaglie» pensò Barda. «Devi aver sofferto molto.» E ricordò il segno che lo sfregiato aveva tracciato sul bancone della bottega di Tom, la prima volta che l'aveva visto. Il simbolo della Resistenza, il segnale segreto di chi aveva giurato di sfidare il Signore dell'Ombra.

– Destino, che ci fai qui? – ansimò. – Perché sprechi il tuo tempo a combattere con me quando hai doveri più importanti?

– Quali? – sibilò l'avversario. – In questo momento... il mio unico dovere... è farti mangiare la polvere... Uccellino di Boscopoli! –. Aveva capito che era un nome falso.

La presa di Destino si rafforzò e Barda per un istante barcollò. – Non sarà facile, Destino – bofonchiò, mentre continuava a combattere stringendo i denti.

Intanto la folla scandiva a gran voce il nome di Neridah, incitandola a finire il povero Lief.

Jasmine vedeva soltanto l'enorme mole di Orwen che le girava intorno e sentiva il battito del proprio cuore mentre lo evitava con uno scarto di lato. Il suo cervello funzionava veloce quanto i piedi.

Se fosse finita nella morsa del gigante, quello l'avrebbe stritolata. Doveva comportarsi come una vespa che sfreccia intorno alla belva senza farsi prendere, doveva stancarlo...

Ma Orwen aveva compreso il suo piano e non abbassava la guardia. La ragazza si allontanò di nuovo con uno scatto improvviso. Ormai da parecchi minuti cercava di portarlo contro sole, e adesso c'era quasi riuscita. Ancora un paio di mosse...

Poi d'un tratto Orwen cambiò espressione. Stava guardando inorridito oltre la testa dell'avversaria. Che fosse un trucco? Oppure...

La folla ruggì: – Falla finita, Glock! Sistemala una volta per tutte!

Orwen scattò e Jasmine si spostò di lato. L'attacco non era rivolto a lei, il gigante si era del tutto dimenticato della sua presenza.

Joanna era lunga distesa per terra. E Glock, chino su di lei, la scuoteva come una bambola di pezza.

Orwen gli fu addosso in un istante e lo sbatté lontano. Il ringhio stupefatto di Glock s'interruppe di colpo quando crollò al suolo a corpo morto. Orwen prese Joanna tra le braccia e cominciò a cullarla.

Lei era immobile, tanto che in un primo momento Jasmine temette che fosse morta, ma quando Orwen la chiamò per nome le sue palpebre vibrarono e la mano si mosse. Orwen chinò il capo con un sospiro di sollievo, interessato soltanto alla compagna. Perciò non sentì Glock che si avvicinava. Non sentì il grido acuto di Jasmine che lo metteva in guardia. Non prestò attenzione al pubblico che si alzava come impazzito. Un secondo dopo i pugni intrecciati di Glock si abbatterono sulla nuca del gigante come due enormi massi. Orwen crollò.

Barda e Destino combattevano ancora, erano rimasti soli nell'arena.

Il terribile Glock li fissava con occhi pieni d'odio, trattenuto a stento da tre soldati nerboruti.

– Glock è pazzo! – grugnì Destino, sprezzante.

– E *noi* no? – ribatté Barda. – Chi di noi due vince dovrà combattere contro di lui. Pensi che mille monete d'oro siano sufficienti?

– E *tu*? – replicò Destino con gli occhi che mandavano lampi. – Io sono condannato a tentare, ma tu no di sicuro. Abbiamo già dato un bello spettacolo. Se uno di noi due cade adesso potrà andare tranquillamente per la sua strada. Pensaci!

Barda ci pensò, e abbassò la guardia.

Fu una minima esitazione, ma a Destino bastò. Uno scatto, un affondo e pochi istanti dopo Barda si trovava con la faccia nella sabbia, stordito, la testa che gli girava, il corpo dolorante, ad ascoltare la folla che gridava esultante il nome di Destino.

10
L'ultimo combattimento

Restavano quattro finalisti: Neridah, Destino, Glock… e Jasmine, che era stata dichiarata vincitrice dell'incontro anche se Orwen era stato sconfitto da Glock.

Le avevano concesso solo pochi secondi per capire come se la stavano passando Lief e Barda. Erano conciati male entrambi, ma Mamma Brightly le aveva annunciato che si sarebbero ripresi presto, come Joanna e Orwen.

Vedendo gli amici in buone mani, Jasmine si lasciò accompagnare al centro dell'arena dove l'aspettavano gli altri tre.

Arrivarono i boccali di Succo di mele dell'Ape Regina. Un giovane inserviente dai capelli neri, entusiasta di servire quei grandi campioni, offrì il vassoio a Destino.

– Perché hai servito prima lui? – gridò Glock furibondo, poi afferrò un boccale e lo scolò in un sorso.

Rosso in viso, il ragazzo porse il vassoio anche a Neridah e a Jasmine.

La prima bevve il poderoso succo di mele in una sola sorsata, mentre Jasmine scosse il capo.

– Grazie, ma non mi piace. Ho bevuto un sorso d'acqua e mi basta – disse.

Glock afferrò il boccale rimasto. – Allora ce n'è di più per me! – gridò, bevendo avidamente.

In quel momento Neridah emise uno strano singhiozzo, cadde in ginocchio e crollò a terra. Glock la guardò a bocca spalancata, poi osservò il boccale vuoto e infine la sua mano scattò verso la gola.

– Veleno! – fece con voce stridula. Si girò malfermo sulle gambe indicando con un dito tremante l'inserviente. – Tu…

Il ragazzo lasciò cadere il vassoio e se la diede a gambe. Jasmine si girò verso Destino.

– Sei stato tu! – disse. – Quel ragazzo… lo conoscevi!

– Non sai quello che dici… – ribatté l'altro.

Jasmine socchiuse gli occhi. – Sei convinto che sbarazzandoti degli altri e affrontando me in finale vincerai facilmente. Ma ti sbagli, Destino.

– Vedremo – concluse questi a bassa voce.

«Se duellare con Orwen è stato come affrontare un orso, questo è un combattimento contro un lupo» pensò Jasmine mentre si muovevano in cerchio in mezzo all'arena.

Quell'uomo era pericoloso. Lo temeva come non aveva mai temuto prima un essere umano, anche se non sapeva perché.

«Non gli importa di morire» pensò, e fu scossa da un brivido di terrore.

Il pubblico, privato con l'inganno delle semifinali e inferocito per il forzato ritiro del suo beniamino Glock, era di pessimo umore. Un uragano di fischi si sollevò quando Destino mancò la preda per un soffio.

Jasmine si voltò di nuovo verso il nemico, che aveva la bocca atteggiata a un sorriso crudele. – Dov'è finita tutta la tua arroganza, piccola Bacca? – ironizzò lui. – Non riesci nemmeno a controllare la paura quel minimo da fornire uno spettacolo decente al pubblico. Corri a casa dalla mamma! Vai a farti coccolare!

Jasmine sentì crescere una rabbia incandescente, che scacciò la paura. – Vecchio, sei stanco. Stanco morto – ribatté. E sapeva che era vero. La lunga lotta con Barda gli aveva prosciugato le energie e offuscato i riflessi. – Prendimi se ti riesce – lo provocò, e fece per girarsi come se stesse per mettersi a correre.

Colto di sorpresa, Destino fece un passo in avanti. A quel punto la ragazza si girò di scatto e lo attaccò.

La folla cominciò ad applaudire. L'entusiasmo del pubblico cresceva insieme a quello di Jasmine. Il combattimento proseguì ancora a lungo, ma Destino non riuscì mai ad avere la meglio su di lei.

L'arena era ormai una macchia sfuocata. La fanciulla delle Foreste del Silenzio non sentiva più nulla oltre al proprio desiderio di punire l'avversario. La folla gridava. Il baccano era assordante. Tanto forte… perché era tanto forte…?

Jasmine fece un altro passo indietro e il tallone toccò qualcosa di duro.

Si guardò alle spalle e vide una massa di facce urlanti. Solo allora capì di essersi lasciata ingannare. Poco per volta Destino l'aveva spinta verso il bordo dell'arena. Adesso era finita con le spalle contro la bassa recinzione. E il nemico si stava avvicinando.

Jasmine fece leva sulle spalle dell'avversario, poi volò in avanti. Lo sentì gridare mentre si abbatteva contro la recinzione e lei atterrava leggera sulla sabbia.

Era già pronta a correre. Il suo unico intento era stato quello di scappare, ma il balzo verso la libertà si era rivelato più efficace del previsto.

Destino giaceva accasciato contro la parete, completamente immobile.

La folla era tutta in piedi, e gridava il suo nome. Sbigottita, Jasmine comprese che la lotta era finita.

Aveva vinto.

– Allora… per quest'anno è finita! E che finale eccitante abbiamo avuto – esclamò allegramente Mamma Brightly mentre accompagnava i tre amici alla locanda dopo la cerimonia di premiazione. Diede un colpetto affettuoso sulla spalla di Jasmine. – Cara mia, ormai sei una famosa campionessa. Non c'è nulla che il pubblico adori più dell'agilità che batte la forza bruta.

Jasmine non parlava.

La medaglia d'oro che portava appesa al collo era pesante quanto il sacchetto di monete d'oro che reggeva tra le braccia.

Ma il suo cuore era ancora più pesante.

Si vergognava al ricordo di come si era trasformata in quell'arena. Una belva che provava piacere a colpire. Una sciocca che aveva dimenticato ogni cosa nel piacere inebriante della lotta.

Lief e Barda conoscevano abbastanza l'amica da indovinare cosa stesse provando, mentre l'ostessa non poteva immaginare che Jasmine, la fanciulla delle Foreste del Silenzio, era tutt'altro che fiera di sé.

– A dire la verità, la sconfitta di quel Destino mi ha fatto un gran piacere – proseguì la donna, a bassa voce. – Per non parlare del fatto che è stato sicuramente lui a far drogare il Succo di mele dell'Ape Regina. Sapete, è sgattaiolato via appena s'è svegliato, senza nemmeno aspettare il suo premio. Questo dimostra che aveva la coscienza decisamente sporca.

– Glock e Neridah si sono svegliati? – chiese Lief.

Mamma Brightly sospirò. – Dormono ancora come angioletti. Non potranno partire prima di domani. Ma Joanna e Orwen se ne sono già andati. Non siamo riusciti a convincerli a rimanere –. Sospirò di nuovo. – Sembra che non sopportassero l'idea di trattenersi a Rithmere una volta messe le mani sul gruzzolo d'oro.

– Purtroppo anche noi dobbiamo partire, Mamma Brightly – disse Barda mentre entravano nella locanda. – Però prima dobbiamo comprare dei viveri. Forse lei può consigliarci a chi rivolgerci...

– Ehi, ho io tutto quello che vi serve! Vendo ogni genere di articoli per viaggiatori – lo rassicurò lei prontamente.

Era vero.

Appena ebbero recuperato Kree e Filli dalla stanza dove erano rimasti ad aspettarli, i tre compagni si recarono con la donna in un magazzino pieno di bisacce, coperte, borracce, funi, acciarini, cibo essiccato e decine di altri oggetti utili.

Tutto era molto costoso, ma erano stracarichi di monete e furono lieti di pagare caro piuttosto che doversi aggirare per la città. Nel giro di mezz'ora acquistarono tutto il necessario dopodiché, dietro insistenza di Mamma Brightly, pranzarono un'ultima volta nel salone deserto.

Lief non gradì il pasto. Era ossessionato dal sospetto che ci fosse qualcosa di strano. Si sentiva osservato, come se qualcuno lo stesse spiando.

Ma chi poteva essere?

Neridah e Glock dormivano ancora, stremati dal combattimento, Joanna, Orwen e Destino erano già partiti.

Scrollò le spalle, dicendosi che erano tutte sciocchezze.

11
Un gioco da ragazzi

Mamma Brightly sembrava allegra mentre i tre amici mangiavano, ma quando restituì loro le armi, subito prima della partenza, apparve chiaro che qualcosa l'angosciava.

Alla fine si morse il labbro inferiore e disse sottovoce: – Non mi piace sparlare dei Giochi o di Rithmere ma... devo proprio dirvelo. È risaputo che i Campioni, e anche i finalisti, mentre escono di città subiscono... degli incidenti.

– Li aggrediscono per derubarli? – chiese Barda.

La donna annuì. – Le monete d'oro sono una grande tentazione. Vi offendete se vi consiglio di uscire da un passaggio segreto? C'è una porta di servizio a cui si accede tramite una galleria sotterranea. La usiamo solo per il rifornimento di succo di mele, ma pochissime persone ne sono a conoscenza, e il vicolo è stretto e sempre deserto. Potrete scivolare via inosservati. È un gioco da ragazzi.

– Grazie, Mamma Brightly, lei è una buona amica – disse Lief, stringendole la mano con trasporto.

La galleria che partiva dalla cantina era lunga, bassa, buia e puzzava di succo di mele. I loro stivali risuonarono sulle pietre mentre procedevano in fila indiana, con Barda quasi piegato in due.

Si erano divisi le monete rimaste per rendere più facile il trasporto, ma erano ancora un bel peso da portare.

– Forse sarebbe stato meglio restare alla locanda questa notte e partire in mattinata – brontolò Lief. – Però non sopportavo l'idea di restare un'ora di più a Rithmere.

– Nemmeno io – confermò Jasmine, rompendo il suo lungo silenzio.

– Almeno adesso abbiamo abbastanza oro per il resto del viaggio, e anche di più – intervenne Barda. Fece una pausa, poi aggiunse: – Jasmine, sei stata davvero in gamba.

– Già – concordò subito Lief.

– Non è vero – protestò lei a bassa voce. – Mi vergogno. Quel Destino mi ha detto di correre dalla mamma per farmi arrabbiare. Lo ha fatto apposta, voleva che io perdessi la testa…

– Allora si è rovinato con le sue mani, visto che alla fine ha perso – le fece notare Barda. – Pensa solo a quello, e dimentica il resto –. S'interruppe per indicare davanti a sé. – Vedo una luce. Mi sa che siamo arrivati in fondo alla galleria.

Come aveva anticipato Mamma Brightly, il tunnel finiva con una porticina sotto la quale filtrava una luce fioca. Ma quando Barda tirò il paletto e la porta si aprì, nella galleria irruppe la luce accecante del sole.

Uscirono uno alla volta.

E uno per uno, furono abbattuti con un colpo alla testa e catturati.

Un gioco da ragazzi.

Quando Lief rinvenne era coperto da un panno ruvido e puzzolente, forse vecchia tela da sacco, e si sentiva martellare la testa. Era imbavagliato, e i polsi e le caviglie erano appesantiti da grosse catene.

Sentiva delle voci, un cigolio e rumore di zoccoli. Si trovava sul retro di un carro. Quelli che li avevano assaliti li stavano portando via da Rithmere. Perché?

La Cintura!

Con un brivido di terrore fece scivolare le mani incatenate verso i fianchi. La borsa con i soldi era sparita e anche la spada, ma la Cintura di Deltora era salva. I suoi rapitori non l'avevano presa.

Non ancora.

Al suo sospiro di sollievo risposero un sordo rumore di catene e un sospiro al suo fianco, e un grido soffocato poco più in là. Quindi Barda e Jasmine erano con lui sul carro.

Dalla parte anteriore del carro giunse una risata stridula.

– I pidocchi si stanno svegliando, Carn 8. Gli diamo un altro colpetto? – disse una voce sguaiata.

– Meglio di no, devono essere in buono stato alla consegna – fece una seconda voce.

– Non capisco il perché di tante precauzioni con questo carico. Quello grosso passi, ma gli altri due sono veramente ridicoli! Soprattutto la ragazza. Campionessa dei miei stivali! Nell'Arena dell'Ombra non durerebbe cinque minuti.

Lief rimase immobile, tendendo le orecchie e cercando di scacciare il terrore.

– Non sta a noi giudicare, Carn 2 – rispose l'altro.

– È la vecchia che tiene i contatti con il Maestro, non noi. Ce l'hanno detto sin dall'inizio. La Brightly fornisce la merce, noi dobbiamo solo consegnarla intatta.

Lief si sentì salire il sangue alla testa, e al suo fianco Barda si lasciò sfuggire un'esclamazione strozzata.

– I pidocchi ci sentono – ridacchiò colui che il compare aveva chiamato Carn 2.

– Cosa ci importa? Tanto non lo andranno a riferire a nessuno. O hai paura che l'uccellaccio nero voli a spifferare tutto? È ancora là che ci segue, l'hai notato?

Il viaggio continuò per parecchie ore. Lief si svegliò e sprofondò nel sonno più volte. Si stava facendo freddo e buio, e a un certo punto iniziò a piovere. I sacchi che lo coprivano s'infradiciarono, e il ragazzo cominciò a tremare come una foglia.

– È meglio che ci fermiamo per coprirli – grugnì a un certo punto Carn 8. – E per dargli da mangiare e da bere, se non vogliamo che muoiano. Sarebbe un bel guaio.

Il carretto si fermò, e Lief fu scaricato in malo modo. Un dolore atroce gli esplose in testa, costringendolo a lamentarsi rumorosamente.

– Attento, sciocco! – ruggì Carn 8. – Quante volte te lo devo dire? Basta un osso rotto che la Brightly non ha segnalato nel rapporto e finiamo nell'Arena anche noi! Vuoi concludere i tuoi giorni vestito da gladiatore a combattere contro un Vraal? Mettilo al coperto, e alla svelta!

Quando l'uomo si chinò per prendere il ragazzo, i peggiori sospetti di Lief furono confermati. I loro rapitori erano Guardie Grigie.

Le Guardie avevano improvvisato un riparo per i prigionieri tendendo una cerata tra i rami più bassi di un albero.

I tre amici si rannicchiarono stretti stretti sotto quel misero riparo, tremando per il freddo. Erano stremati, indolenziti e spaventati.

Kree, che li aveva seguiti sin da Rithmere, si posò sulla spalla di Jasmine. Ma non poteva aiutarli, non c'era via di scampo. Le catene erano fissate a un piolo metallico piantato per terra.

Tolti i bavagli, i tre amici ricevettero acqua e qualche crosta di pane, poi le Guardie si allontanarono.

– Non riesco a mangiare con queste catene – strillò Jasmine.

– Tieni a freno la lingua se non vuoi che te la tagli e ti getti nelle Sabbie Mobili! – brontolò Carn 2. – Le abbiamo superate giusto un'ora fa.

– Lief, la Cintura è al sicuro? – sussurrò Barda.

– Sì. Hai sentito...?

– Sì. Non siamo lontani. Ma questa notizia ci serve poco messi come siamo. La locandiera ci ha presi in giro fin dall'inizio.

– Tutti i Giochi sono una trappola! Con un'esca di monete d'oro –. Lief serrò i pugni. – Non c'è maniera migliore per attirare i guerrieri più valorosi. E la vecchia Brightly è sempre lì a garantire che i finalisti vengano catturati alla fine dei Giochi.

Barda scosse la testa.

– Abbiamo sentito per strada che pochi campioni sono stati rivisti dopo i Giochi, ricordi? Beh, adesso sappiamo perché. Non scappano con i soldi ma vengono portati nelle Terre dell'Ombra.

– E le monete d'oro e perfino la medaglia dei Giochi vengono sequestrate per essere riutilizzate l'anno dopo! È mostruoso – disse Jasmine.

Quando la pioggia diminuì, sentirono russare: erano le Guardie che dormivano.

Poi udirono alle loro spalle un rumore di ramoscelli spezzati.

– Fermi! – bisbigliò una voce. – Non parlate e non muovetevi finché non ve lo dico io. Ho già messo le vostre bisacce e le armi in un posto sicuro e adesso vi tolgo le catene. Non appena sarete liberi seguitemi senza dire una parola!

12

Nessuna scelta

Pochi minuti dopo i tre compagni erano al riparo di una grotta e fissavano sbalorditi il loro salvatore: era Destino delle Colline, che zittì i loro ringraziamenti con un gesto impaziente della mano.

– Ascoltatemi bene – disse. – Non abbiamo molto tempo. Sono a capo di un gruppo che si oppone al Signore dell'Ombra. Sospettavamo da tempo dei Giochi, immaginavamo che ci fosse sotto qualcosa. Ero venuto a Rithmere per controllare dall'interno ma il vostro arrivo ha sconvolto i miei piani. Ho cercato di spaventarvi...

– Sei stato tu a chiuderci in camera! – l'interruppe Lief. – Ci hai aggredito!

– Sì, e sono anche stato ferito – disse Destino con una smorfia. – Stavo cercando di impedirvi di partecipare... per proteggervi.

– Perché? – chiese Barda.

– Quando vi ho incontrato alla bottega di Tom mi siete sembrati... interessanti. Allora avevo fretta e non potevo fermarmi ma in seguito, dovunque andassi, sentivo parlare di tre viandanti, un uomo, un ragazzo e una piccola selvaggia, accompagnati da un uccello nero. Si dice che dovunque vadano quei tre il potere malvagio del Signore venga sconfitto.

Lief afferrò il braccio di Barda. Se si stavano diffondendo quelle dicerie, quanto mancava al giorno in cui il tiranno avrebbe saputo della loro esistenza?

Ma Jasmine, ancora poco propensa a fidarsi di quell'uomo, aveva altro per la testa.

– Ci hai fatto catturare. Te la sei svignata dopo le finali ma non te ne sei andato. Ti sei nascosto nella locanda, hai visto tutto e non hai mosso un dito per aiutarci.

Destino scrollò le spalle.

– Mi dispiace, ma non avevo scelta, dovevo scoprire il trucco. Avrebbe dovuto vincere Glock e fare la fine che si meritava, ma le cose sono andate diversamente e visto che domani lui e Neridah seguiranno le vostre tracce, per salvare lei mi toccherà salvare anche lui –. Fece una pausa. – Non molto lontano da qui c'è un gruppo che ci aspetta. Con loro c'è Dain, il ragazzo che ha offerto il succo di mele ai Giochi. Vi guiderà sulle montagne, là sarete al sicuro.

I tre si guardarono.

– Ti siamo molto grati e spero che non te la prenderai a male, ma non possiamo accettare. Dobbiamo proseguire il viaggio. C'è una... cosa importante che dobbiamo fare – disse alla fine Barda.

Destino si rabbuiò. – Qualunque cosa sia, dovrete lasciar perdere. È stato già abbastanza pericoloso rubare le vostre armi e i viveri dal carro mentre quei due ci dormivano sotto.

– Allora hanno anche il nostro oro – sospirò Lief.

– Sì, li ho visti mentre lo prendevano. Ma al loro signore non interessa l'oro. Siete voi la sua preda. Quando si sveglieranno e vedranno che siete spariti vi cercheranno ovunque.

– Meglio non guidarli alla vostra roccaforte allora –

replicò Barda con calma, raccogliendo le sue cose e iniziando a strisciare fuori dalla grotta.

Destino delle Colline gli posò una mano sulla spalla per fermarlo.

– Siamo numerosi, e alla nostra base sappiamo come difenderci dalle Guardie – disse. – Fareste meglio a unirvi a noi. Cosa può essere più importante della nostra causa? Cosa sarà mai questa misteriosa missione che non può attendere?

Barda scostò la mano dalla spalla e continuò a strisciare fuori dalla grotta, seguito da Jasmine e Lief. Fuori pioveva ancora.

Destino gli sbucò accanto silenzioso come un'ombra.

– Andate, allora – disse con voce glaciale. – Ma sarà meglio che non raccontiate a nessuno ciò che vi ho detto stanotte, se non volete rimpiangere di non essere finiti nelle Terre dell'Ombra.

Sparì senza aggiungere altro.

– Ma come osa minacciarci? – ringhiò Jasmine, innervosita.

– È arrabbiato –. Lief si sentiva depresso: gli faceva male la testa e gli dispiaceva essersi congedato da Destino così poco amichevolmente.

Kree gridò impaziente.

– Dobbiamo sbrigarci, è quasi l'alba – li sollecitò Jasmine.

– Ma dove andiamo? –. Lief si guardò intorno scoraggiato: – Non sappiamo dove ci troviamo e non ci sono nemmeno le stelle a guidarci.

– Ti dimentichi di Kree. Ci ha seguito e sa esattamente dove siamo.

Si avviarono seguendo il volo del corvo.

Erano malconci e doloranti e desideravano solo fermarsi a riposare, ma il pensiero delle Guardie Grigie sguinzagliate alle loro spalle come segugi infuse loro nuove energie.

Venne l'alba e con essa il sole che brillava debolmente tra le nuvole.

Poco dopo arrivarono a un incrocio.

Al centro della strada c'era un'enorme lastra di pietra consunta dalle intemperie, alta quanto Lief, su cui erano state incise delle parole, tanto antiche che molte lettere erano scomparse.

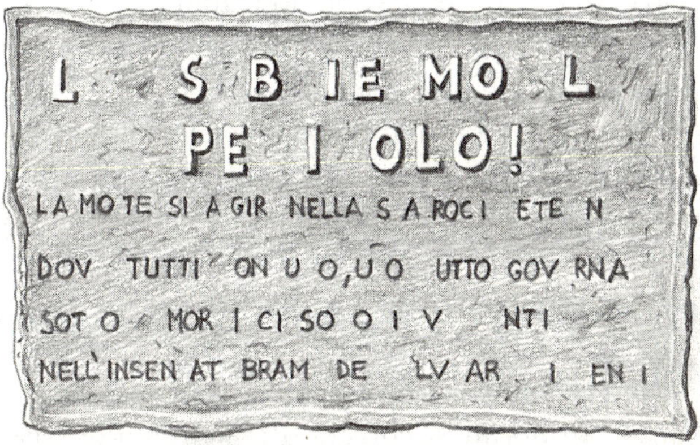

– Le Sabbie Mobili. Pericolo! – lesse Barda. – Questo lo capisco, è facile da ricostruire, ma la scritta più in piccolo è praticamente illeggibile. Gran parte delle lettere è stata cancellata dalla pioggia e dal vento.

– Mi sembra che la seconda parola sia "morte" – disse Lief a bassa voce, poi sfiorò la pietra seguendo le lettere con i polpastrelli e cominciò a leggere:

– *La morte si aggira nella sua roccia eterna*
dove tutti son uno, uno tutto governa…

– Continua, Lief! – lo sollecitò Jasmine vedendolo esitare.

Il ragazzo scosse il capo, aggrottando la fronte.

– I due versi seguenti sono più consumati degli altri. Sembra che dicano: «*Sotto l'amore ci sono i viventi… nell'insensata brama di salvare…*». Non ha senso.

– A me basta sapere che ci dicono che le Sabbie Mobili sono un posto poco allegro, ma questo lo sapevamo già – precisò Barda con noncuranza.

Jasmine era interessata ad argomenti più pratici: – Visto che la poesia parla di "roccia eterna", direi che le Sabbie devono iniziare oltre quelle colline. Però ci toccherà attraversare la pianura. Il terreno sassoso ci aiuterà a non lasciare impronte, ma come faremo a impedire che le Guardie sentano il nostro odore?

– Siamo stati molto attenti – disse Lief. – Le Guardie dovrebbero avere perso le nostre tracce.

– Non ci conterei – brontolò Barda.

Si avviarono quasi correndo e guardandosi spesso alle spalle. Mentre il sole saliva implacabile dietro il velo di nuvole, l'aria si intiepidì e dal terreno bagnato cominciò a salire il vapore.

Le colline grigie furono presto avvolte nella nebbia, così fu solo quando le raggiunsero che i compagni capirono che non erano colline normali, ma migliaia di enormi massi accatastati l'uno sull'altro sino a formare un'alta parete naturale, la "roccia eterna" della poesia.

Con cautela, un passo per volta, Lief, Barda e Jasmine s'inerpicarono fino in cima poi iniziarono lentamente a scendere dall'altra parte.

Man mano che si avvicinavano alla base dell'altura cominciarono a sentire uno strano rumore... un basso ronzio, talmente flebile che all'inizio Lief pensava di esserselo immaginato.

Poi, all'improvviso, il ragazzo vide.

Gli si strozzò il respiro in gola, il sudore gli imperlò la fronte.

Erano arrivati al Deserto delle Sabbie Mobili.

13
Le Sabbie Mobili

Sabbia. Solo sabbia arida. Alte dune rosse sotto un basso soffitto di nubi di un giallo fangoso. Non si notava essere vivente ma l'aria era satura di quello strano ronzio, come se fosse viva.

«Qui ci sono già stato» pensò Lief.

Era il luogo della visione che l'opale gli aveva mostrato quando ancora si trovavano nella Pianura dei Ratti. L'orrore che aveva provato stava per diventare realtà. Tra quanto? Tra un'ora? Tra un giorno? Tra una settimana?

La cortina di terrore fu squarciata da Jasmine, che gli scivolò accanto e disse: – È impossibile. Se la quarta pietra è nascosta qui non la troveremo mai!

– La Cintura si scalderà quando sarà abbastanza vicina – le ricordò Barda. – Divideremo la sabbia in settori e controlleremo, pezzo per pezzo.

– Ma potremmo impiegarci dei mesi. Mesi... o forse anni! – esclamò la ragazza.

– No, questa gemma è come le altre – disse Lief con un filo di voce. Jasmine e Barda si girarono a guardarlo. – Ha un guardiano terribile – proseguì il ragazzo, gli occhi fissi sulle dune immobili. – E lui sa già del nostro arrivo. Lo sento.

«O lo sente la Cintura?» pensò mentre avanzava come un sonnambulo. «È la Cintura che intuisce il pericolo?»

Non osava toccarla.

Sapeva che se avesse sfiorato l'opale, se avesse rivisto il futuro, non avrebbe avuto il coraggio di andare avanti.

Iniziò a scalare la prima duna. I suoi piedi affondarono nella sabbia, che rendeva difficile ogni passo, eppure proseguì.

– Possiamo solo avanzare – rispose a Jasmine che lo chiamava. – Il Guardiano è vicinissimo. Non dovremo cercarlo, ci troverà lui.

Le dune non erano morte come sembrava. Strane mosche rosse strisciavano fuori dalla sabbia al loro passaggio e si posavano sulla faccia, sulle mani, sulle braccia e sul collo, mordendoli e pungendoli. Lucertole scarlatte dalla lunga lingua sbucavano a loro volta da tane invisibili per cacciare gli insetti.

Poco dopo superarono uno strano oggetto abbandonato sulla sabbia. Era un involucro rotondo, di pelle, piatto e rugoso.

– Che sia una specie di baccello? – si chiese Barda mentre lo guardava.

Lief era tormentato dalla sensazione di essere spiato, eppure nulla si muoveva a parte mosche e lucertole, e l'unico rumore era quel ronzio sommesso e misterioso.

Erano arrivati in fondo a una duna e avevano appena iniziato a scalarne un'altra quando Jasmine, che procedeva in testa, si bloccò e sollevò una mano.

I compagni si fermarono. In un primo momento non udirono nulla, poi sentirono una voce, sempre più forte nell'aria immobile.

– Carn 2! Non pensare alle mosche, cammina!

Lief si guardò alle spalle. Le loro impronte spiccavano nella sabbia come frecce che indicavano la loro posizione. Non potevano nascondersi da nessuna parte, non potevano fuggire.

Lief ricordò un trucco che era solito usare a Del. Aveva già tratto in inganno le Guardie Grigie e forse poteva funzionare anche stavolta.

Facendo segno a Barda e Jasmine di imitarlo iniziò a camminare all'indietro, posando con precisione il piede sulle proprie impronte.

Quando fu giunto in fondo alla duna spiccò un balzo di lato per andare a stendersi immobile nell'ombra rada.

I suoi amici imitarono ogni suo movimento. Quando furono riuniti nello stesso punto, Lief stese il mantello su tutti e tre.

Il tessuto si mimetizzò con la sabbia.

Attesero, immobili.

Arrivarono le Guardie e si fermarono sconcertate. A metà della salita le impronte finivano.

– Devono averli presi! – borbottò Carn 2. – Te l'avevo detto, Carn 8. Ti avevo detto che era inutile seguirli nelle Sabbie Mobili. Corriamo dei pericoli solo per…

– Zitto! – lo interruppe il compagno. – Non capisci, sciocco? Abbiamo lasciato scappare una campionessa e due finalisti. Le nostre vite non valgono più nulla, meno di nulla, se non li ritroviamo. Non possono essere stati catturati. Forse si sono nascosti nella sabbia. Scava! Scava!

Carn 8 cominciò a smuovere la sabbia con le mani e d'un tratto la duna parve esplodere. Un'enorme creatura mostruosa emerse dalla sabbia e afferrò i due soldati, sollevandoli da terra.

Lief, Barda e Jasmine, increduli e paralizzati dall'orrore, rimasero immobili sotto il mantello che li nascondeva. Il mostro era perfettamente mimetizzato nella duna.

E aspettava.

Un altro passo e sarebbero stati loro la sua preda al posto dei due nemici.

La creatura aveva otto zampe, una testolina tutta coperta di occhi e portava appese al corpo decine di sacche di cuoio come quella che avevano trovato per terra. Il mostro guardò i prigionieri che si dibattevano nella sua morsa terrificante poi spalancò le fauci, si piegò in avanti e... di colpo le grida cessarono.

Era successo tutto nel giro di pochi secondi. Lief, Barda e Jasmine rimasero rannicchiati sotto il mantello, senza muovere un muscolo.

Il mostro staccò delicatamente i vestiti dai cadaveri delle sue prede.

I compagni videro cadere sulla sabbia abiti, stivali, sacche per il denaro, la medaglia di Jasmine, fionde, mazze e borracce... poi la creatura si sedette e iniziò a mangiare, senza fretta.

Lief nascose il viso tra le braccia.

Non amava le Guardie Grigie, ma non riusciva ad assistere a quello scempio.

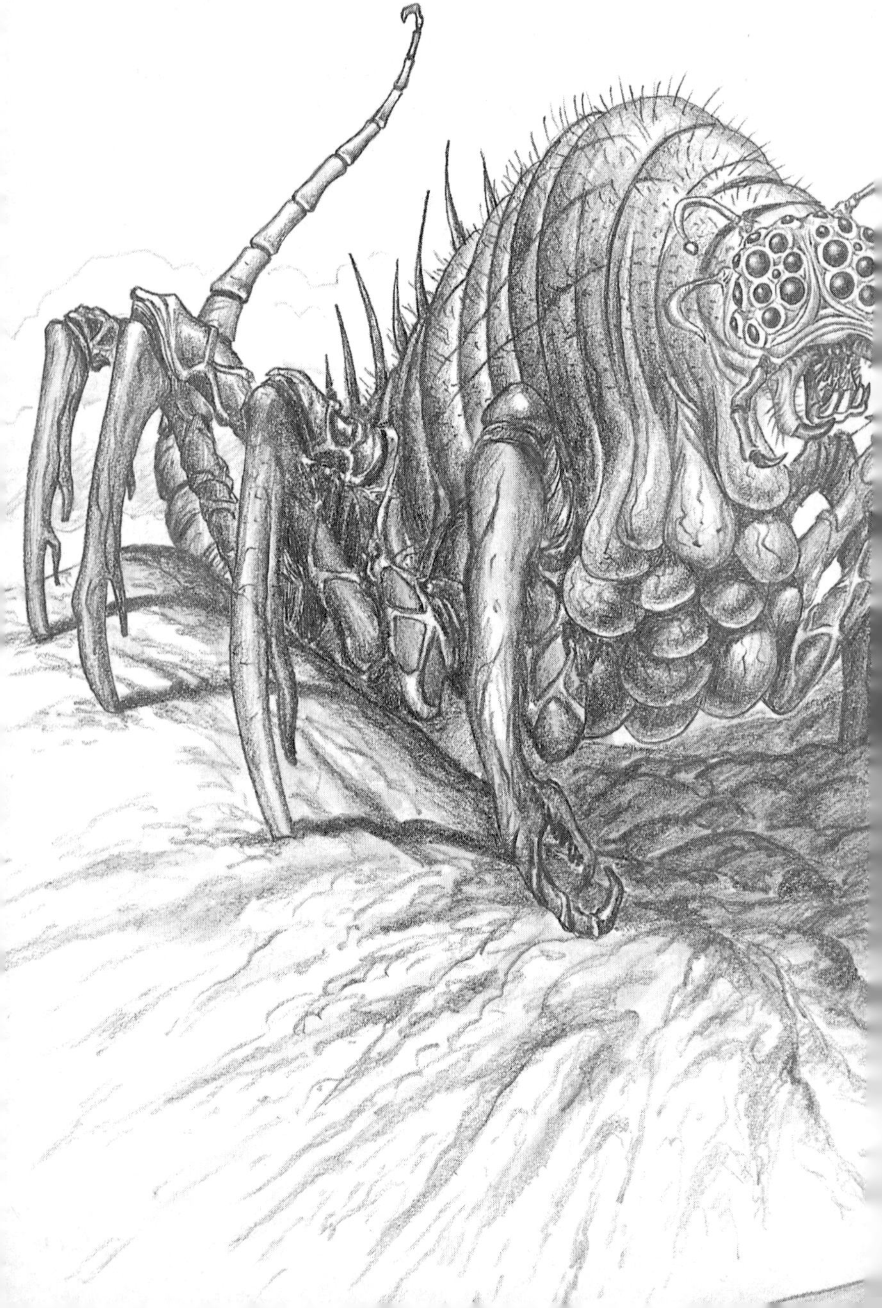

Per quelle che parvero ore i tre rimasero immobili mentre la creatura si rimpinzava e le sacche che le penzolavano addosso si gonfiavano adagio.

– Sono stomaci! – sussurrò nauseato Barda.

Alla fine il mostro si alzò. Uno stomaco dilatato, più grosso degli altri, si staccò dal corpo rotolando nella sabbia. La creatura, apparentemente poco preoccupata di quell'amputazione, strisciò in avanti e ci si posò sopra.

– Cosa sta facendo? – mormorò Lief, incapace di tacere.

– Credo che lo stia forando per deporre un uovo – rispose Jasmine. – Così la larva avrà da mangiare mentre cresce.

Barda distolse lo sguardo.

Intanto la bestia della sabbia aveva finito di deporre l'uovo e se ne stava andando. Attraversò pigra la duna crollata in cui si era nascosta e scalò la successiva, scomparendo oltre la cresta.

I tre attesero qualche secondo per essere sicuri che non tornasse, poi si alzarono.

Senza esitare un istante, Jasmine corse a raccogliere tutto ciò che poteva tornare utile: le fionde, le mazze e le borracce, le borse dei soldi, le micidiali pustole.

– Le borse sono esplose cadendo – disse a bassa voce. – Quasi tutte le monete si sono sparpagliate, ma non le vedo più. Sono sparite! E anche la mia medaglia.

– Impossibile! –. Barda cominciò a scavare.

Lief li imitò, ma con minor convinzione. Era attirato

da un tratto di sabbia poco più in là. – Guardate! – disse con voce strozzata.

La sabbia era coperta da centinaia di strani segni circolari, segni che non c'erano prima.

14

Un terrore mai provato

Osservarono con attenzione. – Non ho mai visto impronte del genere – disse poi Jasmine. – Non capisco quale strana creatura possa averle lasciate.

– Non possiamo saperlo, ma è comunque un essere che non teme la bestia della sabbia, e a cui piace l'oro. E magari anche le pietre preziose. Forse è il Guardiano – rispose Lief.

– Il Guardiano è la bestia della sabbia! – esclamò Barda.

Jasmine scosse il capo. – Credo che sia solo una delle tante creature del Deserto delle Sabbie Mobili. L'abbiamo vista deporre un uovo, e venendo qua abbiamo incrociato una pelle vuota. Una larva era uscita dal guscio. Potrebbero esserci centinaia di bestie della sabbia da queste parti, migliaia.

Lief sentiva pulsare nelle orecchie quel basso ronzio monotono. Osservò i cerchi sul terreno: sembravano farsi beffe di lui. D'un tratto non riuscì più a sopportarlo. Con un grido soffocato balzò sulle impronte e iniziò a distruggerle, affondando i piedi nella sabbia soffice e spargendola dappertutto.

– Basta, Lief! – gridò Barda.

Ma il ragazzo non lo ascoltava più. Gridò, crollò a terra, iniziò a percuotere la sabbia. Barda e Jasmine gli corsero accanto cercando di rimetterlo in piedi, ma Lief li scacciò in malo modo.

Si sentì un basso brontolio, poi la terra cominciò a muoversi.

Lief sentì Jasmine e Barda urlare e afferrò le loro mani appena in tempo, mentre enormi colonne di sabbia si sollevavano tutto intorno.

La sabbia tremò con un boato sotto di loro. Lief sentì che Jasmine chiamava Kree, e udì la risposta del corvo. E sentì anche la propria voce che urlava tutto il suo terrore.

«C'è qualcosa!»

Lo sapeva. Non vedeva nulla, ma sentiva una presenza tremenda.

Era la *cosa* che lo aveva attirato lì.

«Vuole la Cintura… Non si fermerà fino a quando…»

Poi all'improvviso sentì quella forza battere in ritirata. Rapida com'era iniziata, la tempesta di sabbia cessò e il terreno smise di tremare.

Lief rimase immobile, ansante, con la testa che gli girava.

Con un fruscio d'ali Kree atterrò sul braccio di Jasmine. Era illeso, anche se tutto coperto di sabbia rossastra. Iniziò a scrollarsi e ad arruffare le penne per ripulirsi.

Filli squittì dentro la giubba di Jasmine, che cercò di calmarlo.

Lief si ripulì il viso con mani tremanti.

– Un terremoto – borbottò Barda. – Allora è per questo che le chiamano Sabbie Mobili. Dovevamo cap…

– Non è stato un terremoto normale – lo interruppe Jasmine. – Non può essere un caso che sia cominciato quando Lief ha distrutto quei segni. Perché l'hai fatto?

Lief non rispose, si stava guardando intorno smarrito. Era cambiato tutto. Tutti i segni e le tracce che prima coprivano la sabbia erano spariti, rimaneva soltanto quel ronzio...

– Lief non mi risponde! – disse spaventata Jasmine a Barda.

La sua voce sembrava così lontana...

Il sole era coperto dalle nuvole, Lief non sapeva dove fossero finiti l'oriente e l'occidente e non riusciva più a orientarsi.

«Allora è questo l'inizio» pensò.

I suoi occhi vitrei si posarono su un segno nella sabbia, abbastanza vicino a dove si trovava in quel momento. Il cuore gli balzò in gola quando lo vide e ne comprese il significato.

Sentendosi afferrare per le spalle e scrollare da Barda, si costrinse a parlare. – Non temete, sto bene – disse con voce rauca.

– Non mi pare. Ti comporti come se avessi perso la ragione! – protestò il gigante di Del.

– È Jasmine che ha perso qualcosa. Il pugnale… quello con il cristallo intagliato nell'elsa.

– Oh, l'hai trovato! – esclamò la ragazza. – Come sono contenta. Mi è caduto un attimo prima che finisse la tempesta di sabbia. Era di mio padre. Pensavo di averlo perso per sempre. Meno male!

– Temo che non potrai riaverlo, Jasmine, mi dispiace – disse Lief indicando il disegno sulla sabbia. – L'essere che ha scatenato la tempesta ha accettato il pugnale come nostro omaggio e ci ha lasciato in pace appena l'ha ottenuto – sussurrò.

– Ecco cos'erano i cerchi nella sabbia! Non erano impronte, ma i segni delle monete d'oro e della medaglia! –. Barda era sgomento. – Ma che creatura è mai questa? Perché lascia dei segni per mostrare cos'ha preso? Non riesco a capire…

Lief si strinse nelle spalle.

– Perché gli scultori scolpiscono la pietra, i bottegai espongono in vetrina le loro merci e gli sciocchi tracciano il loro nome su muri e alberi? Per mostrare a tutti le cose che amano, le cose che possiedono. Per lasciare un messaggio a chi passerà di lì, perché tutti sappiano…

Jasmine sembrava poco convinta. – Lief, dici cose molto strane. Non mi piace. Parli come se conoscessi questa *cosa.*

Lief scosse il capo.

Gli tornarono in mente i versi incisi sulla lastra di pietra:

La morte si aggira nella sua roccia eterna
Dove tutti son uno, uno tutto governa
Sotto i morti ci sono i viventi
nell'insensata brama di sollevarsi nei venti.

Gli ultimi versi forse non erano esattamente così, ma era sicuro di due parole: *insensata brama.*

Un essere dalla brama insensata dominava le Sabbie Mobili e depredava tutto quanto c'era di prezioso in quel luogo orrendo. Le creature terrificanti che vivevano in quelle terre potevano tenersi la carne delle vittime, il Guardiano voleva solo i tesori che i poveretti portavano con sé.

Per la prima volta da quando erano arrivati, Lief toccò la Cintura sotto la camicia per controllare la fibbia. Le sue dita sfiorarono il topazio, e la sua mente si illuminò.

Sapeva che quel lampo di lucidità non sarebbe durato a lungo. In quel luogo comandava un altro potere, antico e tremendo.

Si voltò verso Barda.

– Dobbiamo proseguire – disse con impazienza. – La luce sta calando e il posto che cerchiamo è lontano, visto che la Cintura è ancora fredda. Però voglio che tu ci leghi insieme in modo da non perderci. Io devo stare nel mezzo, ben legato.

Barda ubbidì scuro in volto, usando la corda comprata da Mamma Brightly, una fune leggera ma molto robusta. Lief annuì dopo averla provata. – Non lasciarmi andare, qualunque cosa ti dica – si raccomandò.

La notte non portò né luna né stelle. Il buio era opprimente e faceva molto freddo. Avevano acceso una torcia, ma la luce che produceva era fioca, e ogni ombra li faceva trasalire. Da ore Barda e Jasmine chiedevano di fermarsi, ma Lief continuava a incalzarli.

– Non possiamo andare avanti così, Lief. Dobbiamo mangiare e riposare – dichiarò Barda.

Lief scosse il capo. Anche lui non si reggeva in piedi, voleva solo sdraiarsi, ma sapeva che se si fosse addormentato avrebbe rischiato la vita.

Jasmine crollò in ginocchio, sciolse il suo capo della corda e iniziò a frugare nella bisaccia. Tirò fuori le mazze di legno delle Guardie Grigie e le usò per accendere un fuoco.

Quando la ragazza gli fece segno di avvicinarsi, Lief, che era sfinito, si lasciò cadere accanto a lei. Anche Barda si sedette vicino al fuoco. Vedendo che Lief non si muoveva si lasciò sfuggire un sospiro di sollievo, slegò la corda e si allungò per terra.

Le fiamme cominciarono a crepitare. Barda allungò le mani: – Ah, che meraviglia! – sospirò soddisfatto.

Fu l'ultima cosa che Lief udì. Un attimo dopo la sabbia salì con un boato e il mondo intorno a lui parve esplodere.

15
Verso il Centro

Tra le dune senza fine, solo.

Era giorno. Lief ricordava la sabbia che saliva sotto di lui nel buio e lo scagliava in aria. Ricordava le voci di Jasmine e Barda che gridavano il suo nome. Ricordava le braci ardenti del falò mentre schizzavano nella notte.

Ma era tutto qui. Adesso c'erano solo le sue impronte che si perdevano in lontananza. C'era solo quel ronzio, sempre più forte, che gli riempiva le orecchie, che gli riempiva la mente.

Aveva qualcosa in mano. Abbassò lo sguardo e aprì il pugno: era l'uccellino di legno che Jasmine si era infilata in tasca a Rithmere.

Senza nemmeno farci caso lo infilò nel taschino della camicia. Gli facevano male le gambe, aveva la gola secca, asciutta come la sabbia, gli occhi gli bruciavano e ci vedeva a malapena. Doveva aver camminato per ore, ma non ricordava nulla.

Il Centro. Era attirato verso il Centro. Solo questo sapeva. Era stanco ma non poteva fermarsi, perché se si fosse fermato si sarebbe addormentato. E col sonno sarebbe arrivata la morte, ne era sicuro.

Senza preavviso le sue gambe cedettero e cadde. Rotolò sulla schiena, incapace di muoversi.

Sonno.

Gli occhi si chiusero.

A Del i suoi amici ridono, sguazzano nelle fogne strabocccanti, raccolgono monete d'oro. Vuole andare con loro. Ma i suoi genitori lo chiamano... E adesso vede che le fogne non sono intasate di pattume ma di rosse api ronzanti. Sono intasate di Succo di mele dell'Ape Regina che cola dai barili sfondati che marciscono in mezzo alla strada. Le api decollano in una nube rabbiosa, i suoi amici vengono punti e le Guardie Grigie guardano e ridono... I suoi amici stanno morendo, lo chiamano, ma lui è tanto, tanto stanco. Gli occhi si chiudono mentre avanza nella nube rossa. Le braccia e le gambe sono pesanti. Alle sue spalle la mamma dice: – Piano, piano, figliolo! – e lui si gira. Ma il viso della mamma è diventato quello dell'Ape Regina. Le api le ricoprono la schiena e le braccia e si attaccano ai capelli. È cupa in volto e grida, agitando il pugno: – Fumo, non fuoco! Fumo, non fuoco...

Gli occhi di Lief si aprirono di scatto.

Qualcosa stava volando in cerchio proprio sopra la sua testa, una sagoma nera indistinta contro un opaco cielo giallo.

Un Ak-Baba! Corri! Nasconditi!

Lief batté le palpebre e vide che la sagoma nera era Kree, che lo chiamava. Cercò di sollevarsi e scoprì di essere affondato nella sabbia. La parte inferiore del corpo era già sepolta...

Si rimise in piedi, tremante. Quanto tempo aveva dormito? Cosa sarebbe successo se Kree non l'avesse svegliato? Sarebbe sprofondato sotto la sabbia fino a restare sepolto vivo?

Il sogno era ancora molto vivo nella sua mente, e all'improvviso ne capì il significato.

– Lief! –. Barda e Jasmine erano comparsi in cima alla duna. Lief si commosse e iniziò ad andar loro incontro con passo vacillante.

Jasmine lanciò un urlo, indicando qualcosa alle sue spalle.

Quando si girò Lief vide emergere dalla duna dietro di lui una bestia enorme, addirittura più grossa della prima. La creatura s'immobilizzò per un attimo quando i suoi occhi incrociarono lo sguardo di Lief. Tra pochi istanti sarebbe scattata all'attacco.

Il giovane indietreggiò e cadde. Un attimo dopo si stava dibattendo terrorizzato nella sabbia, la spada intrappolata sotto il corpo. Il mostro si avventò contro di lui…

E lanciò un urlo lacerante quando una pustola delle Guardie Grigie gli esplose addosso. Barcollò, poi scattò di nuovo, infine crollò su un fianco: un'altra pustola era andata a segno. Le zampe irte di spine scalciarono, poi il mostro iniziò a strisciare, scavando profondi solchi nella sabbia.

Lief si allontanò in ginocchio, singhiozzando per il sollievo e Jasmine gli andò subito accanto per aiutarlo a rimettersi in piedi. Barda aveva ancora in mano la fionda con cui aveva scagliato le pustole.

– Non è certo la prima volta che ti salvo la vita, e temo che non sarà l'ultima. Sembra che il mio destino sia quello di farti da governante – grugnì.

Lief, turbato e offeso, si rifugiò in un silenzio scontroso e gli voltò le spalle. Ma Barda lo afferrò per un braccio, costringendolo a fermarsi. – Non voltarmi le spalle! – gridò. – A che gioco stai giocando? Perché non ci hai rintracciato dopo il terremoto?

Tremava per la rabbia. Era la rabbia che Lief aveva visto talvolta sul viso dei suoi genitori quando era rientrato dopo il coprifuoco o aveva corso qualche rischio.

– Barda, non potevo...

– Non abbiamo tempo – li interruppe Jasmine, con gli occhi fissi sulla creatura mostruosa che si contorceva nella sabbia. – Litigherete un'altra volta. Dobbiamo scappare in fretta, la bestia non è morta.

– Non preoccuparti. Non ci seguirà – rispose Lief.

Camminarono per molte ore quasi senza parlare.

Sembrava che Lief stesse ascoltando qualcosa che i compagni non potevano udire.

Videro il Centro molto prima di raggiungerlo, un picco solitario che spiccava in una pianura circolare e scintillava contro il cielo giallo.

– Un vulcano – sussurrò Barda.

Lief scosse il capo. – Adesso vedrete.

Mentre si avvicinavano alla meta il ronzio crebbe. Quando raggiunsero la base del picco e iniziarono la lenta ascesa l'aria vibrava per il rumore.

Alla fine raggiunsero la cima e si affacciarono sull'orlo della cavità. All'interno rombava un vortice di sabbia rossa che sembrava mosso da un vento scatenato.

Ma non era vento, sembrava piuttosto il rumore di milioni di api.

La Cintura bruciava sulla pelle di Lief.

– Cos'è? –. Barda aveva il respiro affannoso mentre guardava quello spettacolo.

Lief ripeté adagio la poesia incisa sulla lastra di pietra: ora i versi erano completi.

La morte si aggira nella sua roccia eterna
Dove tutti son uno, uno tutto governa
Sotto i morti ci sono i viventi
nell'insensata brama dell'Alveare dei venti.

– L'Alveare… – ripeté Jasmine.

– La Sabbia è il Guardiano – aggiunse il ragazzo.

Barda era incredulo. – Ma… è impossibile. La sabbia non è viva! Ci abbiamo camminato sopra, abbiamo visto creature…

– Le creature che abbiamo visto strisciano su un ospite più grande – spiegò Lief a voce bassissima. – I "viventi" stanno sotto la sabbia e servono l'Alveare. Sono loro che raccolgono i tesori che cadono, tracciano i segni sulla sabbia e provocano le tempeste.

– La pietra…

– La pietra è caduta in un punto qualsiasi delle Sabbie ed è finita nel Centro – spiegò Lief. – È per questo che siamo qui –. Riuscì a staccare gli occhi dal mulinello che vorticava dentro la voragine per girarsi verso Jasmine. – Ci serve il fumo. Fumo, non fuoco – aggiunse, come in trance.

Senza dire una parola lei si chinò e iniziò a tirare fuori vari oggetti dalla bisaccia. Lief vide che le tremavano le mani.

Nemmeno le sue erano molto ferme quando consegnò la spada a Barda e prese in cambio la corda.

– Barda, temo che dovrai farmi di nuovo da governante – disse. – E avrò di nuovo bisogno del tuo aiuto e della tua forza, e anche della corda. Ma stavolta, ti prego, non lasciarmi andare.

16
Nelle profondità del Cono

Dopo essere strisciato oltre il ciglio del pozzo, nel vuoto, Lief dondolò appeso alla corda tenuta da Barda e Jasmine, entrambi con le nocche delle mani bianche per lo sforzo.

– Adagio – mormorò, e li vide annuire. Quando le loro mani si mossero iniziò a scendere adagio nel cuore dell'imbuto rovesciato… il grande Cono.

Era avvolto nel mantello: il cappuccio sollevato per riparare la testa e il viso lasciava scoperti solo gli occhi.

Si proteggeva con il fumo emanato dalla torcia avvolta con stracci bagnati. Non era sicuro che sarebbe servito ma sapeva di non poter usare altre armi. Dopo essersi svegliato non aveva fatto che pensare al sogno e alle parole dell'Ape Regina.

«I miei guardiani non amano i movimenti bruschi e si arrabbiano per un nonnulla. Perfino io sono costretta a usare il fumo quando prendo il miele dall'Alveare. Perfino io…»

Alzò lo sguardo: i volti dei suoi amici erano minuscoli. Più in basso la massa ribollente dell'Alveare mulinava e gli veniva incontro.

Chiuse gli occhi e si fece forza, poi sentì un turbine vorticoso che lo risucchiava. L'uragano lo avvolse. Era troppo forte. Troppo forte!

Non vedeva più nulla, non riusciva a respirare. Sapeva solo una cosa: all'Alveare non interessava nulla di lui, non era cibo né una preda né un odiato nemico da sconfiggere. Per l'Alveare era solo colui che possedeva un oggetto. L'avrebbe soffocato, gli avrebbe strappato i vestiti dalla carne e la carne dalle ossa, e avrebbe ottenuto quel che voleva fin dall'inizio.

La Cintura di Deltora.

Il panico strozzò la gola di Lief, e il ragazzo cominciò ad agitarsi, a gridare.

«Adagio, ragazzo, adagio. Piano, piano!»

La voce bisbetica della vecchia Ape Regina, la padrona del frutteto e delle mele, gli risuonò chiara in testa come se lei fosse accanto a lui.

Le grida gli morirono in gola. Aprì gli occhi, cercando di restare fermo e respirare regolarmente.

A un tratto vide che il fumo della torcia aveva finalmente cominciato a mescolarsi al vortice rosso. Il turbine si stava placando, rallentava, batteva in ritirata all'ombra delle pareti del Cono. Finalmente si palesò ciò che la sua furia nascondeva: una piramide scintillante sorgeva al centro dell'imbuto.

Lief diede uno strattone alla corda: la sua discesa si fermò appena Barda e Jasmine lassù in alto ricevettero il segnale.

Per un attimo fissò affascinato ciò che la Sabbia viva aveva costruito e sorvegliato per un numero infinito di anni.

Era un'imponente piramide fatta di celle di vetro, oro, gemme e ossa.

Teschi e ossa di ogni forma e dimensione erano stati accumulati accanto a bottiglie di vetro e barattoli, monete, cristalli e pietre preziose, anelli e braccialetti e ancora ossa: la torre brillava come un enorme gioiello.

Era una visione stupefacente e orribile allo stesso tempo, una piramide di morte. Quanti esseri umani erano stati privati della vita per costruirla? E cosa veniva conservato in quelle celle? Uova, larve nutrite e allevate per diventare parte dell'antica entità, sopravvissuta mentre tutto intorno cambiava.

L'Alveare.

Travolto dal disgusto, Lief provò un desiderio incontenibile di distruggere tutto. Ma sapeva che se avesse attaccato la piramide l'enorme sciame gli si sarebbe scagliato contro. Il fumo sarebbe stato inutile.

La Cintura pulsava: in un punto imprecisato di quella torre luccicante c'era la pietra che cercava. Era il diamante? L'ametista? Lo smeraldo?

Scostò il mantello e la camicia per guardare la Cintura attraverso il fumo. A stento vedeva il topazio e il rubino, ma l'opale scintillava. Cosa significava? Cercò di ricordare la descrizione dell'opale scritta nel libriccino azzurro, *La Cintura di Deltora.*

L'opale, simbolo della speranza, brilla di tutti i colori dell'arcobaleno. Ha il potere di far intravedere il futuro e aiutare chi è debole di vista. L'opale...

E poi? Non ricordava il finale.

Osservò la cima della piramide: la pietra doveva essere lì. Era stata gettata nelle Sabbie Mobili poco più di sedici anni prima, con la cacciata di re Endon, mentre la piramide cresceva da millenni.

La prima cosa che vide fu il pugnale di Jasmine, conficcato sulla punta della torre. Era stato l'ultimo oggetto recuperato, perciò si trovava in cima. Sotto il pugnale erano disposte in bell'ordine molte monete d'oro e la medaglia del Campione dei Giochi di Rithmere.

Improvvisamente si accorse che la piramide sembrava più trasparente. Per un istante si domandò il perché, poi vide che la torcia stava iniziando a spegnersi.

Sentì una fitta allo stomaco. Appena il fumo si fosse diradato…

Vide alcuni vasi di vetro, dei braccialetti e sotto…

Il suo cuore per un istante si fermò. Era una pietra che sembrava un cielo stellato, tanti spilli di luce su una superficie blu scuro.

Le parole del libro gli lampeggiarono finalmente in testa.

L'opale ha un rapporto speciale col lapislazzuli, potente talismano.

Il lapislazzuli! Eccolo lì, incastrato a sostenere il tetto di una cella ancora disabitata. La quarta pietra della Cintura di Deltora.

Si allungò per prenderla, poi ritrasse la mano di scatto. Se avesse estratto la pietra gli oggetti sopra di essa sarebbero crollati, e l'Alveare sarebbe partito all'attacco. Lui sarebbe morto prima di portare la gemma in superficie, e il lapislazzuli sarebbe andato perduto per sempre insieme alla Cintura.

La sua unica possibilità era sostituirlo con qualcos'altro, più o meno delle stesse dimensioni. Si frugò in fretta nelle tasche, anche se gli sembrava di non avere nulla...

Poi le sue dita toccarono un oggetto nel taschino della camicia, piccolo, duro e di forma insolita. Lo tirò fuori: era l'uccellino di legno di Jasmine.

L'Alveare ronzò: si stava svegliando, diventava attivo man mano che il fumo si diradava. Trattenendo il respiro, Lief si protese di nuovo verso il lapislazzuli.

Spostò la pietra, che gli scaldò le dita e si mosse più facilmente del previsto, come se non vedesse l'ora di tornare libera.

«L'opale la sta chiamando» pensò, sentendo il tepore intorno alla vita. Appena il lapislazzuli gli scivolò in mano lo sostituì con l'uccellino di legno.

Ma non fu abbastanza veloce. La cima della torre tremò e il ronzio dalle pareti del Cono si fece più forte. La nube rossa era sempre più vicina. Il ragazzo soffocò un grido d'angoscia.

«Adagio, adagio...»

Lief sollevò la mano per strattonare la corda. Una volta, due volte... Accanto a lui la piramide ondeggiò: se fosse crollata, se un solo pezzo fosse caduto...

Il pugnale si staccò e Lief l'afferrò al volo, trattenendolo per la punta mentre saliva con la torcia sottobraccio. Con lentezza fu sollevato in superficie.

Sotto di lui il ronzio divenne un tuono, crebbe mentre l'Alveare si avvicinava. Ancora non sapeva cosa gli era stato sottratto, era distratto dal fumo che aleggiava nell'aria. Ma il fumo era sempre più rado...

Lief finalmente uscì all'aria aperta. E quando, esultante, spalancò la mano per mostrare a Barda e Jasmine la pietra blu, le nubi che avevano coperto il cielo si squarciarono. Le stelle e la luna brillarono di nuovo sulla terra buia come una benedizione e il lapislazzuli splendette.

Poi scivolò nella Cintura e brillò nel suo medaglione, vivo sotto la luna.

Lief si rivolse a Jasmine: – Sono stato costretto a lasciare là sotto il tuo uccellino, però ti ho portato questo in cambio – le disse consegnandole il pugnale.

Vedendo che Lief barcollava Barda lo sostenne. – Il lapislazzuli è un talismano, Barda. Adesso saremo al sicuro. Però andiamo via di qua – sussurrò il ragazzo.

Le stelle li guidavano e il lapislazzuli li proteggeva dai pericoli della notte. Ma soltanto quando raggiunsero le rocce che segnavano la fine delle Sabbie e iniziarono la scalata sulla terra solida Lief riuscì a raccontare cos'aveva visto.

– Grazie al cielo tu e la Cintura siete salvi – disse Barda una volta terminato il resoconto del ragazzo.

– E abbiamo la quarta pietra! – aggiunse in tono più allegro Jasmine. – Ne mancano solo tre. Impadronirsene sarà una passeggiata in confronto a quello che abbiamo passato finora.

Lief non disse nulla, si era addormentato.

– Mi hai sentito? – disse la fanciulla rivolgendosi a Barda.

Il gigante di Del stava osservando il viso stremato di Lief pensando a quanto sembrava cresciuto il ragazzo, a tutto ciò che avevano passato insieme e a quanto ancora li aspettava.

Jasmine non sopportava di essere ignorata in quel modo.

– Sei d'accordo, Barda? – insistette.

Barda non indossava la Cintura, l'opale non gli permetteva di vedere il futuro, eppure un'ombra gli passò sul volto e il suo sorriso fu tutt'altro che allegro mentre rispondeva: – Vedremo, Jasmine, vedremo.

Indice

Secondo Libro

Terzo Libro

Quarto Libro

Emily Rodda

Nata e cresciuta a Sydney, in Australia, è sempre stata un'avida lettrice. Prima di dedicarsi alla scrittura a tempo pieno, ha lavorato in una casa editrice. Da quando ha cominciato a scrivere, nel 1984, ha già pubblicato oltre cinquanta libri per ragazzi.
In Australia è una delle autrici fantasy più conosciute. E anche in Italia, grazie alla saga di Deltora, arrivata ormai al quindicesimo titolo, è amatissima da tutti i giovani lettori.

PIEMME Junior
BESTSELLER

1. Ulysses Moore, *La Porta del Tempo*
2. Ulysses Moore, *La Bottega delle Mappe Dimenticate*
3. Alberto Melis, *L'ultimo Yeti*
4. E.D. Baker, *Incantesimi, baci, ranocchi & principesse*
5. Lesley Blume, *Cornelia e le strabilianti storie delle sorelle Somerset*
6. Mal Peet, *Il campione*
7. Miki Monticelli, *Il Libro Prigioniero*
8. Lauren St John, *La voce della giraffa bianca*
9. Anna Vivarelli, *L'enigma del Conte Bianco*
10. Allan Frewin Jones, *La maledizione del faraone*
11. Ulysses Moore, *La Casa degli Specchi*
12. Alberto Melis, *Il segreto di Loch Ness*
13. Emily Rodda, *Viaggio a Deltora*
14. Caroline Pitcher, *Ore 11, torta al cioccolato*
15. Chris Archer, *La città segreta*
16. Janet S. Anderson, *L'ultimo tesoro*
17. Salamanda Drake, *Maya sulle ali del drago*
18. Anne Fienberg, *Il grande libro del piccolo Tashi*